KB262483

키르라이안 이야기

Kyrelian Story

이윤희 판타지 장편 소설

키르라이안 이야기 2

이윤희 판타지 장편 소설

초판 1쇄 찍은 날 § 2006년 11월 27일
초판 1쇄 펴낸 날 § 2006년 12월 5일

지은이 § 이윤희
펴낸이 § 서경석

편집장 § 문혜영
편집책임 § 서지현
편집 § 심재영

펴낸곳 § 도서출판 청어람
등록번호 § 제1081-1-89호
등록일자 § 1999. 5. 31
어람번호 § 제1-0768호

주소 § 경기도 부천시 원미구 심곡1동 350-1 남성B/D 3F (우) 420-011
전화 § 032-656-4452 팩스 § 032-656-4453
http://www.chungeoram.com
E-mail § eoram99@chollian.net

ⓒ 이윤희, 2006

ISBN 89-251-0422-9 04810
ISBN 89-251-0420-2 (세트)

Kyrelian

키르라이안 이야기

② 아가씨의 길이란

이윤희 판타지 장편 소설

Fantasy Frontier Spirit

도서출판 청어람

Contents

다시 다가오는 어둠의 그림자, 아버지!!

한동안 정신없는 나날이 흘렀다.

바아레른 백작가의 성에서 벌어진 일은 기대했던 대로 귀족 사회에 큰 파문을 일으켰다. 후작가를 포함한 상급 귀족들의 여식이 셋이나 잔인하게 목숨을 잃었고, 그나마 살아남은 소녀들도 한동안 정신적으로 요양을 해야 한다는 의사들의 선고가 있었다.

그리고 이것이 크라노 국이 저지른 소행 같다는 소문 역시 공공연한 비밀로 술렁이고 있었다. 대놓고 말하지는 않지만 짐작으로나마 이미 눈치들 채고 있었다.

어쨌든 이 일련의 일들이 모두 같은 귀족인 바아레른 가의 둘째 아들과 그 친구들을 중심으로 벌어졌다. 게다가 바아레른 가는 장소까지 제공했다.

아끼던 딸을 잃은 알베로 후작을 중심으로 피해자의 가문들이 강하게 움직이기 시작했다. 그리고 같은 귀족으로서 이 일을 용납할 수 없다는 귀족들도 이들에게 뭉쳤다. 물론 그 무리엔 공작인 나의 아버지도 끼어 있었다. 공작가의 딸을 납치한 점, 그리고 감히 손대려 한 것 등 도저히 용서할 수 없는 일이라며 아버지는 알베로 후작의 든든한 배경이 되어 피해자들의 주장에 힘을 실어주었다.

망나니 아들을 제대로 간수하지 못한 바아레른 백작은 벌 떼처럼 달려드는 귀족들 앞에 버티질 못하고 가문의 영지마저 넘겨가며 수많은 배상금을 물어야 했고, 애석하게도 바아레른 백작을 포함한 나머지 그 아들 친구들의 가족들은 전 재산을 털어 넣어도 자식들이 저지른 죄의 값을 치르질 못해 결국 파산에 이르렀다.

하지만 딸을 잃은 슬픔을 돈으로 충족하지 못한 귀족들은 파산에 이른 저들을 용서하지 않았다.

아직 미성년이라 하나 그동안 저질러 온 죄질도 있고, 도무지 뉘우칠 기색이 없는 녀석들을 봐줄 필요가 없다며 감옥행을 주장했고, 대법관은 이를 인정했다. 평소 저들과 함께 놀며 모든 죄를 무마시키는 면죄부의 특권을 가진 실버 나이트의 나 키르라이안이 그 사건에 끼어 있지 않았기에 일의 처리는 더욱 쉬웠다.

귀족들과 대법관은 녀석들의 감옥행으로도 만족하지 않았다. 지금까지 녀석들이 저질러 온 죄를 귀족이라는 특권을 가진 가문에서 모두 막아주고 손을 써줬기에 저들이 죄를 깨달을 기회조차 주지 않아 지금에 이른 것이라며 화살은 각 가문에게로 쏟아졌다. 이미 파산한 데다 귀족 사회로부터 따돌림까지 받게 된 이들 가문은 아무런 힘도 없었고, 결국 여론에 따라 귀족의 작위까지도 반납해야 했다.

들자 하니 저들은 차마 이 나라에 남을 자신이 없어 파산한 와중에 남아 있던 집안의 고가구에 드레스들까지 처분하고 아예 배를 타고 다른 대륙으로 가버렸다 한다. 물론 어디로 간다는 언질도 주지 않고 소리 소문 없이 사라져 버렸다. 때문에 바아레른들이 옥에서 나와도 가족과 만나긴 어려울 것이다. 한마디로 가족들에게조차 완전히 외면당한 것이다.

그렇게 수도를 시끄럽게 하던 사건이 일단락된 것이 바아레른 성의 그날로부터 약 2주가 지난 후였다. 그동안 나는 무엇을 했느냐 묻는다면 당연히 드래곤의 전설이 남아 있는 남부 지방으로 떠났… 어야 하지만 애석하게도 학교와 집에 발이 묶여 있는 신세로 지금까지 지내왔다.

그 망토 놈들이 쓴 약이 대체 무엇인지, 성에서 마련해 준 해독제로 몸은 움직일 수 있었지만 도무지 완전하게 전과 같은 상태로 돌아오질 않았다. 섬세하게 검을 다루는 데 있어 아직 움직임이 어색한 부분이 상당수 있었고, 그건 루사인도 마찬가지였다. 물론 나보다야 마비 약에 덜 노출되어 그렇게까지 심각하지 않았고, 또 워낙에 내색을 안 하는 녀석이니 평소와 다를 바 없어 보였지만 가끔씩 안 하던 실수를 하는 것이 내 눈을 속일 수야 없었다.

일단 남부로 움직이는 것은 몸이 완전히 회복되고 나서 생각하기로 결정한 나는 여전히 의무교육만은 제대로 마치라는 아버지의 성화에 못 이겨 무거운 몸을 이끌고 학교를 가야 했다. 그런데 정말 생각지도 못한 복병이 있었으니, 학교에서 날 기다리고 있는 것은 바로 마법 수업이었다.

이번처럼 몸을 움직일 수 없게 되었을 때, 남자일 때와는 달리 여자의 몸 상태라면 꽤나 여러 가지로 위험한 일이 많다는 것을 절실하게 깨달은 아버지는 학교에 특별히 요청을 해 내게 마법 선생을 하나 붙여준 것이다. 마법력은 충분히 있으나 기초가 안 돼 있으니 따로 부탁한다며 특별반을 만들어 단독 수업을 받게 만들어 버렸다.

하지만 내가 누군가. 공부라는 거, 둘째가라면 서러울 정도로 치를 떨며 싫어하는 것은 일단 넘기고, 머리 나쁘기론 왕국 역사상으로 손에 꼽는단 말이다. 그런 내게 다른 것도 아닌 머리 엄청나게 굴리는 마법 수업이라니. 그냥 힘주면 펑펑 터지는데 왜 쓰잘머리없이 주문이니 뭐니 본격적으로 배워야 한단 말인가!! 자랑은 아니지만 주문은커녕 마법 이름도 외우기 어렵단 말이다!!

　하지만 난 아버지를 이길 수 없고, 아버지는 뜻을 굽히지 않았다. 그리고 루사인은 아버지의 철저한 심복이 되어 나를 감시―겸 마법 교실로 끌고 가기―했다. 정말 다시 한 번 절규할 수밖에 없었다. 내가 어쩌자고 마법을 배우겠다고 해서 이런 신세가 되어버렸단 말인가!!

　그리고 그날도 역시나 마법 수업을 받고 정신 붕괴 직전의 상태에서 온몸이 떡이 된 듯 흐늘거리며 복도를 걷고 있었다.

　"아… 아아아아… 나도 콘스탄틴들하고 같이 크라노로 가는 건데 어쩌자고 남아서 이 꼴이냐. 몸만 성했어도……. 대체 이 마비약 정체가 뭐야? 2주나 지났는데도 여전히 뻐근하네."

　"몸이 멀쩡했어도 크라노로 가진 못했을 것 같은데요. 그분들은 폐하의 비밀 명령으로 정체를 숨기고 잠입한 거잖아요. 언제 돌아올지도 모르는 기약없는 임무인데 당장 의무교육을 받아야 하는 도련님을 보낼 리 없지요."

　"시끄러워. 말이 그렇다는 거야."

　정색을 하며 대답하는 루사인을 향해 투덜거리고는 난 손에 들려 있는 마법 서적을 다시 한 번 흘낏 바라보고는 한숨을 쉬었다. 차라리 그날 실버 나이트들이 오지 않아 얌전히 망토들이 끌고 가는 곳으로 가버렸다면 적어도 공부는 하지 않아도 좋았을 것이라는 말도 안 되는 생각까지 할 정도로 정말로 싫었다.

문득, 갑자기 떠오르는 의문이 있었다.

"근데 루사인, 그날 말이야. 넌 콘스탄틴들한테 도망치고 나 혼자 끌려갔는데 어떻게 내가 바아레른 성에 있다는 걸 알고 쫓아온 거야? 미행하는 사람도 없었잖아?"

당시엔 그러려니 하고 넘겼지만 생각할수록 신기했다. 설마 하니 '도련님과는 필이 통해서요' 라거나 아버지가 딸—사실은 아들—을 구하고자 하는 마음에 본능으로 찾아왔다거나 하는 얼토당토않은 대답이 나오지는 않을까 하는 기대 심리도 있었다.

"아, 그거… 마법이랍니다."

"엥? 마법?"

"추적 마법이라던가 하는 것인데 성의 마법사가 했다더라고요. 듣기론 상당히 고도의 마법이고, 꽤 위험하다고도 하던데요. 심하면 목숨을 걸어야 할 정도로. 어쨌든 덕분에 도련님이 바아레른 백작가의 영지로 들어갔다는 것을 알게 되고, 그곳이 성이라는 것도 들은 거죠."

처음 들어보지만 참으로 신기한 마법이다. 새삼 마법엔 여러 종류가 있다는 것도 깨닫는 순간이었다. 무조건 폭발만 일으키던 내게, 그리고 본 거라곤 카린이 나나 프리츠를 향해 쏘는 폭력적인 마법밖에 없던 내게 정말 새로운 영역으로 다가왔다.

"그거 신기하네? 나도 배울 수 있는 건가?"

"도련님이 가진 힘이라면 못할 거야 없겠죠. 어디까지나 문제는 그 머리지만."

또다시 루사인 녀석이 머리 가지고 시비를 걸었지만 녀석의 이어지는 말은 더 이상 내게 문제가 되지 않았다. 내 머릿속을 지배하는 것은 오직 그것, 추적 마법. 목표를 두고 그 목표가 있는 장소를 추적한다라……. 이거라면 아버지한테 마법을 걸어서 그때그때 아버지의 위치를 알고, 가까이에 없다면 눈치 볼 필요 없이 마음대로 놀 수 있는 것 아닌가?!

목숨을 걸어야 한다지만 아버지한테 혼나나 마법으로 목숨 거나 거기서 거기 아닌가. 훗, 역시 난 이런 쪽 잔머리만큼은 정말 잘 돌아간단 말이야? 후후후후후.

"…도련님, 또 엉뚱한 생각 하지 마시고 빨리 걷기나 하세요. 예법 수업 늦어져요. 담당 까다로운 거 알잖아요."

이미 내 속을 열 번은 들여다본 루사인이 한숨을 쉬며 충고했고, 나 역시 그 늙은 선생의 잔소리는 듣기 싫은지라 걸음을 서둘렀다.

한참 복도를 걷고 있을 때, 난 몇 번 본 적 있는 얼굴을 발견했다. 물론 참으로 달갑지 않은 인물 중 하나였다.

짧은 검은 머리에 하얀 피부, 열여섯 살답지 않은 큰 키에 탄탄한 근육이 잡힌 몸. 아무리 봐도 마법사 같아 보이질 않지만 마법사인 거스틴 남작가의 그 녀석이 복도 저편에서 나를 마주 보며 걸어오고 있었다.

듣자 하니 한동안 결석해서 여학생들의 실망이 이만저만이 아니라던데, 대체 왜 저 녀석이 여기 있단 말인가!! …아, 여기 아직 마법사들 건물이지? 녀석이 마법사니까 이곳에 있는 게 당연한가? 그럼 이제 다시 등교한다는 것?

뭐, 할 수 없다. 내가 녀석의 영역으로 온 거니 그냥 조용히 지나가야지. 이상하게 저 녀석은 괜히 상대해 봤자 기분만 나빠진다.

하지만 나의 이런 결심을 아는지 모르는지 녀석은 나를 발견하곤 반가운 듯 미소 지으며 말을 걸어왔다.

"여어, 그날 파티 이후로 처음 보네? 그동안 큰일 좀 겪었다면서?"

"아, 아… 뭐, 그렇지."

아는 척하는 데야 대놓고 무시할 수도 없고, 대충 대답하고는 대화를 끝내려 했지만 녀석은 그럴 생각이 없는 모양이었다.

"그런데 드래곤에 대해 조사하러 간다더니 아직도 학교에 있는 거야?"

"뭐, 어쩌다 보니 그렇게 됐는데… 그러는 너야말로 한동안 결석했다면서. 편입생 주제에 무단결석은 퇴학으로 이어지는 거 모르나?"

"무단은 아니고 병결이었으니까."

"병결?"

난 인상을 쓰고 녀석의 몸을 다시 한 번 위아래로 훑어보았다. 아무리 봐도 건강체. 도무지 병하고는 영 담쌓고 지낼 것 같은 놈에게 병결이란 소리가 나오니 참으로 기가 막혔다. 저런 놈이 병결이면 나도 나중에 병결이라 하고 결석해도 충분히 통할 것 같았다.

"뭘 생각하는지 얼굴에 심하게 드러나는 건 좋은데 오해는 하지 마. 마법 수련을 하다가 사고가 나서 다쳤을 뿐이니까."

"마법 수련? 듣자 하니 이 방면으로 엘리트라던데 아직 미숙한가 보네?"

"아직은 학생이니까."

조금은 조롱을 담아 비웃으며 물었지만 녀석은 그냥 웃으며 나의 도발을 흘려 버렸다. 쳇, 재미없는 녀석.

하지만 왠지 처음 예상했던 것과는 달리 녀석과의 대화가 기분 나빠지지는 않았다. 생각해 보니 저렇게 가볍게 남의 도발도 슬쩍 넘기고 술술 대화를 하는 게 나랑 성격이 상당히 맞을 것 같았다.

아쉽게도 카린의 사랑을 받아버리는 바람에 녀석에게 좋은 점수를 줄 리가 없다는 최대의 장애물이 있다는 게 문제일 뿐. 그리고 그게 아마도 녀석에 대한 평가 중 가장 큰 비율을 차지할 것이니 녀석과 내 사이는 좋아지려야 좋아질 수 없는 운명의 원수 사이.

"어쨌든 난 다른 건물에 수업이 있어서 이만."

"아, 나도 수업이 있어서 서둘러야 해. 한동안 결석해서 따라가려면 힘들 것 같지만… 간만에 이 학교에서 몇 안 되는 아는 얼굴을 만나 즐거웠다."

차갑게 녀석을 내치려는 내게 저렇게도 웃으며 즐거웠다고 하자 나만 나쁜 사람 되는 것 같아 기분이 나빠졌다. 괜히 시비라도 걸고 싶었지만 이미 뒤에서 시간을 재고 있는 루사인과 지각하면 쏟아질 교양 강사의 잔소리를 생각하며 녀석과의 만남은 조용히 끝내려 했다.

하지만 역시 성질나는 건 성질나는 거니…….

툭! 퍽!!

나는 지나가는 녀석의 어깨를 우연 부딪친 척 강하게 쳤다. 그리고 그 순간 난 예상치 못한 녀석의 반응을 볼 수 있었다.

"헉!! 으……!"

참으로 아파 죽겠다는 얼굴. 아파 죽겠지만 차마 그걸 대놓고 드러낼 수 없어 그 아픔을 참기 위해 안간힘을 쓰는 모습이 내 눈앞에 보였다.

뭐지? 내가 그렇게 세게 쳤나? 그냥 지나가는 척 어깨끼리 살짝 부딪친 거 가지고. 그것도 나같이 연약한 여자의 팔뚝에 조금 맞았기로서니 좀 심각한 반응이 아닌가? 물론 예상보다 부딪친 소리가 좀 크긴 했지만. 이거 혹시 내 속마음을 다 꿰뚫고 죄책감 좀 가져보라는 작전인가?

“뭐, 뭐야? 잘못 발을 내디뎌서 살짝 부딪친 건데 그렇게 아파? 아무리 마법사라지만 너무 약골 아냐? 어라?”

슬쩍 녀석의 눈치를 보며 핀잔을 주던 난 나와 부딪친 녀석의 어깨를 보며 흠칫 놀랐다. 팔뚝에서부터 배어져 나오는 붉은 피. 녀석은 왼쪽 팔뚝에 처음부터 상처를 입고 있었다. 붕대를 감았음에 분명한 저 상처가 내가 부딪친 것만으로 저렇게 피가 배어 나올 정도라면 아마도 큰 상처. 게다가 피가 배어져 나오는 모양이 아무래도 무언가 날카로운 것에 깊게 찔리지 않은 이상 저렇게 나올 리가 없다.

“뭐야, 너? 마법 연습 하다 실패했다더니, 그건 아무리 봐도 칼에 당한 상천데? 그것도 단검 같은 거에.”

“아……!!”

무심코 묻자 녀석은 흠칫 놀랐다. 물론 보이지 않을 정도로 미세한 움직임이었지만 내 눈이 그런 것을 놓칠 리가 없다. 뭔가 상당히 수상해 보이는 분위기였다.

“마법으로도 날카로운 상처는 얼마든지 나니까. 그나마 순간적으로 마법을 중단해서 이 정도였지, 안 그랬으면 정말 크게 다쳤을 거야.”

“흐음, 그래?”

아파서인지 아니면 당황해서인지 눈을 마주치치 않고 먼 곳을 바라보며 변명했지만 난 영 신통치 않게 받아들였다. 왼쪽 팔뚝의 상처 하면 떠오르는 게 있단 말이다. 바로 바아레른 성에서의 음산한 망토 녀석. 녀석도 분명 루사인이 던진 단검이 왼쪽 팔뚝에 깊이 박히며 큰 상처를 입었을 텐데…….

게다가 듣자 하니 저 녀석, 분명 문제의 그날부터 결석했다 하는데, 뭐랄까… 우연이겠지만 참으로 시기가 잘 맞아떨어졌다.

"그럼 난 수업에 늦어서. 아니다. 일단 다시 약을 바르고 붕대를 갈아야 하니 양호실부터. 그럼 다음에 보지, 소공자. 아니, 이젠 공녀인가?"

쓰잘머리없는 농담 같지도 않은 말을 하고는 자리를 벗어나는 녀석의 뒷모습을 보며 난 계속해서 기억 속의 그 망토 놈을 끄집어내 남작가의 애송이와 비교했다.

한동안 비교를 하다 결국 딱히 결론을 내리지 못하고 다시 교양 건물로 이동해 가며 나는 루사인에게 물었다.

"네 생각은 어때?"

말머리 다 자르고 딱 요점만 물었지만 루사인은 이미 알아들은 듯 조용히 대답했다.

"체격이 다릅니다. 망토 쪽이 확실히 좀 더 컸습니다."

"그래. 그리고 아무리 기억해 봐도 그 망토는 나와 키르라이안과의 상관관계를 모르는 눈치였어. 저 남작가 놈이라면 알고 있을 사실을. 그런데 말이야, 저 상처는 갑자기 뭐지? 그날 밤에 나랑 파티에서 만났거든. 나보다 늦게 나왔으니 아마도 밤늦게나 새벽에 돌아갔을 텐데 그때 마법 연습을 하나?"

“사람에 따라 집중되는 시간이 다르니까요. 부득이하게 언제나 새벽에 연습을 하고 있었을지도 모르지요.”

물론 나 역시 그렇게 생각한다. 무엇보다 체격 차가 있는 이상 괜한 오해가 분명했다. 하지만 역시 미심쩍은 마음이 남아 있는 것은 어쩔 수 없었다.

“마법으로 안 되나? 체격을 좀 더 크게 한다거나 뭐 그런 거. 목소리는 애초에 음성 변조 마법을 쓰는 것 같았고. 나와 키르라이안의 관계를 모르는 건 연기일 수 있고.”

“그런 건 도련님이 알아보셔야죠. 이제 마법 수업도 시작하셨는데 저런 마법이 있는지 없는지는 도련님이 배워보세요.”

“캑! 싫어. 지금도 영감탱이 때문에 무슨 마법 이론이니 뭐니 알아듣지도 못할 소리 매일 듣고 있어서 머리 아프다고.”

마지막 남은 미련을 담아 물은 것이 괜히 공부할 양만 많아지는 것 같은 불안함에 난 고개를 저으며 거절했다. 어차피 자세한 건 파견 나간 실버 나이트들이 알아서 정보를 물어올 텐데 사서 고생은 사양이었다. 녀석이 절대로 문제의 검은 망토 레키아일 리 없으니 역시 괜한 데 고민하고 싶지 않달까.

그리고 일단 누차 말하지만 지금 내게 가장 중요한 것은 저런 게 아닌 내 안위, 성별에 관한 것이란 말이다. 바빠. 바쁘다고. 신경 쓰게 하지 마.

“역시 기대했던 대답이군요. 참고로 말하자면 저쪽은 학교에서도 인정한 마법으로 인한 부상이랍니다.”

“그런 건 미리 말하라고.”

“네, 네. 그러니까 서두르자고요. 저까지 덤으로 지각하고 싶진 않거든요.”

루사인의 재촉에 난 걸음을 빨리했다. 뭐, 왕립학교에서까지 마법으로 인정한 거라면 그런 거겠지.

수업이 끝나고 집으로 돌아온 난 아버지부터 찾았다. 요즘 들어 정말 얌전히 살았다. 학교에도 꼬박꼬박 나가고, 되도 않는 마법 수업까지 착실히 들었다. 아니, 이 경우엔 착실히 의자에 앉아서 자고 있었다고 말해야 정확하려나?

뭐, 어쨌든 이대로 살 수는 없는 일이다. 수수께끼의 마비약에 중독됐던 몸도 슬슬 감각이 돌아오고 있고, 그렇다면 집을 떠나 남부로 갈 때가 온 것이다.

하지만 그러기 위해선 그래도 아버지라는 명함을 가진 영감탱이의 허락이 있어야 한다. 괜히 몰래 떠났다간 가출이라고 길길이 날뛰며 집안이 발칵 뒤집힐 게 분명하고, 그대로 추적당해 끌려올 테니까.

물론 그 이전에 루사인의 태클이 더 문제가 될 테고.

“영감탱이 어디 있어?!”

오자마자 우렁차게 아버지를 찾아 외치는 나를 향해 집안의 시녀들이 눈짓으로 어딘가를 가리켰다. 그리고 그들의 시선을 따라가자 아버지의 서재가 나타났다. 요즘 들어 바쁜 일이 끝났는지 낮에도 집에 자주 있는 아버지는 역시나 언제나 머무르는 이곳에서 발견됐다.

"아버지, 할 말 있어!"

"학교 잘 다녀왔냐?"

기세 좋게 뛰어들어 가 외치는 나를 향해 아버지는 언제나와 같이 여유있는 모습과 목소리로 조용히 물었다.

"교복 입고 있는 거 안 보여? 물론 잘 다녀왔지! 그나저나 할 말이 있는데……."

"성적표 나왔더라."

"…엑?!"

아버지를 찾은 목적을 말하기 위해 슬슬 운을 띄울 때, 갑자기 아버지의 선공이 시작됐다. 성적표, 성적표라……. 그러고 보니 어제 무슨 종이 쪼가리를 받은 것 같긴 하다.

"이미 다 알고 있다. 이리 내놔봐라."

"에? 에? 아니, 저기, 아버지, 그러니까… 그건 분명 키르라이안의 성적표. 지금의 난 세라란 말이지. 세라는 시험을 본 적이 없거든~"

"…내놔라."

처음으로 '나=세라' 임을 스스로 강조하며 결백하다는 표정으로 반짝반짝 눈을 빛냈지만 전혀 통하질 않았다. 잠시간의 침묵으로 날 빤히 바라보던 아버지는 다시 한 번 낮은 목소리로 명령하며 손을 내밀었다. 아, 제길. 그러니까… 그 성적표, 분명 받긴 했는데…….

"버렸어."

나한테 하등 도움도 안 되고, 또한 필요도 없으며, 있어봤자 좋을 것도 없다. 당~연히 버리지 그럼 그걸 고이 모셔둘까.

하지만 아버진 내 대답에 전혀 아랑곳하지 않고 루사인을 바라보았다. 그리고 루사인은 그런 아버지의 뜻에 따라 무언가를 건넸다. 근데 그 물건인즉 어디서 많이 본 듯한 종이 쪼가리인 것이 꽤나 눈에 익은… 설마?!

"도련님이 무얼 생각하는지 뻔히 다 보이니까요."

"내가 그래서 널 안심하고 세라에게 맡기는 거지."

저, 저, 저, 저… 보는 것만으로도 웃음꽃이 화알짝 필 것만 같은 화기애애한 주종을 보라!! 루사인 저 배신자! 분명히 녀석이 도저히 입수할 수 없는 여자 화장실에 버린 것을 어떻게 가지고 있는 것이냐!! 나야 치마 입었으니 당당히 들어갈 수 있다지만 설마 네놈이 여자 화장실까지 침입했다는 것이냐!!

"이상한 생각 하지 마세요. 뻔히 도련님이 어떻게 나올지가 보이는데 그냥 넘어갈 리가 없잖아요. 근처의 여학생들에게 부탁해서 받아뒀다고요."

그렇군. 간과한 것이 있었다. 저놈 학교 내의 아이돌이었다. 녀석의 부탁이면 기름을 뿌리고 불속에라도 뛰어들 열성

분자들만 학년마다 수십. 거기에 잠재적인 추종자들까지 계산한다면 죄다 놈의 스파이라는 것인가… 라는 것은 학교 자체가 적?! 아니, 학교는 이미 존재 자체만으로 내 적이니까 패스인가.

어쨌든 지금 이렇게 느긋하게 생각하고 있을 때가 아니다. 성적표는 이미 적—루사인—을 통해 대마왕—아버지—에게로 향했단 말이다!!

서재엔 잠시간의 침묵이 흘렀다. 떨쳐 버리려야 버릴 수 없는 침묵이 계속해서 흐르고 흘렀다.

성적표를 쥐고 있는 아버지의 손이 부르르 떨리는 것이 들렸다. 그러니까 부르르 하고 떨리는 것은 움직임의 모양새인데, 어째서 청각으로 들리는 것처럼 말하느냐고 묻는다면 극도의 긴장감이 몰려와 감각의 영역까지 침식해서 이런 현상이 나타났다고 대답하겠… 이상한 소리 할 때가 아니다. 지금 정말 위험하다. 아버지의 반응이 평소와 같질 않단 말이다!!

"…드디어 해냈구나."

불안한 얼굴로 아버지의 반응을 살피고 있을 때, 드디어 영감탱이가 입을 열었다. 그런데 저건 또 갑자기 무슨 생뚱맞은 소리인가? 해내다니? 뭘?

"으… 응?"

고개를 갸웃거리며 아버지를 빤히 바라보자 옆에서 침묵하던 루사인이 끼어들었다.

"도련님은 성적표를 받자마자 펼쳐 보지도 않고 버렸거든요."

"그런가? 그랬겠지."

저런 고자질쟁이!! 아주 그냥 다 말해라, 다 말해! 그래, 언젠 내 편인 적 있었냐?! 그런데 뭐가 문제인 거야? 거기에 무슨 내용이 있기에 저런 반응들이야?

물론 내 호기심은 오래가지 않았다. 바로 이어지는 아버지의 말은 모든 것을 내게 알려주었다.

"내가 설마 살다 살다 내 주변에서, 그것도 직계 자식에게서 이런 등수를 받을 거라곤 꿈에도 생각 못했는데 말이다. 뭐, 상태로 봐선 언젠간 닥쳐올 거라 예상은 했다만 보고 나니 또 새롭군. 축하한다, 세라. 전교 꼴찌다."

"허어어어어어억?!"

"참고로 말하자면 이번엔 시험 날 처음 등교한 편입생까지 껴서 148명 중 148등이지요."

나조차도 놀란 내 성적에 루사인이 덧붙여 말했다. 야, 야, 너, 루사인!! 너 정말 끝까지 확인사살할 거냐?! 거기서 편입생 소린 왜 나와?! 왜?!

아버지는 침묵했다. 하지만 두 눈은 결코 성적표에서 떨어지질 않고 있었다. 그렇게 뚫어져라 봐도 거기 쓰여 있는 내용이 바뀔 리가 없는데 대체 무슨 짓인지 모르겠다. 나는 그저 지은 죄가 있으니 눈치만 볼 뿐이었다.

그렇게 또 한참의 시간이 지나고 아버지가 고개를 들어 나를 바라보았다. 어딘지 가볍게 풀어진 느낌. 미소까지 짓고 있는 아버지의 모습은 가히 두려울 따름이었다.

웃고 있다. 웃고 있다고!! 저 영감탱이가 웃고 있다!! 속엔 부글부글 열이 끓어오를 게 분명한데 안 그래도 가느다란 눈을 더욱 가느다랗게 뜨며 저렇게 상큼하게 웃고 있다는 것은 진심으로 화가 났다는 것인데… 망했다.

지금까지 살아오며 내게 저런 표정을 보인 것은 단 두 번. 그리고 난 그때 정말 뒈지게 맞았다. 내가 사실 이렇게까지 막 나가는 성격이면서도 아버지의 말엔 웬만하면 따른다는 거, 이유가 있었단 말이다!

본인도 스스로가 실버 나이트라는 것을 증명이라도 하듯 정말 맘먹고 붙잡고 팰 때의 괴력이란 같은 실버 나이트인 내가 감히 반항도 할 수 없을 정도로 강력했단 말이다!!

어쩌겠나. 패면 패는 대로 맞을 수밖에. 실실 웃음을 쪼개며 아들을 개 패듯이 패는 아버지라니. 상상만 해도 오싹해진다.

어쨌든 과거는 치우고, 지금 아버지가 또다시 저런 표정을 지었다는 게 문제다. 화, 엄청 났구나. 하지만 좀 억울하네. 어차피 나 머리 나쁜 거야 아버지가 더 잘 알고, 누가 머리가 나쁘고 싶어 나쁜가? 이렇게 낳아놓은 걸 어쩌라고!

그래, 이렇게까지 된 이상 나도 좀 따지고 싶다. 이왕이면

머리 좋은 애로 낳아줄 것이지 어쩌자고 이렇게 만들어놓았
냐고!! 이건 전적으로 부모가 책임질 일이라고!! 물론 대놓고
따지진 못했다.

"자, 어떻게 할까?"

여전히 방긋 미소 지으며 운을 띄우는 아버지였다. 눈웃음
을 살살 흘리는 게 정말 소름 끼치게 싸늘하다. 그냥 무조건
굽히자. 그게 최대한 덜 맞고 끝내는 길이다.

"…아, 아버지 하고 싶은 대로……."

"그렇게 하고 싶긴 한데 그 여리여리한 몸에 손댈 데도 없
고 말이야."

갑자기 눈이 번쩍 뜨였다. 아, 그래! 여자여서 좋은 게 있구
나. 정말이지, 영감탱이는 여자인 나한테는 한없이 관대하다.
이거 의외로 괜찮은데?

"그런데 너, 처음에 무슨 말이 하고 싶어서 나를 찾았던 거
냐?"

"응?"

잠깐 딴생각을 하던 난 갑자기 화제를 돌리며 묻는 아버지
의 말에 퍼뜩 정신을 차렸다. 아, 그러니까 지금 내 목적은 성
적표니 뭐니 이전에 그러니까 드래곤, 남부, 이게 최대 용건
이었는데 잊고 있었다니!!

"나, 드래곤에 대해서 조사하고 있었는데 남부 쪽에 전설
이 있어서 그쪽에 한번 가고 싶은데… 그러려면 좀 오래 걸리

고, 그냥 가려 했는데 아무래도 미성년자니까 허락을 받아야 한다고 해서……."

"남부 전설의 드래곤이라……. 네 엄마를 찾아보려고 그러는 거냐?"

"뭐, 그렇지."

아버지는 무언가를 생각하는 듯 침묵했다. 한참 오래 고민하는 것이 조금 불안했다. 하지만 곧 결정했는지 고개를 들어 다시 한 번 나를 빤히 바라보았다. 표정은 어느새 평소와 같은 굳은 얼굴로 돌아왔다.

"왕국 여학생 선발 대회."

"…엥?"

진지한 얼굴로 갑자기 뜬금없이 웬 여학생 선발 대회란 말인가? 뭐, 어쩌라고? 원하는 게 뭐야? 정말 당황해서 아버지를 바라보자 영감탱이는 친절하게 설명을 시작했다.

"3년에 한 번씩 열리는 수도의 각 학교에서 추천하는 여학생들을 한자리에 모아 여러 가지 심사를 통해 최고의 여학생을 뽑는 행사다. 물론 그중 가장 중요한 것이 바로 미모 부분이지. 다음주까지 신청 마감이다."

"그런 거야 나도 알고 있지. 그런데 지금 그걸 말하는 의도가 뭐야?"

"그곳에서 입상하면 이번 성적표에 대해선 눈감아주지."

"시… 싫다면?"

왠지 뒤에 이어질 말은 뻔할 것 같지만 그래도 한 번쯤 물어봐 줘야 예의일 것 같다는 생각에 조심스레 질문했지만 역시 대답은 예상과 같았다.

"남부 여행은커녕 성인이 될 때까지 학교 외엔 집 밖으로 한 발짝도 못 나갈 줄 알아라."

허억! 그럴 줄 알았어. 이 밴댕이 소갈딱지 같은 좁쌀 영감탱이! 치사하게 조건을 거냐. 대체 이게 무슨 날벼락이냐. 뜬금없이 여학생 선발 대회라니. 사교계 데뷔도 모자라서 이젠 미인 대회까지 내보내려는 거냐?

아니, 잠깐. 이건 기회일지도 모른다. 어쩌면 매우 유리한 고지일지도 모른다. 자, 그럼 이걸 발판 삼아 흥정을 해볼까?

"저기… 아버지, 그럼 입상하면 남부에 보내주는 거야?"

"성적에 대해서만 용서해 준다고 했다."

딱 잘라 거절하지만 겨우 그 정도에 굽힐 내가 아니다.

"그래도 그냥 출전만 하는 것도 아니고, 입상까지면 꽤 어렵잖아. 생각 좀 해주면 안 돼? 안 그러면 그냥 확 가출해 버린다?"

별 시답잖은 협박까지 끼워가며 조르자 아버지는 사뭇 진지한 얼굴로 나를 향해 못을 박았다.

"1등. 1등을 한다면 '고려'는 해보겠다."

그리고 나는 경악의 외침을 질렀다.

"뭐, 뭐어어어?! 1드응?! 아니, 잠깐, 아버지! 그건 좀 너무

심한… 아니, 아버지, 거기 잠깐 서! 어딜 가려는 거야?!"

내 대답은 전혀 기다리지 않고 그대로 자리에서 일어나 서재를 나서는 아버지의 뒷모습을 향해 필사적으로 외쳤다. 하지만 아버진 전혀 아랑곳하지 않고 뒤도 돌아보지 않으며 자신의 용건만 말하고는 서재를 나갔다.

"다시 말하지만 1등이다. 그렇지 않으면 아예 고려조차 하지 않겠다."

그리고 이어지는 침묵. 루사인은 이미 저쪽 구석으로 가 큭큭거리며 차마 배를 잡고 바닥을 구르는 추한 꼴은 보이지 못하고 커튼을 잡고 쓰러지지 않게 매달리고 있었다. 그리고 나는 더 이상 내 머리로 처리되지 않는 지금의 현상에 대해 다시 한 번 연산하고 또 연산했다.

그러니까 나 키르라이안 세라 일렉트리아 페르나슈 소공… 자인지 녀인지 어쨌든, 여자가 된 지 오늘로 한 달 반. 그런 내게 왕국 여학생 선발 대회에 출전한 후 입상도 어려운데 1등을 하라고? 말도 안 돼!!

"아니, 대체 저놈의 영감탱이가 왜 갑자기 되지도 않는 성적표까지 들먹이면서 날 그곳에 출전시키지 못해 안달인 거야? 대체 왜?"

도무지 이해가 가질 않아 나도 모르게 중얼거리자 구석의 루사인이 웃음을 진정시키고는 내게 설명했다.

"그러니까 전에 말했잖아요. 그 드레스, 주인 어른이 특히 맘에 들어 하던 거라고.”

“엥? 드레스?”

갑자기 뜬금없는 루사인의 말에 난 눈썹을 찡그리며 최대한 내 기억 속의 드레스를 떠올렸다. 대체 무슨 드레스를 말하는 것인가?

한참을 고민하던 내게 한 가지 떠오르는 게 있었다. 그러니까 대충 2주 전에 바아레른 성에서 내가 움직이기 수월하게 무릎 위의 길이로 찢어버렸던 그 드레스? 설마 그것인가? 아니, 분명 그것이다. 그거밖에 없다.

“이 독한 영감탱이. 설마 그걸로 아직까지 꽁해 있었단 말이야?”

“특히 아끼던 거니까요.”

“아니, 그럼 그걸로 화를 낼 것이지 웬 여학생 선발 대회냐고!”

“취미니까요.”

정말로 간결한 루사인의 대답. 그러니까, 취미? 아, 드디어 이해가 갔다. 그래, 아버지의 취향이 또 그쪽이었지. 그런데 잠깐. 어째서 아버지의 취미 따위에 내가 휘둘리지 않으면 안 된다는 것이냐!!

“뭐야? 그거였어? 그럼 새삼 내가 쫄 필요도 없지. 그런 데 나갈 턱이 있나.”

가볍게 무시하며 나 역시 서재를 나가려 할 때 루사인이 충고했다.

"주인 어른께서 목적 달성을 위해 빙 둘러서 성적표까지 끌어들인 것을 보면 그냥은 안 넘어갈 것 같은데요. 정말로 남부엔 성인이 될 때까지 못 가게 될 가능성이……."

그리고 그것은 내가 생각하기에도 뻔한 결말이었다. 결국 나가야 한단 말인가? 그 말도 안 되는 선발 대회에? 사교계 데뷔로는 모자랐단 말인가?!

뭐, 그래. 이왕 버린 몸, 까짓 선발 대회, 나가자. 나가 주자고. 보기 좋게 탈락하면 아버지도 할 말 없… 아니, 입상은 해야 그 영감탱이가 조금은 만족을 하려나. 뭐냐, 대체. 내 인생에 또다시 끼어든 이 암울한 그림자는……. 맑게 개일 날은 대체 언제쯤이냐고!!

Chapter 2
시작된 특훈, 아가씨가 되자!

모든 일은 일사천리로 처리되었다. 내 인생의 먹구름에 대해 한탄하고 있을 때, 나의 적들은 바쁘게 움직이며 이미 모든 준비를 끝내 버렸다. 아버지는 직접 학교로 출동해 학교장 추천서를 받아냈고, 루사인은 아버지의 명령으로 이름있는 가정교사들을 초빙했다. 그리고 시녀들은 동으로 서로 분주히 뛰어다니며 내 옷을 새로 맞추기 위해 방문하는 디자이너들의 요구를 받아주고 있었다.

"정말… 대체 무슨 수를 쓴 거야. 교장이 정신이 나가지 않고서야 날 학교 대표로 써줄 리가 없는데 뭐 하다 일이 이렇게 된 거지?"

“내가 하고 싶은 말이다.”

들떠 있는 집안 분위기에 한숨을 쉬며 중얼거리던 난 갑자기 옆에서 울리는 카린의 목소리에 흠칫 놀라 고개를 돌렸다. 언제 다가왔는지 내 옆엔 심하게 저기압으로 보이는 카린이 팔짱을 끼고 역시나 나처럼 한숨을 푹푹 쉬고 있었다.

“카, 카, 카, 카, 카린? 네가 우리 집에 웬일이야?”

“이거잖아, 이거!! 네놈 때문에 나까지 휘말렸다고.”

당황하여 소리치자 카린은 무언가 종이 자락을 내 앞에 펄럭이며 인상을 썼다. 나는 눈앞에 날리는 그것을 낚아채 읽기 시작했다.

“이게 뭐야? 제17회 왕국 여학생 선발 대회… 신청서……? 엥? 설마?”

“네놈 때문에 나까지 나가게 생겼잖아!! 게다가 오늘부터 너희 집에서 같이 수업 받으라더라!!”

카린이 버럭 화를 내며 분노에 가득 찬 눈길로 노려보았다. 하지만 난 정말 억울했다. 아닌 밤중에 홍두깨도 아니고, 대체 왜 나 때문이란 말인가? 이왕 분노를 산 것, 따질 건 따져 봐야 덜 억울하다.

“나가게 됐으면 나가게 된 거지, 왜 나 때문이야?!”

“네 아버지가 우리 집까지 와서는 네가 이번에 출전한다고 실컷 바람 넣고 가셨잖아!! 어머님께서 나도 이 기회에 나가 보라고 압박을 넣으셨다고!”

두 눈에 분노의 불길이 이글이글 타오르는 카린의 모습에
나는 쫄아버렸다. 아니, 대체 이 영감탱이는 어쩌자고 남의
집까지 가서 일을 크게 벌이냔 말이다.

"우리 영감탱이야 그렇다 치고, 왜 네 어머니가 널 참가시
키려 하는 건데?"

"알 게 뭐야!! 네 녀석이 요조숙녀가 될 공부를 한다니까
그대로 솔깃하시고는 나도 가서 배우라더라!! 아니, 대체 내
어디가 부족하다고 아가씨 수업을 받으란 거야!! 아, 열받아!"

퍽퍽퍽퍽! 파악!

있는 대로 화를 내며 소리를 버럭 지르곤 주먹으로 벽을 치
고 그대로 발로 몇 번 더 힘차게 차주는 카린이었다. 그리고
도 모자라 드레스 자락을 들고는 벽을 향해 마지막 날아 차기
까지 깔끔하게 날려주는 그 모습. 그래, 그게 문제다. 그러니
까 수업 받으란 거다.

물론 차마 대놓고 말하진 못했다. 화풀이의 대상이 벽이 아
니라 내가 되는 경우는 정말 사양이니까.

"근데 왜 하필 여기서 같이 배우란 거야? 설마 하니 잉게
공작가에서 가정교사를 부를 여력이 없는 것도 아닐 테고."

문득 궁금해져서 묻자 카린은 들고 있던 신청서를 벅벅 찢
으며 소리쳤다.

"페르나슈 공작 가문에서 수도에 있는 이름있는 가정교
사는 모두 다 선점해 버려서 우리 집으로 초청할 선생이 없

다고!!"

"루사인 행동 빠른 거야 만인이 인정하는 거니까. 그런데 그 신청서 찢으면 어떡해?"

"상관없어. 어차피 사본이야."

벽치기를 몇 번 한 덕분에 흘러내린 머리를 가느다란 손가락으로 쓸어 올리며 카린은 조용히 대답했다. 그리고 침묵하기를 몇 분. 카린은 드디어 지금 자신의 상황에 대한 정리를 끝냈는지 갑자기 긴 한숨을 쉬며 팔짱을 끼고 슬며시 나를 바라보았다.

"이렇게 된 이상 본격적으로 해봐야지."

"하아? 결심한 거야?"

"다른 건 몰라도 어느 날 갑자기 여자가 된 전직 개망나니 따위에게 지게 된다면 16년 동안 여자로 살아온 내 자존심이 위태로워질 것 같아."

하긴, 안 그래도 내가 남자였을 때 남자인 나보다 미모가 떨어진다는 것에 콤플렉스가 있었는데, 게다가 여성성마저 떨어진다면 카린의 여자로서의 체면은 그야말로 떡이 되겠지. 그렇다 해도 전직 개망나니는 또 뭐란 말인가. 어쨌든 지금이라도 진정하고 결심했다니 다행이다. 괜히 불똥 튈 염려는 없겠지.

"뭐, 잘해봐."

"좋아, 무슨 반칙을 써서라도 네놈만은 이겨주지. 목숨이라도 건다.”

나름대로 카린을 향해 격려해 주든 내 귀에 암울한 기운이 담긴 어두운 목소리가 스멀스멀 들려왔다.

“자, 잠깐! 무슨 소리야, 그건?! 무슨 짓을 하려는 거야?!”

당황하여 말속에 뼈가 있는 그 발언에 대해 진중한 대화를 나눠보려 했지만 이미 카린은 ‘오호호호’ 하며 독기 어린 웃음소리를 내뱉으며 복도 저 끝으로 사라졌다. 뭔가 매우 좋지 않은 미래를 보게 될 것 같은 예감이 들었다. 그리고 보통 이런 예감은 분명히 적중하게 마련이었다.

왕국 여학생 선발 대회는 신청 접수 마감일로부터 일주일 후, 왕국이 자랑하는 안젤라 아트 홀에서 열린다. 귀빈 500석과 일반인 3천 석의 대규모를 자랑하는 그곳은 평소 음악회, 연극제, 오페라, 뮤지컬 등, 각종 문화 행사가 열리는 문화의 중심지임을 굳건히 자리매김하는 장소로 이번 왕국 여학생 선발 대회 같은 대규모 행사에 결코 빠질 수 없는 곳이었다.

아무래도 대회가 대회이니만큼 참가하는 소녀들의 신분은 귀족이거나 상류 부자 집안 출신이 대부분일 거고, 그녀들의 가족들이며 일가 친척, 이곳저곳의 지인들까지 모두 몰려와 바라보는 가운데 행사는 진행될 것이다.

즉, 그 수많은 상류 계급 사람들의 눈앞에 개쪽 당하지 않으려면 정말 열심히 공부해야 한다는 사실이 눈앞에 닥친 과제였다.

생각해 보라. 저쪽은 십수 년간 갈고닦은 아가씨들, 그리고 난 경력 한 달 반. 이미 시작부터가 매우 불리한 싸움이다. 그나마 내세울 거라곤 타고난 미모 정도? 하지만 루사인의 말을 빌리자면 내 행동거지는 천 년 사랑도 식게 만들 정도라니 미모도 그리 큰 이점은 아닐 것 같다.

그리하여 다른 건 다 그만두고라도 '쟤, 왜 나왔니?', '공작가 앞날이 훤하다', '키르라이안과 쌍둥이라더니 과연' 등등의 소리만은 듣지 않기 위해, 그리고 남부로 가려면 아버지의 조건을 어느 정도 충족시켜야 한다는 필요성을 위해 생전 해보지 않은 각오를 하게 되었다. 나를 아는 사람들이 들으면 기절할 정도의 다짐, 바로 '열심히 공부하자' 라는 맹세다.

수업이 끝나면 어느새 학교 교문 앞에 대기한 마차에 올라타 전속력으로 집을 향해 달린다. 물론 그 안엔 함께 공부하기로 한 카린도 껴 있었다. 최대한 머릿속에 아가씨가 되자, 요조숙녀가 되자, 딱 이번만 얌전히, 얌전히, 얌전히, 얌전히를 계속해서 세뇌시키다 보면 집에 도착하게 된다.

집 안에 들어서면 시녀들이 달려나와—요즘은 카린네 시녀들도 우리 집에 상주하여 같이 달려나온다—교복을 벗기고 아가씨의 첫걸음, 소녀다운 드레스를 입히고 머리를 매만지며 순식간에 변신을 시켜 버린다. 그렇게 몸단장이 끝나면 이층에 마련된 교실로 이동하고, 마침 시간에 맞춰 들어온 가정교사와 마주하게 된다.

'일주일에 요조숙녀 만들기, 자, 당신도 아가씨가 될 수 있다' 프로젝트가 시작된 지 오늘로 사흘째. 오늘의 스케줄은 예법과 댄스와 화술. 어차피 예법이야 그래도 지금까지 귀족 물 먹은 게 있어 나름대로 내숭은 떨 줄 아니 문제될 것 없었고, 댄스도 남자용은 완벽하게 숙지해 놓고 있는 데다 여자용 댄스 정도야 그동안 맞춰서 춰왔으니 대충대충 넘어갈 수 있어 신경 쓰지 않아도 된다.

그래서 문제가 되는 것이 바로 화술. 다른 과목들과 달리 오늘부터 새로 듣게 되는 과목으로 양갓집 아가씨로서의 대화법에 대한 것을 중심으로 공부해야 한다.

여기서 제기되는 문제가 심각하다. 솔직히 내가 키르라이 안이었을 때야 어차피 남자고 공작가 외아들로 눈앞에 거칠 것이 없으니 내키는 대로 말해왔다지만 여자가 된 이상, 그것도 아가씨 중의 아가씨를 뽑는 대회에 나가게 된 이상 온갖 내숭으로 점철된 언어를 사용해야 하는데, 바로 그것에 대한 집중 수업이 바로 화술이다.

하지만 제 버릇 개 못 준다고, 카린을 보라. 나름대로 내숭 팍팍 쓰면서 학교에선 아가씨의 언어를 사용한다지만 여전히 속 내용물이 저 모양 저 꼴일진대 나는 어떻겠느냐 이 말이다.

긴장을 하며 교실에―교실이라지만 카린과 나 단둘이 앉아 있고 앞에 가정교사의 자리가 있는 그냥 큰 방이다—앉아 가정교사가 들어오길 기다렸고, 얼마 지나지 않아 방문이 열리며 눈에 익은 시녀가 들어왔다.

"이곳입니다, 선생님."

"감사합니다."

시녀의 안내를 받고 들어온 여자는 30대 중반쯤의 나이로 옷차림은 전혀 흠잡을 데 없이 각이 제대로 잡힌 고풍스러운 드레스를 말끔히 차려입은 부인이었다. 갈색 머리를 칼같이 다듬어 올리고 외출용 모자로 눌러놓은 모습이 그야말로 완벽했다.

전형적인 가정교사의 표본이라 할 수 있는 검은 뿔테 안경을 쓰고 안경으로도 가릴 수 없는 차가운 눈매며 생김새가 어디 나가서 명함 안 내밀어도 가정교사, 혹은 기숙사 사감이라 짐작할 수 있을 것 같았다.

안내를 마친 시녀가 조용히 문을 닫고 나가고, 가정교사는 허리를 곧게 펴고 긴장하고 있는 나와 카린의 앞으로 다가왔다. 자신의 자리에 앉아서야 그녀는 나와 카린을 보았고, 전혀 뜻밖의 목소리로 당황하며 외쳤다.

"맙소사! 잉게 소공녀?!"

그리고 카린은 반가운 듯 외쳤다.

"어머나, 선생님!!"

뭐지? 뭐가 어떻게 돌아가는 거지? 그러니까 저 둘이 구면?

아는 사이? 선생님? 원래 카린 담당이었던 건가? 그런데 저 가정교사는 매우 당황하는데 카린은 반가워하는 게 뭔가 과거가 있는 사이?

둘 사이의 썸씽에 대해 알지 못하는 나는 눈치를 살피며 궁금해했지만 이런 내 속마음을 아는지 모르는지 저 둘은 이미 내 존재는 잊은 듯 둘만의 세계에서 서로를 바라보고 있었다. 그러니까, 무슨 일인지 나도 좀 알자. 응?

화술 전문 가정교사로 온 눈앞의 부인은 첫인상과는 달리 안절부절못하고 손까지 떨며 눈앞이 카린을 바라보고 있었다. 하지만 정작 카린은 눈빛부터 따사로운 것이 가정교사와는 정반대로 여유로움이 좍좍 풍겼다.

"이번에 잉게 공작가에서 다시 저를 불렀지만 냉정히 거절했는데, 어째서 공녀가 이곳에 있는 겁니까?"

심할 정도로 눈을 가늘게 뜨며 누가 봐도 저건 명백한 의심이라 확신할 수 있는 눈초리로 카린을 지그시 바라보며 묻자 카린은 우아한 아가씨처럼 양손을 마주 잡고 기뻐했다.

"아, 그래서 어머님이 저보고 페르나슈 공작가로 가서 배우라 했군요? 어쩐지 이상했어요. 아무리 루사인의 행동력이 빠르다지만 가정교사들이 독점 계약을 하는 것도 아닌데 어째서 그러나 했는데, 선생님이 이곳으로 오시는 거였군요?"

"그러니까, 공녀를 맡기 싫어서 거절했더니 이곳에 계시는 이유가 무엇이랍니까?!"

"그렇게까지 해서라도 선생님께 가르침을 받으라는 어머님의 뜻이겠지요. 솔직히 지금의 제가 있을 수 있는 게 모두 선생님 덕분이잖아요."

"제 인생의 최대의 오점입니다."

치를 떠는 가정교사와 여전히 좋아하는 카린. 지금의 카린을 있게 한 사람이라……. 그러니까 어떤 점에서의 카린이란 말인가? 물론 내 의문은 저들의 대화 덕분에 그리 오래가지 않았다.

"하지만 선생님, 저 이래 보여도 학교에선 그야말로 아가씨로 통하고 있는걸요. 다 선생님 덕분이에요. 본성을 바꿀 수 없으면 내숭이라도 떨어라. 아, 얼마나 지당한 말씀이시던지. 그때의 가르침이 없었다면 전 지금쯤 키르라이안과 함께 집안에서 내놓은 자식의 대표적인 양대 산맥이 되었을 거예요."

"살다 살다 공녀같이 도무지 손댈 수 없는 막가파 아가씨는 제 인생에 전무후무할 거라 판단했을 뿐입니다. 제 손을 거친 아가씨가 동네에서 막 굴러다니는 모습을 차마 인정할 수 없어 나온 편법일 뿐 제 인생 최악의 굴욕이었는데 이번에 또라니요!!"

완전히 질려 버렸다는 듯이 고개를 절레절레 흔드는 모습을 보며 난 드디어 깨달았다. 그래, 그러니까 카린이 언제부턴가 학교에서는 양갓집 규수마냥 간드러지는 높임말을 사용

하며 꽤나 아가씨답게 구는 처세술을 펼친다 했더니 그것이
바로 저 가정교사의 가르침이었구나.

알게 되니 이해가 쉬웠다. 그러니까 저 선생은 카린의 고치
지 못할 본성에 좌절하고, 그래도 차마 자기가 맡았던 학생이
니만큼 안에서 새는 바가지 밖에선 임시방편으로 반창고라도
붙이고자 이중 생활의 대명사, 지금의 카린을 만들었다는 사
실.

드디어 상황 파악을 완료하고 고개를 끄덕이며 난 여전히
이 방에 둘만 있는 듯 열심히 대화를 나누는 카린과 가정교사
의 사이에 끼어들었다.

"그러니까 선생님, 카린을 피해 이곳에 왔는데 여기에 또
카린이 있어서 지금 정말 당황했다 이것이지요?"

내 질문에 가정교사는 그제야 나를 바라보며 순간 얼굴을
굳혔다. 뭐랄까. 전혀 예기치 못한 곳에 있을 수 없는 사람을
본 듯한 그런 표정이었다.

"아, 내가 이 무슨 실수를……. 죄송합니다. 그러니까… 페
르나슈 소공녀?"

"세라입니다."

"그렇습니까. 처음 뵙겠습니다, 공녀. 로젤란이라 합니다.
호칭은 그냥 선생님이면 됩니다."

이름을 댄 내 소개는 완전히 무시하고, 공녀라는 단어에 힘
을 주며 말하고는 자신을 소개하는 모습이 참으로 콧대 높고

도도한 상류 계층의 전형적인 모습이었다. 과연, 이러니까 같은 상류층의 자녀들을 가르치는 것인가. 뭐, 하지만 지금 내게 중요한 것은 그런 게 아니다. 그러니까 내가 원하는 것은 바로 이것이었다.

"선생님, 이제 인사도 했으니 계속하세요. 카린이랑 대화 나누는 게 꽤 재미있던데, 뭔가 남의 과거를 엿보는 것 같기도 해서 흥미진진하네요."

세상에 제일 재미있는 것이 강 건너 불구경이요, 싸움 구경이다. 물론 이쪽은 싸우는 것은 아니고 한쪽의 즐거움과 한쪽의 좌절이 눈에 띄게 두드러져 보이지만, 뭐랄까, 싸움 구경만큼이나 재미있었다.

무엇보다 카린의 저 내숭의 정체에 대한 대화이니 더더욱 흥미가 당겼다.

하지만 로젤란 선생님은 더 이상 카린에게 시선을 주지 않았다. 기대를 하며 눈을 반짝이고 앞으로 무슨 일이 벌어질지 두근두근하는 나를 말없이 한참이나 바라볼 뿐이었다. 그리고 잠시 후, 그녀는 나를 향해 입을 열었다.

"스무 살부터 가정교사를 시작하여 오늘로 16년째. 그동안 수많은 양갓집 아가씨들이 저를 거쳐 갔고, 아무리 말괄량이라 하더라도 저를 처음 마주할 때, 제 첫인상에 조금이나마 주눅이 드는 모습을 볼 수 있었습니다. 제 입으로 말하기 어렵지만 전 완벽할 정도의 가정교사의 모습을 갖추고 있으니까요."

"네, 네, 보자마자 느꼈어요. 정말 가정교사의 표본이 튀어나온 줄 알았다니까요."

고개를 끄덕이며 긍정하는 나를 보며 로젤란 선생님은 긴 한숨을 쉬었다.

"본디 양갓집 아가씨라 함은 아무리 말괄량이라 해도 본성은 여린 소녀. 아름다운 단어를 사용하며 대화를 하다 보면 내면에 잠들어 있는 소녀가 깨어나게 마련인데… 지금까지 제 인생에 단 한 명, 저기 저 잉게 소공녀의 내면엔 그런 소녀 따위 눈곱만치도 없었습니다."

"넵, 인정합니다. 카린이 학교에서 내숭 떠는 것만으로도 기절하는 줄 알았다니까요. 그것만 봐도 충분히 성공하신 거예요, 선생님은."

로젤란 선생님의 말에 난 적극적으로 동의하며 추가로 설명했다. 그러자 옆에 앉아 눈을 빛내며 선생님의 말을 하나하나 듣던 카린이 도끼눈을 뜨고 나를 노려보며 소리쳤다.

"라이안!!"

"아, 글쎄, 세라라니까!"

"세라고 뭐고, 너 지금 내 사정거리 안에 있는 걸 잊은 거냐? 한동안 가만 내버려 뒀더니 간이 배 밖에서 복식 호흡을 하는구나! 아주 이 기회에 담가줄까?"

"김장철도 아닌데 담그긴 뭘 담가! 카린 너야말로 잊은 게 있는데, 나도 이제 마법 쓰거든? 그리고 같은 여자니까 싸워도 문제될 게 없다 이거야!”

“너 꼭 말하는 게 전엔 여자라 봐줬다는 뉘앙스가 살살 풍기고 있다?”

어느덧 자리에서 일어나 의자에 다리를 걸치고 언제라도 내게 달려들 준비 태세를 갖춘 카린과 역시나 일어서서 의자를 들고 방어 태세를 갖춘 나를 보며 로젤란 선생님은 눈을 동그랗게 뜨고는 있는 힘껏 소리쳤다.

“둘 다 제자리에 앉으세요!!”

그리고 그녀의 박력에 놀란 나와 카린은 언제 무슨 일이 있었냐는 듯 순식간에 한 치의 흐트러짐도 없이 처음 그녀가 들어왔을 때와 똑같은 자세로 자리에 앉았다.

로젤란 선생님은 얌전히 앉아 눈만 말똥말똥 뜨고는 ‘우린 아무것도 몰라요’ 라는 천진난만한 표정을 짓고 있는 나와 카린을 바라보며 몇 번이고 한숨을 쉬었다. 그리고 각오한 듯 주먹을 불끈 쥐고 나를 향해 물었다.

“이건 혹시나 해서 묻는 겁니다. 정말로 설마 해서 묻는 것인데…….”

“부담 갖지 마시고 뭐든 물어보세요, 선생님.”

“저는 이 수도에서 손에 꼽히는 화술의 대가로 내로라하는 귀족가 영양들의 교육을 담당해 왔습니다. 그렇기에 이번에 페르나슈 공작가에 숨겨진 아가씨가 있다는 소리에 마음이 설레었고, 제게 교육을 요청해 온 바, 과연 어떤 아가씨인지 그 됨됨이 또한 궁금했습니다."

무언가 길고도 긴 고상한 대사에 넋을 놓고 멍하니 바라보자 옆에서 내 사태를 짐작한 카린이 손을 들고 말했다.

"선생님, 서론이 너무 길어요. 세라가 머리가 좀 심하게 나빠서요. 그렇게 말하면 전혀 못 알아먹으니 그냥 본론으로 들어가세요."

당당히 요구하는 카린을 보며 넋이 나가 눈에 초점을 잃어버린 나를 보며 그녀는 다시 한 번 한숨을 쉬었다.

"그럼 단도직입적으로 묻겠습니다. 그러니까, 잉게 소공녀가 이곳에 있다는 것은 두 분은 원래 친분이 있다는 것을 뜻하고, 친구는 닮는다라는 말이 있는즉… 설마 같은 종류이십니까?"

대체 무엇이 단도직입적이란 소린가? 질문의 요지조차 이해가 안 가건만. 그래도 대충 짐작해 보자면 무엇을 기준으로 사람을 종류 별로 나누는지는 모르겠다만, 그러니까 저 질문은 나와 카린이 비슷하냐, 비슷하지 않냐, 바로 이것에 있으렷다? 그런데 어떤 걸로 비슷한 것을 묻는 것인가? 도무지 요점을 파악하지 못해 안 되는 머리 심하게 굴려봐도 답이 없는 건 매한가지였다. 그리고 그런 나를 딱하게 여겼는지 카린이 대신 대답을 해줬다.

"선생님, 같은 종류는 아니에요."

"아, 그런가요?"

조금은 얼굴에 화색이 돌며 안심하는 얼굴이 되어가는 로젤란을 향해 카린은 다시 한 번 입을 열었다.

"그나마 저는 제 안에 여자라는 자각까지는 있는데 세라는 그냥 속에 남자 하나 들어 있다고 생각하면 돼요. 그것도 아주 그냥 개망나니로."

"아, 그러니까 여성성에 대해 물은 거였구나? 나보다 카린이 더 여자다운 거야 당연한 말이지."

그제야 로젤란 선생님의 질문을 이해한 나는 고개를 끄덕이며 긍정했다. 솔직히 바른말 아닌가? 나야 애초에 남자였고, 저쪽은 그나마 여자로 자라온 지 16년인데 나보다야 카린이 여자다운 건 말할 가치도 없는 것이다.

그리고 이런 우리의 대답을 들은 로젤란 선생님은 눈을 크게 뜨고 그 자리에서 풀썩 쓰러졌다. 아, 쓰러지는 모습마저도 우아하구나. 한 손으로 책상을 잡고 그대로 수직 하강이라. 속도는 너무 빠르지도 느리지도 않게 다른 손으론 이마를 잡아 머리가 아프다는 것도 보이는, 그야말로 아가씨 쓰러지기의 정석!! 잘 보고 나중에 아버지 앞에서 써먹어봐야겠다. 여자인 나한텐 매우 약하니까 그 앞에서 저렇게 우아하게 쓰러지면 뭐든 들어주겠지.

여러모로 흑심을 품고 있을 때, 로젤란 선생님은 그새 정신을 차린 듯 자리에서 일어나 우리 둘 앞에 앉았다. 어느새 눈은 다시 처음 들어왔을 때와 같은 날카로운 빛을 내비치고 있었고, 얼굴 표정은 굳은 의지로 가득 차 있었다. 무언가 아주 힘든 결심이라도 한 얼굴로 찬찬히 나와 카린을 번갈아 보던 그녀는 드디어 입을 열었다.

"좋습니다. 잉게 소공녀만으로 이미 모든 인간의 갱생은 포기했었습니다. 그러니 제가 오늘부터 두 분께 가르칠 것은 완벽한 내숭과 그것을 들키지 않을 연기력, 그리고 순간순간의 위기를 모면할 수 있는 대처 및 변명거리에 대해서입니다."

"와, 바라던 바예요, 선생님. 어머님이 그러셨거든요. 속까지 다 바꿀 수 없으면 겉이라도 완벽하라고. 꼭 선생님께 계속 내숭에 대해 배워두라고 당부하셨었어요. 거기에 대해 선생님은 프로라고요."

"…그게 잉게 공작 전하께서 언제나 저를 불러들이시는 이유였군요."

주먹을 세게 쥐고 부들부들 떨며 그녀는 중얼거렸다. 그리고 나는 그녀의 등 뒤로 화르륵 불길이 이글거리는 듯한 감각을 느꼈다. 아마도 저건 분노와 원망을 짜깁기한 결정판이려나?

로젤란의 수업은 간단했다. 주된 내용이야 그녀의 과목이 화술이니만큼 말로써 세상을 평정하는 것이라지만 그 과정이 참으로 신기했다.

애초에 나나 카린은 그녀로서도 인성은 포기한 존재들. 그리하여 언어의 표현에 있어 가장 기본이 되는 인성을 버리고 로젤란은 연기부터 가르쳤다. 상황에 따라 둘러대기, 얼버무리기, 표정으로 압도하기, 모르는 척하기, 귀족 아가씨로서 도저히 할 수 없는 행위를 했을 때조차 상대가 잘못 본 것이 아닌가 착각할 정도로 시치미 떼기 등등, 그야말로 잔머리의 진수에 대한 강의였다.

이 정도면 나도 할 만하다. 여자는 아니었다지만 귀족으로서 그간 몸에 쌓아온 기초란 게 있는 데다 눈치 하면 둘째가라면 서러운 나다. 그러니까 요는 눈치껏 최대한 자신을 숨기고 남들을 속여먹으라 이것이다. 사양할 필요 있나. 이거 나름대로 꽤 재미있을 것 같다. 일종의 사기술 아닌가.

"이거 괜찮은데?"

어둠의 포스를 풀풀 날리며 즐거운 듯 중얼거리자 옆에서 구경하던 카린이 포기했다는 얼굴로 고개를 절레절레 저었다. 꼭 자기는 아닌 척한다. 지금까지 학교에서 스스로가 해온 일이 바로 이 사기술이었음이 지금 막 드러났는데 감히 과거를 감추려 하면 쓰나.

"뭐, 솔직히 내가 겪어봐서 아는데, 그 많은 교양이니 예법이니 다 필요없더라고. 로젤란 선생님이 가르쳐 준 내숭 연기 하나면 통하더라."

나의 의기양양한 눈초리에 결국 항복했는지 자신의 경험

담을 말하는 카린이었다. 솔직하게 나온다면 나도 좋게좋게 나가야지.

"응. 학교에서 카린 너의 입지를 생각해 보면 정말 엄청난 효과지. 아주 가끔 네 본성이 얼핏 드러나도 다들 설마 하면서 눈을 비비고 말잖아."

"맞아. 효과 하나는 최고야. 그래서 우리 어머님께서 다시 한 번 로젤란 선생님을 내 가정교사로 들이기 위해 그렇게 고생하시는 거야. 워낙에 선생님이 유명하셔서 여기저기 선약이 잡힌 터라 우리 집에 올 차례가 되질 않아서 문제지."

전에 둘이 나눴던 대화의 정황으로 보건대 아무래도 선생님이 카린네 집에 가는 것을 거절하는 게 선약 때문만은 아닌 것 같았지만 그렇다고 그걸 따로 지적해서 모처럼 화기애애해진 카린과의 분위기를 망치고 싶진 않았다.

"잘됐지. 그나마 우리 집으로라도 오시기로 했으니까."

"앞으로 잘 부탁해. 너랑 같이 있는 건 그리 마음에 들지 않지만 선생님께 여러 가지 가르침을 받고 싶으니까 자주 올게."

그리고 이런 우리들의 대화를 들으며 로젤란은 더 이상 빠져나올 수 없는 악의 구렁텅이에 빠진 것마냥 좌절하고 절망한 얼굴로 자신의 교육관과 인생관에 대해 계속해서 중얼거리고 있었다.

그 후 며칠간 로젤란 선생님을 포함한 여러 명의 가정교사들이 들락거리는 가운데 수업은 막바지에 이르렀고, 여학생 선발 대회 역시 하루 앞으로 다가왔다. 하루가 남은 시점에서 총정리는 나와 카린의 전폭적인 지지를 받고 있는 로젤란 선생님이 맡게 되었고, 그녀는 엄숙한 얼굴로 충고했다.

"본성을 감추세요. 두 분, 얼굴만큼은 타의 추종을 불허하니 끝까지 내숭으로 나가세요."

뭐랄까. 우릴 가르치는 것이 인생 최대의 굴욕이니 좌절이니 하던 분이 어느새 저런 발언까지 서슴지 않고 하게 된 점에 대해선 좀 죄송하기까지 했다. 하지만 어쨌든 서로의 목적이 한 점에 닿은바, 그것은 바로 왕국 여학생 선발 대회의 제패에 있었다. 일단은 예선 통과, 그리고 전국 대회, 그리고 남은 것은 우승. 뭔가 표현이 청춘 스포츠 만화 같아진 점에 대해선 무시하도록 하자.

"오늘이 고비입니다. 두 공녀님의 실력을 확인하기 위해, 그리고 실전을 위한 연습을 위해 오늘 밤 대회의 전야제 겸 열리는 궁정 파티에 참가 신청을 해놓았습니다."

로젤란 선생님은 눈을 빛내며 한마디 한마디 강조하며 설명해 나갔다.

"두 분은 그곳에 참석해서 한껏 아름다움을 뽐내며 경쟁자들이 먼저 기가 죽어 나가떨어지는 것을 노리세요."

나와 카린은 고개를 끄덕이며 한마디도 놓치지 않기 위해 집중했다. 오늘이 마지막이다 보니 그녀의 충고 한마디가 아쉬울 판이었다.

"하지만 무엇보다 가장 중요한 것이 있습니다. 오늘 밤엔 내일을 위한 심사위원들도 모습을 드러낼 겁니다. 미리부터 좋은 인상으로 높은 점수를 선점하세요. 막상 대회가 시작되면 마음대로 할 수 없으니 오늘 밤이 중요합니다. 미인계든 뇌물이든 그냥 막 나가세요."

정말 사람이 망가지기 시작하면 그 끝을 모른다더니, 설마 하니 이 선생님이 그 중요한 예시가 될 줄은 꿈에도 몰랐다. 카린 하나로도 모자라 나까지 만난 후유증이 여기서 드러나는 것 같아 심히 뒤가 구렸지만, 그래, 심사위원이라……. 적을 알고 나를 알면 백… 백… 간만에 문자 쓰려니 생각이 잘 안 나네. 어쨌든 이긴다 했다. 심사위원을 매수하진 못하더라도 적어도 그게 누군지 알고 그자의 취향을 미리 조사하는 것 정도는 가능하겠지.

그렇게 해서 로젤란 선생님의 마지막 충고도 끝을 맺고, 나와 카린은 굳은 의지로 각오하고 화려한 드레스와 그에 못지않은 헤어스타일로 만반의 준비를 갖췄다. 이왕 나가게 된 거, 적어도 예선은 통과해야 한다. 그래야 뭐든 할 수 있게 되는 거다.

왕국 여학생 선발 대회의 전야제 파티는 왕성에서 열렸다. 혹자는 겨우 여학생 뽑기 대회 정도에 성에서까지 문을 열어

줄 필요가 있느냐며 비웃겠지만, 따지고 들어가면 이건 당연한 대접이었다.

왕국 여학생 선발 대회에 출전할 수 있는 자격은 후자와 같다. 수도에 있는 학교의 여학생일 것, 학교장의 추천을 받을 것. 간단하고 쉬운 조건일지 모르지만 바로 그것에 함정이 있었다. 바로 후자의 조건, 학교장의 추천이다.

이 대회에 참가하는 후보들은 모두 각자 다니는 학교의 명예를 걸고 나선다. 학교의 이름을 걸고 있는 그녀가 바로 학교의 얼굴인 것이다. 3년마다 한 번씩 열리는 만큼 이 대회의 성적이 3년간 학교의 위상을 알리게 된다. 그런 것이니 학교는 교내의 뛰어난 여학생들로 후보의 범위를 좁혀 나가고, 보통 뛰어나다는 것은 얼굴이 아름답거나 기품이 있고, 무엇보다 그런 것들을 돋보일 수 있는 재력이 뒷받침되어야 한다.

일반 평민, 혹은 그 이하 수준의 집안의 소녀는 아무래도 어렸을 때부터 집안일이니 그 외 여러 가지 세상사에 때가 묻게 마련이다. 때문에 자연히 학교가 원하는 조건의 순수하고 기품있는 아가씨는 대부분 상류 계층 집안일 확률이 크고, 그런 집안의 소녀들이 후보인 이상 대회를 구경하러 오는 사람들의 수준도 높아진다.

거의 대부분이 귀족, 아니면 준귀족 급. 그들을 초대하는 자리니만큼 성문 한 번 열었다 해서 흠될 게 없는 것이다. 오히려 성이 아니고서는 그 정도의 인원들을 받아들여 파티를 열 만한 곳 또한 없으니 결국 선택할 수밖에 없는 장소였다.

카린과 함께 집 밖으로 나오자 어디서 많이 본 마차가 우리 집 마당에 서 있는 것을 볼 수 있었다. 안 그래도 화려해 보이는 마차의 문을 장식하고 있는 것은 왕가의 상징인 황금색 드래곤과 그것을 마주 보고 있는 사자가 새겨진 가문기. 드래곤 하면 왕가요, 거기에 사자라면 더 고민할 것도 없는 마티아스 공작가, 즉 프리츠의 가문이었다.

"왜 녀석의 마차가 이 시간에 남의 집 마당에 서 있는 거야?"

인상을 쓰며 중얼거리자 옆에 있던 카린이 앞으로 나서며 대답했다.

"내가 불렀어. 명색이 공녀인데 에스코트도 없이 들어가긴 싫거든."

"헤에, 프리츠 녀석. 용케도 나왔네. 이 시간이면 졸려 죽겠다고 자고 있었을 텐데. 걔가 저녁잠이 많아서 파티 같은 거 질색하잖아."

"안 나오면 죽인다고 했지."

"…그러냐?"

카린이니까 통하는 협박이다. 카린이 아니고서야 감히 누가 프리츠에게 저런 소리를 할까. 아니, 그 이전에 카린이 아니라면 죽인다는 협박 자체가 통하질 않겠지. 프리츠가 제일 무서워하는 존재가 카린이니까 가능한 거다.

카린이 마차로 다가가자 기다렸다는 듯이 마차 문이 열리며 프리츠가 졸린 눈을 하고는 얼굴을 내밀었다. 그래도 귀족 가문의 남자라고 숙녀를 모시는 자세가 아주 기본이 잡혀 있었다. 화려한 드레스로 몸이 무거운 카린은 프리츠 덕분에 가볍게 들어올려져 마차에 올라탔다. 그리고 마차 문을 닫기 직전 문득 생각났다는 얼굴로 나를 향해 물었다.

"가만, 라이안. 네 에스코트는? 설마 또 아버지랑 팔짱 끼고 들어가는 거야?"

"설마아. 대충 루사인이랑 같이 들어가면 돼."

그리고 카린과 프리츠는 동시에 외쳤다.

"뭐어?"

"그게 무슨 헛소리야! 시종이랑 어딜 들어가!!"

와, 프리츠. 졸려서 풀려 있던 얼굴이 완전히 돌아왔구나. 아니, 내가 루사인이랑 들어가겠다는데 뭐 저리 과민 반응들이야, 대체.

"적어도 왕립 루베르크의 학생이, 그것도 손에 꼽히는 우등생이 못 가는 데는 거의 없다고 알고 있는데 왜들 반응이 그래?"

"그 자식은 루베르크 학생이니 우등생이니 그 이전에 시종이잖아. 일반인보다도 못하다고."

딱 잘라 말하는 프리츠를 나는 빤히 바라다보았다. 내가 아는 프리츠는 신분을 가지고 저렇게 따지는 성격이 아니다. 그 럼에도 이상하게 루사인이 그 대상이 되면 완전히 사람이 달 라진다. 뭐, 애초에 어릴 때부터 서로 간에 사이가 좋질 않았 으니 그러려니 하고 넘어가겠다만 좀 전 반응으로 봐선 카린 도 프리츠와 비슷한 반응이었던 게 좀 의아했다.

"카린, 너도 반대야?"

"아니, 뭐, 나야 루사인을 잘 알고, 우리 학교가 자랑하는 우등생이기도 하니 루사인 자체로 문제될 건 없다고 보지만 아무래도 그 장소에 올 사람들이 좀…….”

"좀 뭐?"

"일명 돼먹지 못한 사람이나 졸부들도 있을 거라 구설수에 오를 수 있다는 거지.”

카린의 충고에 나는 고개를 끄덕였다. 이해할 수 있었다.

이곳 에페트리아는 인재에 대한 문은 넓지만 철저한 신분 제로 구성되어 있다. 왕립 루베르크의 우등생 정도라면 졸업 하면 당연히 국가의 큰 인재가 되는 동시에 종신 귀족이 될 가능성도 있겠지만 졸업 전이라면 어디까지나 평민. 작위도 무엇도 없다. 미래를 보는 자라면 사람의 가능성을 보고 평가 하겠지만 그렇지 않은 자들은 단지 지금만으로 평가하는 게 당연한 일.

하지만 무슨 상관인가. 루사인은 루사인 개인 자격으로 가 는 게 아니라 바로 나, 왕족이며 대귀족인 페르나슈 공녀의 에스코트로 가는 것이 아닌가. 내게 시비 거는 것이 아닌 이상 내 파트너가 무슨 짓을 당할 이유가 없단 말이다. 그리고 솔직한 심정을 대자면, 같이 가자고 하면 입 찢어질 영감탱이를 생각하면 절대 남 좋은 일은 하고 싶질 않다 이거다.

"문제없어. 까짓 구설수가 무슨 상관. 그냥 가."

손을 저으며 가볍게 대답하고는 프리츠네 마차 뒤에 준비하고 있는 우리 집 마차 위로 올라탔다. 물론 루사인과 함께.

"야, 라이안! 그냥 네 아버지랑 가라고!! 왜 하필 그 자식인데!!"

프리츠의 외침이 계속해서 울렸지만 무시다. 정말 고민스러울 정도로 루사인과 사이가 좋질 않다. 물론 루사인 역시 프리츠를 좋아하는 것 같진 않지만.

"그냥 출발해."

마차에서 내려 이곳까지 오려는 프리츠를 보며 나는 마부에게 명령했고, 망설이던 마부는 그제야 힘차게 고삐를 당겼다. 그리고 루사인은 무표정한 얼굴로 뒤처져 있는 프리츠를 내려다보았다. 아무리 무표정하다지만 어딘지 재미있어 보이는 느낌이었다는 게 문제라면 문제였을 것이다.

왕궁에 들어서자 기대했던 대로 모두의 시선을 한 몸에 받을 수 있었다. 여러 가지로 소문이 떠돌았을 것이다. 뭐, 나도 들은 소리는 있다. 페르나슈 공작가의 아름다운 공녀가 이번 여학생 선발 대회에 출전했음은 물론, 그 미모만으로 우승 후보일 거라고.

솔직히 부정하는 사람은 없었다. 저 카린마저도 외모만으론 순위권이라고 인정해 주었으니까. 단지 내용물의 부실함에 대해 지적을 해주었다지만. 뻔하다. 아무래도 소문이 소문이니만큼 같은 출전자들이야 라이벌 의식으로 바라보는 것이겠고, 그렇지 않은, 단지 구경꾼이라면 그들 나름대로 호기심으로 내게 주목하는 것 그 이상도 이하도 아니다.

그렇게 생각하며 여유롭게 파티를 즐기려던 나는 사람들의 시선이 조금 분산되는 것을 느꼈다. 나를 바라보기는 하지만 조금 각도가 비켜 나간 것이 이건 아무리 봐도 루사인을 바라보는 것?

그제야 루사인을 떠올린 난 새삼 고개를 끄덕였다. 자주 잊어먹는 사실이지만 루사인은 그냥 봐서는 일개 시종으로는 생각할 수 없는 외모의 소유자다. 생긴 것만으로 귀족적이며 지적인 이미지를 느끼게 하며, 어릴 때부터 나와 함께 자라며 검과 예법을 익힌 덕에 행동거지도 우아해서 모르는 사람이 보면 루사인도 귀족이라고 오해할 정도였다. 거기다 나나 아버지 이외의 사람에겐 말도 아끼는 편이니 학교 여학생들에겐 그야말로 과묵한 분위기의 꿈의 왕자님, 이상형의 대명사였다.

오늘은 내 에스코트를 위해 특별히 정장을 차려입기까지

했으니, 그야말로 귀공자의 표본. 솔직히 말해 내가 키르라이안이었을 때보다 더 눈길이 간다고 인정할 수밖에 없었다. 어차피 나야 남자라 생각할 수 없는 미모에 칭송받았었고, 저쪽은 완전 남자 그 자체이면서 존재감이 느껴지는 거니까. 처음 루사인을 보는 사람들이 녀석을 보며 웅성거리는 것쯤 충분히 인정할 수 있다 이거다.

"루사인, 너 정말 내 시종으로 남아 있기 아깝지 않냐? 다음에 폐하가 한 번 더 꼬시면 그냥 넘어가는 척 실버 나이트에 입단하지 그러냐?"

"그쪽은 전혀 관심없다고 몇 번을 말했잖습니까. 그리고 지금 쏟아지는 저 관심도 곧 사그라질 겁니다."

"왜?"

"지금이야 못 보던 사람이 도련님 곁에 있으니 호기심이 더 발동한 것뿐, 제가 누구인지 아는 분들이 몇 분 눈에 띄는 것으로 보아 관심은 금세 식겠죠."

아니나 다를까, 루사인이 가리키는 방향엔 우리 학교 여학생들이 있었고, 그녀들은 오래간만에 교복이 아닌 정장 차림의 루사인을 보며 좋아서 방방 뛰고 있었다. 그러고 보니 누군지 알겠다. 루사인 팬클럽 3, 6, 7번이로군. 그리고 그녀들의 옆으로 호기심 어린 눈길로 다가가는 몇몇 소녀들을 보니 루사인의 말대로 알려지는 건 순간일 것 같았다.

잠시간의 시선 집중 타임은 곧이어 들어오는 프리츠와 카린에 의해 서서히 끝나갔고, 계속해서 등장하는 각계 각층의 주요 인물들 덕에 완전히 끝을 맞이했다. 조금이나마 남들의 시선으로부터 편해진 나는 루사인을 데리고 구석으로 들어가 편해 보이는 소파에 철퍼덕 주저앉았다.

"품위없어 보입니다."

루사인이 인상을 쓰며 주의를 주지만 언제 내가 루사인의 충고에 귀 기울이는 것 봤나.

"괜찮아, 괜찮아. 보는 사람도 없었는걸. 아, 목마르다. 나, 마실 거 좀 가져다주라. 차가운 걸로."

귀찮은 듯 손을 내저으며 대충 대답하며 부탁하는 나를 보며 루사인은 짧은 한숨을 쉬었다. 그리고 내가 원하는 시원한 것을 찾아 움직이려던 녀석은 갑자기 앞을 막는 여학생 셋에 의해 걸음을 멈췄다.

"실례."

셋 중 대표로 보이는 여학생이 멈칫하며 서 있는 루사인을 일부러 세게 밀치며 내게 다가왔다.

"어머, 숙녀에게 길을 비켜주지도 않는 무례함이란……."

"이래서 어릴 때부터 예법을 배우지 않은 사람이 파티에 오는 건 곤란하다니까요. 어쩌자고 이런 데 시종이 들어와 있는지."

다른 두 여학생도 루사인을 비웃으며 내 옆으로 다가섰다. 이거 아무래도 처음부터 작정하고 시비 걸러 온 것이 분명하다.

그런데 이 아가씨들아, 미안해서 어쩌지? 루사인은 아주 어릴 때부터 예법을 배워왔거든? 오히려 내 쪽이 공부하기 싫다고 매일 땡땡이 치고 루사인은 내 몫까지 공부하느라 더 철저히 배웠는데 그걸 못 알아보는 거니? 나도 알아보는 루사인의 바른 예법이 안 보이는 거면 그쪽은 썩은 동태눈이라거나 아니면 나보다도 막 배운 예법의 소유자 정도인가?

루사인은 말없이 서서 무표정한 얼굴로 보란 듯이 다가와 악담을 내뱉는 여학생들을 바라보다 내게로 시선을 옮겼다. 조금은 걱정기 어린 얼굴. 아마 내가 발끈해서 깽판 치는 것을 예상하며 어찌 말릴까 고민하는 거겠지만 쓸데없는 걱정이다. 이 몸은 그동안 열심히 수련을 했단 말이다. 겨우 이 정도에 넘어갈까.

"가봐."

문제없다는 얼굴로 확실하게 명령하자 녀석은 보이지 않는 한숨을 쉬며 자리에서 물러났다. 하지만 끝까지 이곳에서 시선을 떼지 않는 게 심하게 걱정되긴 하나 보다.

군말없이 물러선 루사인을 보며 여학생들은 저마다 웃음을 터뜨렸다. 물론 가증스러운 '호호호' 거리는 아가씨 웃음이었다.

"파트너를 시종 부리듯 명령하다니, 너무하세요, 공녀님."

"하긴, 진짜로 시종이잖아요. 설마… 저렇게 부려먹으려고 파트너를 시종으로 한 건가요?"

"공작 가문의 아름다운 아가씨라기에 어떤 분을 파트너로 모셔왔나 궁금했었는데 시종이었다니, 놀라운 퍼포먼스였어요."

대체 이 셋, 나한테 무슨 억하심정이 있어 이리들 몰려와서 시비인지 도무지 그 원조차 짐작이 가질 않았다. 내가 아무리 머리가 나쁘다지만 주목적이 시종을 데려온 나를 깎아 내리려 하는 것 정도는 알겠는데, 뭐, 그런 거야 대충 넘긴다 치고, 대체 애들 누구지? 도무지 처음 보는 얼굴 같은데.

"칭찬은 감사합니다만 실례지만 누구시죠? 세 분은 절 아는 것 같은데 전 초면이라."

여기서 로젤란 선생님에게 배운 실력이 나온다. 발끈하지 않기, 늘 웃으며 아가씨답게 상냥하게 말하기. 평소라면 버럭 성질 내며 '남이야 시종이랑 오든 말든 무슨 상관이야! 저리 꺼져!!' 했겠지만 이곳은 성, 많은 사람들이 보는 곳, 이미지 관리를 해야 하는 곳이란 말이다.

생긋 웃으며 '너네는 날 아는 것 같지만 나는 너희를 모르겠으니 소개나 하렴, 안 유명한 아가씨들아' 라는 뜻의 대화를 듣기 좋게 완곡하게 바꿔 묻자 과연 속뜻을 눈치 챘는지 세 여학생의 표정이 조금 굳어졌다.

"아, 예… 소개가 늦었네요. 저는 파브란 백작가의 하이아라 합니다. 사립 펜슬라 학원의 중등부 대표입니다. 이쪽은 엘리스, 그리고 마리아라고 합니다. 각자 에튼 자작, 후란츠 자작가의 일원이지요.”

“처음 뵙겠습니다. 엘리스입니다.”

“마리아예요.”

차례로 소개되자 양손으로 치마를 살짝 들어올리며 예의 바르게 인사를 해왔다. 하지만 어딘지 눈길이 비웃는 느낌. 여러 가지로 마음에 들지 않았다.

“아아, 파브란 백작. 익히 들어 알고 있습니다. 이렇게 만나게 되어 반갑네요.”

그래, 잘 알고 있지. 게다가 사립 펜슬라 학원. 거기 머리 나쁜 귀족 집안 애들이 총집합한 학교 아닌가. 아버지가 늘 말했지. 내가 검이라도 제대로 다룰 줄 알아 다행이지 안 그랬으면 분명 저 학교로 진학했을 거라고.

뭐, 내가 무엇을 생각하는지 모르는 듯 소녀들은 내가 아는 척을 했다는 것만으로 다시 의기양양해졌다. 그리곤 다시 나를 향한 뜻 모를 공격이 시작됐다.

“저희도 공녀님에 대해 자주 들었어요. 얼마 전부터 수도에 열리는 큰 파티마다 참가하신다 해서 한번 뵐 수 있을까 했는데, 또 한참 뜸하시더니 이번 여학생 선발 대회에 나오신다 하여 기대했답니다.”

“조금 무서운 일에 휘말려서요.”

살며시 웃으며 대답했지만 마음은 그렇지 않았다. 이 여학생들, 한마디 한마디에 가시가 있었다. 분명 이것도 무언가 어택을 위한 자리 선점. 웃으며 다음에 이어질 말을 기다리는 것도 지루했다. 이거 정말 로젤란 선생님의 특훈이 아니었다면 진작에 멱살부터 쥐고 '말 돌리지 말고 요점이나 말해!!'라고 했을 텐데 역시 교육의 성과. 배운 만큼 나온다.

"들었어요. 큰일을 당하실 뻔했다고요. 그런데 아무리 그렇다 해도 이런 곳까지 시종을 데려오다니, 아무리 공녀님이라 해도 좀… 실례 아닐까요?"

"아무리 사교계에 나오신 지 얼마 되지 않아 아는 분이 없다지만 시종은 심했어요."

"그렇지요? 호호호."

그리고는 자기들끼리 즐거운 듯 웃는 모습. 조금 알 것 같았다. 그러니까 저쪽 역시 애초에 기선 제압을 하러 나선 거라 이거다. 무엇보다 내 쪽의 미모는 키르라이안 때부터 인증되어 있는 것. 어느 날 갑자기 나타난 자신들 또래의 뉴 페이스가 예쁜 건 둘째 치고 가문까지도 상대가 안 될 정도로 작위가 높으니 여러 가지로 거슬렸겠지. 벼르고 벼르다 오늘에 와서야 꼬투리 잡아 끌어내릴 수 있는 건지가 생겼다 이거다.

하지만 아무리 그래도 내게 있어 루사인을 흠이라 잡아내다니, 실수해도 보통 실수한 게 아니다. 루사인에게 내가 흠이 되는 한이 있더라도 나한테 루사인은 전혀 문제될 턱이 없다는 걸 아직 모르는 아가씨들이라는 게 불쌍했다.

"괜찮습니다. 모르시나 본데 루사인은 일반적인 시종이 아니라서요. 제가 다니는 왕립 루베르크에서도 손꼽히는 수재로, 이대로 졸업하면 종신 귀족도 될 수 있는 인재랍니다. 어렸을 때부터 가문에서 엘리트 교육을 시킨 우등생이지요."

웃으며 그녀들을 위해 특별히 설명했지만 그녀들은 전혀 귀 기울이지 않았다. 계속해서 딴지 걸 꼬투리만을 잡기 위해 눈을 번뜩일 뿐이었다.

"하지만 시종은 시종일 뿐, 아무리 뛰어난 학생이라 해도 어디까지나 일반 평민, 아니, 그 이하의 신분일 뿐이잖아요."

"이런 곳에 당당히 공녀님과 함께 입장해서야 성의 품격이 말이 아니게 되었어요."

그러니까 이 소녀들, 루베르크 학원의 학생증만 있으면 무조건 프리 패스란 사실을 모르는 건가, 아니면 애써 무시하는 건가? 그것도 아니면 내가 발끈하기를 기다리는 것인가?

무엇이 목적이든 간에 내게 시비 거는 것은 좀 잘못된 생각이란 말이다. 조금만 심한 말을 들어도 당황하며 눈물 흘리는 곱게 자란 귀족가의 아가씨를 생각하는 모양인데, 그거 번지를 잘못 찾아도 한참 잘못 찾은 거거든?

그리고 또 하나. 이쪽은 그동안 로젤란 선생님에게 화술을 집중적으로 교육받았다 이 말이다. 말로 그렇게 시비 건다면 더 이상 봐주지 않겠다. 뭐, 말이 아니라 육탄전으로 간다면 아예 상대도 안 되니 그쪽은 무시. 난 정말 화사하게 웃으며 그녀들을 향해 말했다.

"하긴, 펜슬라의 학생이라면 잘 모르겠군요. 왕립 루베르크의 우등생은 펜슬라와는 사회적인 대우가 달라요. 펜슬라에서 아무리 날고 기어도 알아주는 사람이 없는 것과는 너무 비교되지요. 루베르크의 우등생은 어딜 가더라도 전혀 문제되지 않는답니다. 수준의 차원이 다르니 이런 오해도 생기나 보네요."

멋모르는 어린아이들을 가르치듯 세세하게 설명해 주며 결정타로 그녀들만이 느낄 수 있는 가소로운 미소도 추가했다. 풀어 말하자면 '너희 바보 학교라면 문제가 크겠지만 이쪽은 엘리트 학교이니 괜찮단다. 어디 감히 비교가 되겠니'라는 것. 바보가 아닌 이상에야 이 뜻을 모를 리 없다.

"뭐, 뭐?!"

이쯤 되니 드디어 말문이 막히는지 분한 얼굴로 나를 노려보았다. 그래 봐야 이미 승기는 내 쪽으로 기울었다. 누가 보더라도 저쪽이 패자. 더 나서봐야 자신만 점점 바보가 될 뿐이다. 그러니까 처음부터 루사인을 가지고 공략을 한 게 문제라니까.

의기양양한 얼굴로 기가 죽어 분해하는 소녀들을 바라다볼 때, 갑자기 입구서부터 술렁거리는 분위기에 나는 고개를 들어 주위를 둘러보았다. 누군가 거물이라도 나타난 듯했다. 그렇지 않고서야 저렇게 귀족들이 앞 다투어 달려가 인사를 할 리가 없지 않은가.

내 앞에 서 있던 소녀들도 그 누군가의 정체를 눈치 챘는지 분한 얼굴 표정을 싹 지우고 갑자기 생기가 도는 상큼한 소녀의 얼굴로 돌아가 각자 입구를 향해 서둘러 달리기 시작했다.

하지만 난 도무지 인파에 가려 갑자기 나타난 다크호스의 정체를 알 길이 없었다. 그렇다고 기껏 예의 바른 양갓집 아가씨 연기를 하는 중에 궁금하다고 저 사이에 끼어들 수도 없어 슬쩍 눈치만 보고 있을 뿐이었다.

"이제 좀 한가해졌네요."

루사인이 내가 그토록 원했던 시원한 음료수를 가지고 곁으로 다가오며 말을 건넸다. 조금 떨어져서 나와 세 여학생의 신경전을 조마조마한 얼굴로 바라보더니 긴장이 풀린 모양이었다. 하긴, 내가 생각해도 정말 잘 해결했지. 난 이미 예전의 키르라이안이 아니라니까. 제대로 교육받은 세라란 말이다.

"저쪽으로 다들 갔으니까. 그런데 누가 왔는데 저렇게 소란스러워?"

"그게……."

내 질문에 루사인은 조금 대답하기를 망설였다. 누구지? 내가 들으면 안 되는 자인가. 저렇게 대답하기를 꺼려하는 루사인의 모습도 참 오래간만이었다.

"그러니까 누군데?"

다시 한 번 묻자 루사인은 짧은 한숨을 쉬며 대답했다.

“크란벨 공작 전하께서 오셨습니다.”

루사인의 말에 나는 고개를 끄덕였다. 크란벨 공작이라 하면 나와 카린, 그리고 프리츠의 집안과 더불어 이곳 에페트리아에 넷밖에 없는 공작가 중 마지막 한 가문. 공작이니만큼 영향력도 세력도 크다지만 정작 사교계에는 얼굴을 잘 비치지 않는 사람이었다. 이런 파티에 나오다니, 정말 의외였…….

“아니, 잠깐. 누구? 크란벨 공작? 바로 그—작—자? 본인이 나왔단 말이야?”

물론 남들의 시선을 의식하며 ‘작’이란 단어는 루사인에게만 들릴 정도로 작게 말했다. 아니, 지금 중요한 것은 그게 문제가 아니고 바로 저쪽이란 말이다.

“네, 본인이십니다.”

내 질문에 상큼하게 대답하는 루사인. 그리고 나는 질린 얼굴로 사람들이 몰려 있는 입구 쪽을 다시 한 번 바라보았다. 그리고 부디 소원컨대, 이곳에 아버지가 없길 빌 뿐이었다.

부디 제발 꼬이는 일 없이 무사히 오늘을 날 수 있게 세상 모든 신들의 이름을 대가며 기도하고 있을 때, 한참 사람들에게 둘러싸였다 조금은 한가해진 카린과 프리츠가 내 쪽으로 다가왔다.

“여전하네, 저 사람은. 언제나 인산인해. 하긴, 현재 공작들 중 유일한 미혼, 그리고 결혼 적령기이니 노리는 사람도 많겠지.”

“내가 저 꼴을 당할 걸 생각하면 졸업하기 전에 결혼부터 해야겠다고 다짐하고 싶을 정도지.”

카린의 감탄에 프리츠가 질린 얼굴로 고개를 저으며 중얼거렸다. 그러고 보니 크란벨 공작의 나이는 올해로 스물여덟. 훤칠한 외모에 부와 신분까지 완벽한 신랑감이긴 했다. 뭐, 같은 공작가인 우리한테야 어차피 그런 데 관심이 없었다지만 다른 사람들에겐 놓치기 아까운 조건이겠지. 그래서 나한테 시비 걸던 여자애들이 정색을 하고 달려간 게로군.

“저렇게 몰려드는 걸 보니 여전한가 봐?”

조금은 호기심이 발동해 카린을 향해 묻자 카린은 쓴웃음을 지으며 대답했다.

“눈을 떼기 어려운 진보라색 곱슬머리도 화려한 외모도 정말 변함없더라.”

“부디 저렇게 사람들에게 둘러싸여 조용히 지나가야 하는데 말이야. 너나 네 아버지하고 마주치면… 생각하기도 싫다.”

프리츠가 덧붙이며 말했다. 하긴, 나 역시도 이 자리에 아버지가 없길 열심히 빌고 있는 마당에 사정을 아는 프리츠와 카린이야 오죽하겠나. 더불어 루사인 역시 답지 않게 걱정스러운 얼굴로 크란벨 공작 쪽을 바라보고 있으니 말 다 했다.

“그런데 아까 보니 하이아 패거리들에게 둘러싸여 있더라?”

"하이아? 아아, 파브란 백작가. 시비 걸러 왔는지 계속 딴지 걸더라고."

카린의 물음에 난 별거 아니란 듯 가볍게 대답했다. 그러고 보니 하이아란 이름이었지? 워낙에 관심이 없던지라 방금 들었던 이름조차 존재감이 불투명하다. 큰맘먹고 시비 걸러 왔을 텐데 미안해서 어쩌나.

"시비? 딴지?"

"괜히 루사인을 끌어들이면서 날 어떻게 해보려 하던데 잘못 짚었지."

"하긴, 다른 사람도 아닌 루사인으로 시비 거는 건 좀 많이 잘못했네. 차라리 쌍둥이 오빠로 알려진 키르라이안의 개망나니 성질에 대해 토론했다면 통했을지도."

"카린이야말로 지금 시비 거는 거야?"

인상을 쓰며 장난으로나마 발끈하는 척하고 있을 때 프리츠가 끼어들었다.

"그러게 이런 데 시종을 데리고 다니니까 그런 일을 당하지."

"프리츠 넌 또 왜 나서는데?"

"누차 말하지만 내 시선이 가는 범위 안에 저 자식이 들어가 있는 게 싫다는 거지."

"저는 키르라이안님의 시종이라 떨어질 수 없으니 프리츠님께서 도련님 곁으로 다가오지만 않으시면 그 범위 안에 들어갈 리가 없습니다만."

프리츠의 말에 갑자기 끼어드는 루사인. 아, 망했다. 얘가 어쩌자고 이런 데서 저렇게 나오느냐 말이다. 하긴, 루사인도 결코 성격 좋은 편은 아니니 그동안 쌓일 만큼 쌓인 거 한 번쯤 풀어줄 때도 됐지. 지금까지 프리츠와 루사인은 서로 간에 쌓인 게 포화 상태가 되면 날 잡고 한판 붙어서 풀어왔으니까 슬슬 그때가 오긴 했다. 하지만 지금은 아니란 말이다!

카린과 함께 눈치를 보며 서로 간에 불길이 오가는 루사인과 프리츠를 어떻게 말려야 잘 말리는 것인지 고민하고 있을 때, 구원의 손길은 의외의 곳에서 나타났다.

"뭐?! 그게 사실이야?!"

온 성이 떠나가라 외치는 큰 목소리. 모두의 시선이 그 목소리의 진원지를 향했다. 물론 프리츠와 루사인 역시 마찬가지였다. 한창때의 청소년들 사이에 불붙은 싸움의 기운까지도 순식간에 식혀 버리는 목소리에 나는 기분 나쁜 인상을 썼다. 상당히 느낌이 좋질 않았다.

"어디? 어디야, 어디?! 어디, 어디, 어디, 어디?!"

호들갑스러운 외침. 내 기억하건대 이 목소리의 주인은 분명 내가 아는 사람이었다. 그리고 절대로 좋은 기억으로 남아 있는 목소리는 아니었으니……

"찾았다, 키르라이안의 붕어빵!! 와, 정말이구나!!"

드디어 나타났다, 안타라스 페르칸 안데르아 크란벨 공작!! 정말로 눈을 뗄 수 없을 정도의 허리까지 닿는 화려한 진보라 색 곱슬머리의 청년이 내 눈앞에 나타났다.

귀족의 대표라는 공작답게 고급스러운 옷감과 보석으로 몸을 치장한 모습은 참으로 고귀해 보였고, 머리 색과 같은 진보라색의 눈동자는 전체적으로 차가운 분위기를 느끼게 해 주었다. 뭐랄까, 날 때부터 천상 귀족일 수밖에 없는 외모와 분위기의 소유자인 이 남자는 나를 발견하고는 반가운 듯 소리쳤다.

"신이시여, 감사합니다! 드디어 제 기도를 들어주셨군요! 이 외모에 맞는 성별, 저렇게나 어울리는 드레스!! 오오, 그대, 내 품에 안기시오!"

차갑고 지적이며 고귀해 보이는 외모에 일순 배신을 때리며 양팔을 벌리고 황홀한 표정으로 정신 사납게 달려드는 크란벨 공작을 보며 질려있을 때, 어느새 의기투합했는지 프리츠와 루사인이 양옆에서 나를 가볍게 들어 옆으로 치웠고, 내가 있던 자리엔 허공을 감싸 안은 공작만이 남아 있었다.

과연 프리츠와 루사인이다. 아무리 둘이 사이가 좋지 않다지만 공공의 적, 그러니까 크란벨 공작의 앞에선 연합 전선을 펼치는구나. 고맙다. 너희 둘 아니었으면 꼼짝없이 저 변태의 양팔에 감싸였을 거다.

아니, 대체 파티라면 질색이라며—나 같아도 올 때마다 아까
처럼 둘러싸이는 거라면 질색하겠다만—평소 자신의 성에서 나
올 생각을 안 하는 이 작자가 오늘따라 어쩌자고 이곳에 왔단
말인가? 하필이면 결혼 상대를 눈에 불 켜고 찾아다니는 소녀
들이 가장 많은 이때에 말이다!! 키르라인으로서 이 변태를
마주하는 것도 심하게 껄끄러웠는데 하물며 여자가 되어서까
지 만나게 되다니.

이거 정말 여자가 된 이후 맞이한 가장 큰 위기다. 확신한
다!!

프리츠와 루사인의 가드 속에 인상을 쓰고 있는 나를 두 눈
에 하트를 그리며 바라보고 있는 이 남자를 어떻게 떨쳐 버려
야 가장 잘 버렸다고 소문날지 여러모로 고민하고 있을 때,
가장 우려하던, 절대 일어나선 안 된다고 빌던 일이 벌어져
버렸다.

"누군가? 누가 저 발정 난 변태를 이곳에 풀어두었나?"

참으로 오래간만에 듣는 아버지의 낮은 목소리. 이것은 실
로 기분 정말 나쁠 때에만 나오는, '지금 기분이 매우 저기압
이니 알아서 피하라' 는 진심 어린 경고성 어조이다.

그러니까 아버지… 있었군요. 뭐, 있을 거라 예상은 했다지
만, 마주쳤군요. 물론 어차피 틀어진 거, 결국 이렇게 될 거라
예상은 했다지만…… 아, 난 몰라. 신경 끌래. 뭐, 어떻게든
되겠지. 아, 몰라, 몰라, 몰라.

머리 아픈 것은 사절이다. 이왕 복잡하게 꼬인 일, 안 그래도 용량 달리는 머리 과부하로 폭발하기 전에 현실 도피 하는 게 제일이다. 까짓 내가 신경 쓰지 않아도 세상은 돌아간단 말이다.

"장인어른!! 오래간만에 뵙습니다!!"

저 인간은 대체 자기 방어 본능이란 것이 부재중인지 모두들 흠칫하며 분위기 봐서 흩어지려 하는데 겁도 없이 아버지를 향해 외치며 달려가 인사했다. 저러니 아버지가 질색을 하지. 게다가 장인어른? 오늘 아주 날 잡았구나.

아버지는 자신을 향해 꾸벅 인사하는 크란벨 공작의 머리를 손으로 지그시 눌러 옆으로 가볍게 치우고는 다시 한 번 주위를 둘러보며 물었다.

"대체 누가 성에다 이 개를 푼 건가? 무슨 속셈인가? 나를 음해하려는 음모인가?"

명색이 공작이나 되는 자를 이젠 아예 개 취급이었다. 그래도 좋다며 꼬리치는 크란벨 공작을 아버지는 아예 발로 차내며 저쪽으로 밀어놓고는 싸늘한 눈초리로 주위를 둘러보았고, 곧 한눈에 봐도 관리로 보이는 사람 몇이 머리를 조아리며 나타났다.

"페르나슈 공작 전하, 정말 죄송합니다만 크란벨 공작 전하는 저희 협회 쪽에서 초청한 분으로……."

"협회? 무슨 협회인가?"

인상을 쓰며 퉁명스레 묻자 관리들은 이마의 식은땀을 닦으며 심호흡을 하고 대답했다.

"이번 왕국 여학생 선발 대회의 운영을 맡고 있는 협회로……."

"거기서 저자는 왜 부른 거지?"

"아, 예. 이번에 참가하시는 여학생 분들 중 공작가의 아가씨가 두 분이나 계셔서 보통 사람이 심사하기엔 조금 무리가 있지 않나 싶어 같은 작위의 크란벨 공작 전하를 심사위원으로 초청한 것인데……."

"크란벨 공작 전하가 평소 심미안으로 유명하시고 매사에 냉정하고 생각이 깊은 분이시라 이런 일에 적격이라 여긴 것인데……."

심미안까지는 알겠는데, 냉정하고 생각이 깊다고? 나는 동네 똥개만도 못한 취급을 받으며 아버지의 곁에서 열심히 꼬리를 흔드는 크란벨 공작을 다시 한 번 바라보며 협회 관리들이 말한 내용을 곱씹어보았다.

그러고 보니 그랬던 것 같기도 하다. 나이답지 않게 냉정하고 차가운 성격인 데다가 머리도 좋아서 어린 나이에 작위를 계승했음에도 지금까지 아무런 트러블 없이 가문을 잘 이끌었다고 했었지. 오히려 크란벨 공작가가 그때까지 쌓아왔던 것 그 이상으로 가문을 발전시켰다고도 들었다.

단지 문제는 내 앞에만 서면 사람이 저렇게, 아버지의 표현을 빌리자면 발정 난 동네 똥강아지처럼 되어버린다는 거지.

이런 그의 모습을 처음 봤는지 협회 관리들은 아버지에게 변명하던 말끝을 흐리며 멍한 얼굴로 크란벨 공작을 바라보았다. 그쪽은 놀랍겠지만 이쪽은 이미 익숙한 일이라서 나로선 놀랄 일도 아니지만 말이다.

전에 지나가며 했던 이야기, 기억하는 사람이 있을까 모르겠다. 어린 나를 보고 이런 미모를 세상에 내려줘 신에게 감사한다며 날뛰었던 어떤 남자의 이야기. 그러니까 내가 남자란 것을 알게 되고는 14박 15일을 돌이 되어 우리 집 앞에 서 있다가 정신 차리고는 남자라도 좋으니 자기한테 달라고 했다던 바로 그 변태 말이다.

그게 바로 이 크란벨 공작이었다.

아버지와 내가 치를 떨며 싫어하는 이유가 바로 저것이었다. 남자라도 불사하고 달라고 하는데 하물며 여자가 된 지금이라면……. 생각만 해도 두렵다. 무슨 짓을 할지 모른다고, 저 남자는. 물론 어릴 때부터 옆에서 봐온 루사인, 프리츠, 카린 역시 사정을 아니 질색하는 건 당연.

아버지는 인상을 쓰며 옆에서 털을 풀풀 날리는 똥강아지를 바라보며 관리들에게 물었다.

"이자가 심사위원이란 말인가?"

"아, 예… 다른 심사위원들도 몇 명 더 있지만 크란벨 공작 전하께서 가장 영향력있는 심사위원으로……."

이거 정말, 내일 결과는 안 봐도 뻔하다. 로젤란 선생님은 나와 카린에게 여차하면 심사위원 매수라도 하라 했다지만, 이건 그럴 필요도 없다. 이미 나온 결과다. 그리고 그건 지금 이 자리에 있는 관리들도 눈치 챈 듯 서로 곤란한 얼굴로 눈치를 보고 있었다. 이제 와서 심사위원을 바꿀 순 없으니 아마 오늘 밤 어떻게든 심사 방법을 바꾸기 위해 머리 좀 많이 굴려야 할 것이다.

아버지는 크란벨 공작이 영향력있는 심사위원이란 것을 아는 순간 표정이 풀어졌다. 아버지 역시 저자가 심사위원인 이상 내가 순위권에 낙점될 것을 예측하고는 조금 기분이 좋아진 듯했다.

자, 거기 넋 나간 바보 공작, 이때가 기회다. 어서 몸 사리고 튀어! 라라고 열심히 눈짓으로나마 충고했지만 바보는 바보일 뿐, 내 앞에서 한 마리 똥개가 되는 족속에게 사람의 충고가 통할 리 없었다.

"장인어른, 키르라이안은 남자라며 반대했습니다!! 하지만 똑같은 얼굴의 쌍둥이 여동생이 나타난 지금 정식으로 청혼합니다!! 제게 주십시오! 가문의 명예를 걸고 평생을 호위호식하게 만들어주겠습니다!!"

있는 힘껏 소리치는 저 모습. 참으로 힘있는 구혼자라지만 번지수가 틀렸다. 이미 한 번 눈 밖에 난 사람, 아버지가 상대해 줄 리가 없다.

"평생 호위호식하는 건 우리 집 재산으로도 충분하네."

짧게 대답하고 가볍게 무시하며 공작에게서 떨어지려는 아버지에게 저 남자는 아예 바짓자락을 붙잡고 늘어지기 시작했다.

"어째서 안 되는 겁니까!! 같은 공작 가문으로 저 역시 어디 뒤떨어지지 않는 신랑감입니다! 아가씨들이 줄을 섰다고요!! 동급 가문 중에 저만한 가문이 없지 않습니까! 설마 하니 아직 어린 프란츠에게 보낼 생각이십니까? 언제 작위를 받을지 모르는 상태인 데다 동갑짜리 어린애에게 주느니 이미 자리가 잡힌 제게 시집보내는 게 최선이지 않습니까!!"

순간 내 옆에 서 있는 프리츠의 이마에 핏줄이 돋는 것을 볼 수 있었다. 아니, 왜 가만있는 프리츠는 끌어들여서 어리니 뭐니 하는 거야. 저 사람, 머리 좋은 거 맞아? 소문 잘못된 거 아냐? 도무지 내 앞에선 그럴듯한 모습을 보여준 적이 없으니 원 믿을 만해야 믿지.

"시끄럽네. 세라는 이미 정혼자가 있으니 더 이상 내 앞에서 왈가왈부하지 말게."

"뭐라고요?! 누구입니까!!"

"진짜로?"

아버지의 대답에 크란벨 공작은 물론 나─와 옆의 프리츠와 카린─까지도 놀라 외쳤다. 아니, 갑자기 웬 뜬금없는 정혼자란 말인가? 아, 가만, 진정하자. 이건 분명 아버지가 저 진드기 같은 녀석을 떼어내기 위해 쓰는 임시방편일 뿐, 여기에 괜히 내가 나서면 복잡해진다.

"제가 이미 십 년 전부터 구혼을 해왔는데 대체 누구와 정혼을 했단 말입니까!!"

라고 외치는 크란벨 공작. 그러니까, 당신이 구혼을 해온 건 키르라이안 아냐? 이쪽은 비록 영혼은 같지만 세간엔 쌍둥이라 알려진 세라라는 다른 객체란 말이다. 어디서 십 년 전 타령이란 말인가. 하지만 녀석은 자신의 실수를 전혀 눈치 채지 못한 듯 계속 외쳤다.

"역시 프리츠입니까?"

"아니네."

"그럼 설마 왕가에라도 시집보내겠단 말입니까?"

"한 번 들어가면 평생 나오지 못할 곳에 보낼 이유가 없지 않은가."

"저도 아니고 프리츠도 아닌데, 하물며 왕가도 아니라면 설마 신분이 낮은 자에게 시집을 보낼 생각이신 겁니까!!"

계속해서 질문 공세를 퍼붓는 공작에게 질렸는지 아버지는 한숨을 푹 쉬었다. 같은 작위의 공작이니 완전히 마음대로 처리할 수도 없고 참으로 답답하긴 할 것이다.

"이거 정말 시끄럽군. 크란벨 공작가의 가신들은 무엇을 하고 있단 말인가! 당장 와서 이 거머리를 끌어가지 못할까!!"

　결국 아버지의 호통에 밖에서 자신들의 주인이 벌이고 있는 추태를 차마 말릴 길이 없어 눈물을 흘리며 구경하고 있던 크란벨 가 사람들이 이때다 하고 달려오며 공작을 앞뒤로 붙잡고 연행해 갔다.

　"대답을 해주십시오, 장인어른!!"

　나갈 때까지도 시끄러운 작자였다. 아예 가신들이 작정을 하고 입까지 틀어막자 드디어 성에 고요함이 찾아왔다.

　"루사인."

　아버지는 낮은 목소리로 내 옆의 루사인을 불렀고, 루사인은 대답없이 아버지에게 시선을 돌렸다.

　"소금 뿌려라."

　"여기 성인데요."

　"……."

　아버지에게도 가차없는 일격. 하긴, 아무리 그래도 남의 집에서 소금을 뿌릴 수야 없겠지. 잠시나마 고민하던 아버지는 곧 정정했다.

　"집에 들어가기 전에 시녀들에게 말해 마차부터 완전히 다 소금으로 절여놓으라고 해라. 크게 부정 탔으니 철저하게 하라고 전해라."

　그리고 루사인은 고개를 끄덕였다. 굳은 표정이 비장감마저 엿보였다. 사람을 아주 대놓고 역병 취급 하는구나. 하긴, 저 정도까지 난리를 피웠으니 소독이라도 하지 않는 이상 여러모로 찜찜하긴 하다.

그리고 그렇게 왕국 여학생 선발 대회의 전야제는 더 이상의 문제 없이 흘러갔다.

Chapter 3
본격적인 여학생 선발 대회, 누가 좀 말려봐!!

이른 아침, 다른 때 같으면 옆에서 루사인이 두 시간쯤은 염불을 외워야 그나마 조금은 일어나 볼까 고민했겠지만 오늘만은 날이 날인지라 깨우는 사람이 없어도 스스로 일어나는 새로운 경험을 하게 되었다. 그만큼 나름대로 긴장도 하고 신경 쓴다는 사실.

그러니까 오늘이 바로 대망의… 취소. 문제의 왕국 여학생 선발 대회란 말이다. 오늘을 위해 2주간 특훈도 해왔고, 어제 시험 삼아 남들 앞에 나가 보기도 했다. 현재로선 그렇게까지 큰 문제는 없을 거라 전망되지만 곳곳에 암초가 걸려 있으니, 그것은 바로 날 시기하는 무리—하이아인지 뭔지 하는 패거리—와 크란벨 공작이었다. 크란벨 공작 정도는 뭐, 아군이 될 수도 있을 듯싶지만 어제 하는 짓거리로 봐선 분명 협회에서 여러 가지로 내게 불리한 무언가를 생각해 놓았을 게 분명하다. 안 봐도 뻔하다. 밤을 새워 고민했겠지.

“키르라이안 도련님, 이제 슬슬 일어나실…….”

마침 나를 깨우기 위해 방에 들어온 루사인과 눈이 마주쳤다. 평소의 루사인답지 않게 매우 당황한 모습. 두 눈을 말똥말똥 뜨고 자신을 바라보는 나를 보며 창밖도 한 번 보고 시계도 보고는 자신이 늦지 않았다는 확신을 갖고 나서야 걱정스러운 얼굴로 물었다.

“어디 아프십니까? 아니면 그냥 날 새셨습니까?”

“자고 일어난 거다.”

“아가씨 수업에 체질 개선 과목이라도 있었던 겁니까?”

저 얼굴, 저 표정, 농담이 아니다. 저 녀석은 지금 진심으로 묻고 있는 것이었다.

“그럴 리가 없잖아? 그래, 솔직히 말해 긴장했다. 이 나도 긴장 같은 걸 한다고. 조금은 귀여운 구석이 있지 않아?”

“주인 어른께서 아시면 기뻐하며 용돈 올려주실 겁니다.”

그제야 얼굴 전면에 펼쳐진 당혹감을 감추며 대답하는 루사인이었다. 그리고 물론 녀석의 제안은 사양이었다. 다시 말하지만 남 좋은 일 시킬 필요도 없고, 영감탱이 좋아 날뛰는 꼴을 보느니 적은 용돈으로 한 달을 버티는 게 백 배 낫다. 물론 용돈이 부족할 리 없으니 필요성을 못 느낀 탓도 있긴 했지만.

"세린이 다른 시녀들과 함께 옆방에서 기다리고 있습니다. 여러 가지로 준비물을 비롯해 할 일이 많다고 투덜거리더군요."

"준비물? 그런 것도 있었어?"

"새벽같이 준비물이 적힌 공문이 한 장 날아와 바빴나 봅니다. 괜히 더 신경 쓰지 않게 말 잘 들으세요."

새벽에 날아온 것이라면 바로 그것이다. 협회에서 밤새 고민한 새로운 심사 방법의 기준. 과연 새 방법이 무엇이기에 준비물까지 필요하게 되었는지 궁금해졌다.

"그래서, 어떤 거야, 그 새로운 준비물이?"

호기심을 담아 묻자 루사인은 별거 아니라는 얼굴로 시큰둥하게 가볍게 대답했다.

"세린의 표현을 따르자면 정신이 나가지 않은 이상 쓸 일 없으니 신경 꺼도 문제없을 거라는 내용물이었습니다."

그렇게 말하니 더욱 궁금해졌다. 하지만 루사인은 더 이상 힌트조차 주지 않고 나를 굶주린(?) 세린과 그 외 기타 시녀들이 기다리는 방으로 밀어 넣었고, 새벽부터 일어나 눈에 핏발까지 선 그녀들은 한마디 꺼낼 여유도 없이 내게 달려들어 온갖 치장을 시작했다.

점심 시간이 지나고 아버지가 준비했다는 비장의 드레스까지 확실하게 입고, 이런저런 준비를 모두 마친 나는 마차에 올랐다. 그리고 드디어 그동안 기다려 온 여학생 선발 대회 그 결전의 장소로 향했다.

대회 시간이 다가온 만큼 안젤라 홀은 안팎으로 소란스러워졌다. 계속해서 밀려들어 오는 마차를 차례로 정리하는 마부들과 그 안에서 쏟아지듯 나오는 상류층 사람들. 저마다 화려하게 장식하고 안면있는 자를 만나면 인사를 하며 자신들을 위해 준비된 자리를 향해 바삐 서둘러 갔다. 그리고 나를 비롯한 참가자들은 무대의 뒤편에서 각자 수석 시녀를 한 명씩 내동하고 대회가 시작되기를 기다리고 있었다.

수도에 있는 상류 계급의 자녀들이 다니는 공학과 여학교는 기껏해야 열 개 남짓. 각 학교마다 후보로 추천할 수 있는 사람은 2~3명의 15~18세의 소녀. 그리고 전 대회 참가자는 후보에서 제외된다.

그리하여 이곳에 있는 후보 소녀들은 모두 해서 25명. 각자 딸린 시녀와 곳곳에 보이는 진행 요원들까지 하면 60명이 넘는 대인원이지만, 대회 전이라 긴장한 것도 있고, 모두 양갓집에서 예절을 교육받은 숙녀들이다 보니 그다지 소란스럽지는 않은 분위기였다.

물론 어느 집단이고 예외란 존재한다. 거의 대부분이 곧고 바른 아가씨 수업을 세뇌라도 당하듯 배웠다지만 그중 나 같은 전직 남학생도 있고, 또한 저쪽, 가소로운 눈빛으로 나를 노려보는 파브란 백작가의 패거리도 있게 마련이었다.

그러니까 저 눈길, 할 말이 있으면 와서 하란 말이다. 어제부터 계속해서 시비 거는 거, 참 거슬리네. 나중에 으슥한 곳으로 불러서 대면 좀 해야 하나.

나를 노려보는 파브란 가의 하이아를 보며 나는 피식 웃었다. 물론 보란 듯이 보여주는 비웃음이었고, 그녀를 노린 도발이었다. 무언가 할 말이 있어 저렇게 날 바라보고 있으니 직접 와보라는 무언의 제안이었다. 그리고 그녀는 애석하게도 나의 도발에 바로 넘어왔다.

"오늘도 뵙네요, 공녀님. 반가워요."

하이아는 얼굴 가득 미소를 지으며 내게 인사했다. 물론 어제와 같이 양옆에 세트로 따라온 다른 두 소녀도 고개를 숙이며 그녀와 함께 인사했다. 하지만 눈이 웃고 있질 않다고, 이 가증스러운 소녀들아. 내가 그런 것도 눈치 채지 못할 정도로 순진한 아가씨인 줄 아니, 진짜?

"우리 모두 이 대회의 후보니 만나는 건 당연하지요."

뭐, 새삼스럽게 다 아는 걸 말하냐는 뜻으로 받아치자 하이아는 울컥하며 살짝 인상을 구겼다. 그러게 왜 와서 시비야. 머리라도 엄청 좋아서 루사인이나 프리츠처럼 비비 꼬며 남의 성질 긁는 재주라도 있다면 모를까, 그쪽 학교, 바보 학교로 유명한 거 다들 알고 있는데 꼭 나서서 확인 사살을 당해야 하느냐 이 말이다.

물론 나 역시 머리는 좀 나쁘다지만 나름대로 돌아가는 잔머리란 게 있어서 상대가 특출나게 머리가 좋아 논리적으로 따지지 않는 이상 말싸움은 가볍게 넘길 수 있다 이거다.

하이아의 표정을 보며 이겼다는 의미의 의기양양한 미소를 보이자 그녀는 더욱 분해했고, 그로 인해 그녀의 자폭은 계속해서 이어졌다.

"몸이 약해서 어릴 때부터 따로 요양을 하셨다더니, 사실은 남자 분들과 많이 얽히셨나 봐요? 크란벨 공작 전하와도 아는 사이 같고."

"아, 단지 제 쌍둥이 키르라이안의 얼굴만 보고 따라다니던 분이라서요. 미모로 유명하던 키르라이안과 똑같이 생기다 보니 이런 곤란한 일도 생기네요."

일부러 미모 발언에 악센트를 주며 강조하는 센스까지. 그러니까 미모로 유명하던 키르라이안과 똑같이 생긴 나 역시 미모로 한몫하는 거다라는 뜻을 그녀가 과연 제대로 알아듣기나 했을지 모르지만, 다시 한 번 울컥하는 모습을 보니 어느 정도 눈치는 챘나 보다. 그럼 여기서 좀 더 아픈 곳을 쑤셔 파줄까.

"하이아님도 따라다니는 남자 분이 계시면 이해하시겠죠?"

"아, 그… 그렇죠."

당황하며 말을 더듬는 대답. 과연 맞아떨어졌다. 가문이야 백작가라지만 일단 학교에서 달리고 미모 역시 또래 귀족들에 비해 그다지 잘난 부분이 없어 보이는 게 아무래도 결혼을 한다면 가문을 내세워 중매로 가는 쪽일 것 같았다.

무엇보다 파브란 백작가의 딸을 따라다니는 남자에 대한 소문이 없으니 확실할 거라 보고 일부러 그런 질문을 하자, 차마 체면상 따라다니는 남자가 없다고 대답은 못하고 우물쭈물 얼버무린다. 그러니까 왜 되지도 않는 시비를 걸어 도리어 당하는 거냐, 나만 재미있게.

"제가 비록 지금까지 수도를 떠나 요양하던 몸이지만 지금은 왕립학교에 다니고, 키르라이안과 똑같이 생긴 얼굴이라며 소문으로나마 알려진 데다 가문이 공작가이다 보니 파티를 나가면 모두 저를 둘러싸고 말을 거는 통에 정말 지친다니까요."

"그, 그렇겠네요."

"어딜 가도 주목받는 위치에 있다는 거, 정말 가끔은 피곤해요. 게다가 가끔 질시도 받고. 인기가 있다는 것도 참 곤란하죠. 안 그런가요?"

물론 이 백작가의 소녀가 어디 가서 남들에게 둘러싸여 본 경험 역시 없다고 확신하기에 이렇게 물었다. 왜냐고? 약 오르라고. 내가 비비 꼬면서 자신을 조롱한다는 거, 충분히 느끼고 있을 거다. 이제 와서 나한테 시비 건 것을 후회해 봤자

소용없다. 너는 이제 내게 적으로 낙인 찍혔다. 남 괴롭히기
가 취미인 내가 여자가 되고 나서 계속 당하고 살았는데 나를
위해 그 한 몸 희생해라.

분해하면서도 어떻게 받아칠 말이 없어 고민하는 그녀의
얼굴을 보며 마음 깊이 즐거워하고 있을 때, 보다못한 카린이
옆에서 참견을 해왔다.

"세라님, 슬슬 시작할 것 같은데 파브란 가의 아가씨도 자
리에서 준비를 해야지요?"

"아, 그런가요? 그럼 하이아님, 더 하실 말씀이 없으시다면
가보세요. 시녀가 걱정하며 바라보고 있네요."

그리고 물론 양옆에 서 있는 두 아가씨도 말이다. 내 말이
끝나고서야 자리를 뜰 수 있었던 하이아는 내게 감사할… 리
가 없고 분노로 일그러진 얼굴을 여과없이 보여주었다. 아무
래도 저 얼굴은 '두고 봐. 복수하겠어' 정도? 뭐, 기대된다.

그리고 얼마 기다리지 않아 드디어 여학생 선발 대회 그 시
작의 막이 올랐다. 첫 번째 과제는 자기소개. 25명의 소녀가
차례로 나가 무대 앞의 방청객들을 향해 자신을 소개하는 것
이다. 주제인즉, 아가씨다움의 첫걸음은 어디에서도 당당하
게 자신을 표현할 수 있는 용기와 침착성. 이 두 가지를 어디
까지나 아가씨다움의 관점에서 점수를 매기고 이중 반응이
신통치 않은 소녀는 탈락하는 것이었다.

한 명 한 명 앉아 있는 소녀들이 무대로 나갔고, 그때마다 홀을 울리는 박수 소리가 들렸다. 어떨 때는 지붕이 떠나갈 듯 우렁찼고, 어떨 때는 썰렁할 정도로 작은 박수 소리가 울렸다. 그리고 물론 박수 소리가 작았던 소녀는 그 자리에서 탈락했다.

25명 중 나는 18번, 그리고 카린은 21번이었다. 드디어 차례는 내 앞으로 다가왔고, 그동안 탈락한 소녀는 모두 여덟 명이었다. 생각보다 엄격한 심사인 것 같았다. 겨우 첫 시작인 자기소개 정도에 이렇게 무지막지하게 탈락시킬 거라곤 전혀 생각 못했기 때문이다.

아무래도 많은 사람들 앞에 서야 한다는 긴장감에 두근두근 뛰는 심장을 진정시키며 나는 심호흡을 하고 무대로 올랐다. 방청석은 무대보다 어두워 사람들의 모습은 보이지 않았지만, 검으로 단련된 내 감각은 꽤나 많은 군중의 기척을 느끼고 있었다.

마른침을 삼키고 작은 한숨을 내쉬고 나서 각오를 하고 허리를 곧게 펴서 어두운 방청석을 바라보았다. 여기 앉은 사람들은 무대 위의 내 모습을 모두 집중해서 보고 있을 것이다. 적어도 개쪽만은 당하지 말자고 다시 한 번 다짐하며 나는 생긋 미소 지으며 허리를 곧게 펴고 준비한 멘트를 시작했다.

"안녕하세요. 페르나슈 공작의 둘째, 세라라고 합니다. 올해 열여섯 살로 현재 왕립 루베르크 학원의……"

"통과!!"

"…학생으로… 에?!"

이제 슬슬 본격적으로 소개에 들어가 볼까 하고 있을 때, 방청석의 제일 앞자리, 그것도 한가운데에서 누군가 큰 소리로 외쳤다. 그리고 그 목소리의 주인은 내가 익숙히 알고 있는 남자, 더 볼 것도 없는 크란벨 공작이었다.

물론 이자가 전폭적으로 나를 지지할 것은 애초에 계산했던 바지만 이건 좀 심한 것 아닌가? 겨우 이걸로 통과? 이름이랑 학교 이름만 나왔는데?

어이가 없어 멍하니 서 있자 당황하고 있던 사회자가 사태를 수습하기 위해 방청석을 향해 물었다.

"저, 크란벨 공작 전하, 아직 소개가 제대로 시작되지도 않았는데……."

"통과! 통과, 통과, 통과! 무조건 통과!! 더 볼 것도 없이 통과!!"

그야말로 막 나가는 우리의 공작 전하. 구경하던 방청석도 소란스러워지기 시작했다. 아무래도 크란벨 공작을 이해하기 힘들겠지. 나부터도 그렇다고!! 거기 사회자 아저씨!! 저 사람 좀 어떻게 해달라고!!

그나마 사회자가 무대 위의 내 눈에 보이는 유일한 사람인지라 열심히 노려보며 무언의 압박을 가하자 사회자는 굳은 얼굴로 다시 한 번 나서서 공작을 설득하기 시작했다.

"크란벨 공작 전하, 지금까지 나온 소녀들에게 소개에 기
승전결이 없다느니 표현이 섬세하질 않다느니 얼굴이 굳어
있다는 이유만으로 탈락을 선언하고는 이제 와서 페르나슈
공녀님에 대해 이렇게 무조건적으로 나가시면 곤란합니다.
이름과 학교만으로 통과할 수 있는 그럴듯한 이유를 모두가
납득할 수 있게 설명해 주셨으면 합니다."

질렸다. 겨우 자기소개에 기승전결은 무엇이고 표현의 섬
세함은 또 무엇이란 말인가. 그렇게 까다롭게 굴었으니 안 그
래도 눈총을 샀을 텐데 나는 이걸로 통과라고? 나라도 납득
못하겠다!! 모두가 납득할 그럴듯한 이유란 게 있을 턱이 있
나!!

녀석 덕에 괜히 나까지 창피해지는 느낌이었다. 이 사태를
어찌 수습해야 할지 진심으로 고민하고 있을 때, 녀석이 자리
에서 일어섰다. 어두운 곳이라도 일어서니 머리통이나마 슬
쩍 보이는데 성질 같아선 아주 그냥 달려가서 쥐어박고 싶다
만 일단은 참자. 참아야 하느니라.

"납득할 수 있는 이유를 대란 말인가?"

평소 내 앞에서 보이던 모습과는 다른 침착한 어조. 과연
썩어도 준치. 공작은 공작. 대귀족의 관록이 느껴지는 녀석의
위압감에 사회자는 심호흡을 하고 대답했다.

"예, 전하. 부탁드립니다."

아, 그래. 나도 궁금하다. 과연 이유나 있을지 모르지만 뭔

소리를 할지 들어나 보자.

귀를 쫑긋 세우며 녀석에게 온 신경을 집중하자 녀석은 여유있는 목소리로 모두를 향해 말했다.

"아름답지 않은가!! 저 아름다움에 다른 것은 필요없다. 저 외모 앞에는 그저 명함만 있으면 된다. 누구인지, 어디 소속인지, 그 외 소개에 필요한 드라마는 모두 저 아름다움으로 끝나는 것이다!! 대중 앞의 당당함? 표현의 섬세함? 용기와 침착성? 그냥 눈앞에 선 것만으로 눈을 황홀하게 하는 저 아름다움에 더 이상의 액세서리는 필요없지 않은가!! 그러니까 더 볼 것 없이 통과! 통과다!!"

대중을 휘어잡는 연설력. 여기저기서 공작의 의견에 공감한다는 사람들이 하나둘 나타났다. 그를 이해할 수 있다고 수군거리는 소리가 귓가를 울렸다.

그래, 내가 아름답긴 하지. 오늘은 아버지가 심혈을 기울여 준비한 엄청나게 화려한 드레스를 밥도 굶어가며—풀 뜯어먹긴 했다만 그건 밥이 아니다—입고 꾸몄으니 다른 때보다 더욱 눈길이 갈 정도로 아름다울 테지.

하지만 이건 뭔가 좀 아니지 않나? 나 정말 이대로 통과야? 거기 사회자를 비롯한 협회 사람들!! 저 크란벨 공작의 폭주를 막을 방법을 밤새 고민하지 않았어? 그냥 포기한 거야? 대회, 망칠 생각이야?

이건 진짜 아니야. 정말 이대로 가다 내가 1등이라도 하면 이건 이겨놓고도 개망신이라고. '누가 제발 저 사람 좀 말려 달란 말이야!!' 라고 마음속 깊이 외쳐 보지만 이미 주변은 크란벨 공작을 중심으로 돌기 시작한… 것 같은 기류가 흘렀다.

자기소개가 끝나고, 대기실에 남은 소녀는 나를 포함해 모두 열다섯 명이었다. 내가 들어가고 제정신이 돌아온 공작의 심미안이 또다시 발동해 둘이나 더 떨어지고 결국 겨우 자기소개에 모두 해서 열 명이나 떨어진 초유의 사태가 벌어진 것이었다.

"심사위원의 전폭적인 지지를 받으니 행복하시겠어요?"

어느새 다가온 하이아가 또다시 시비를 걸었다. 너, 저 사람의 심미안에 용케도 살아남았다? 그러고 보니 양옆에 달고 다니던 애들 둘은 안 보이는 걸 보니 떨어졌나 보네? 그런데 안 그래도 크란벨 녀석 덕에 심신이 지쳐 있는 나를 직접 다가와서까지 시비를 거는 건 또 뭐람.

"그러게요. 그래도 학교 이름까지 듣고 통과시킨 걸 보면 학교도 꽤 중요한가 봐요. 그래도 전 왕립이라 다행이에요. 어디, 귀족이라면 그냥 막 넣어주는 학교 같은 데였다면 학교 이름까지만 듣고 통과당했을 때 정말 창피했을 거예요. 안 그래요?"

동의를 얻는 질문. 물론 하이아가 다니는 펜슬라 학원이 귀족이면 무조건 넣어주는 학교로 유명한 것은 두말할 것도 없었다. 그리고 내 질문이 무엇을 뜻하는지도 모르면 바보겠지.

"그, 그런가요? 오호호호!"

완전히 할 말을 잃고 그저 웃음으로 때우는 하이아의 두 눈에 분노의 광기가 가득 차 있는 것 역시 설명 안 해도 뻔한 일이었다.

"세라님, 그만 하세요. 하이아님이 곤란해하시잖아요. 따지고 보면 세라님도 공부로 왕립학교에 온 것은 아니면서."

여전히 당하기만 하는 하이아가 조금은 불쌍했는지 카린이 끼어들었다. 아니, 지금 먼저 시비 거는 게 누군데 꼭 나만 저 소녀를 괴롭히는 거처럼 말해? 게다가 카린, 그 발언은 대체…… 너, 누구 편인 거냐!

마음속으로나마 당황하며 카린에게 눈치를 줬지만 정작 카린은 더 이상 신경 쓰지 않겠다는 듯 자신의 시녀에게로 시선을 돌려 버린 상태였다. 그리고 기가 죽어 있던 파브란 백작가의 아가씨는 귀가 솔깃해지는 카린의 발언에 눈을 빛내며 다시 내게 달라붙었다.

"어머, 공부로 간 거 아니었어요? 하긴, 그러고 보니 루베르크 학원은 대귀족 중 집안에 누가 가지 않을 정도로 흠만 없어도 적당히 받아주고 있었죠? 그 조건이 조금 까다롭기는 했지만 공작 집안 정도라면야……. 그러니까 그런 거였나요?"

완전히 신이 나서 캐묻기 시작하는 하이아였다. 공부로 간

거 아니라니까 아예 가문의 이름으로 간 걸로 확신하고 있는 모습. 거 모르는 게 있는데, 모나지 않은 귀족이라고 무조건 받아줬으면 우리 학교가 왜 명문으로 이름나고 졸업만 하면 사회에서 알아주겠냐.

왕립 루베르크 학원의 입학 자격을 설명하자면 머리가 좋거나 특기 분야에 두각을 드러내는 자, 아니면 작위가 높은 귀족 집안이면서 모나지 않는 자. 여기서 모나지 않는 자라는 조건은 그냥 사고만 안 치는 게 아니라 자신의 집안을 이어받았을 때 문제없이 이끌어 나갈 수 있는 능력 정도는 기본으로 갖춘 자라는 뜻이다. 솔직히 아무나 받으면 저쪽 바보 귀족 학교랑 다를 게 없지 않은가.

뭐, 사실이 그렇다고 설명해 줘도 알아들을 턱이 없는 아가씨니 납득시키는 건 포기다. 무엇보다 난 가문에 모나지 않아 입학한 게 아니라 엄연히 검의 특기자로서 왕립학교의 입학 자격을 손에 넣었단 말이다. 물론 그거야 키르라이안으로서 입학한 거지만 세라인 지금도 실버 나이트라는 사실은 변함이 없으니 입학 조건에 문제될 바 없지.

"뭔가 기대하는 것 같아 죄송한데, 전 공부로 입학한 것은 아니지만 특기로 입학해서요."

"무슨 특기일까요? 작위가 높은 가문에 태어난 특기라거나 얼굴이 특별나게 남들보다 조금 예쁘다는 특기인가요?"

이거, 이거, 한번 기가 살았다고 아주 막 나가네. 거기, 모른 척하고 고개 돌린 카린. 너 말이다, 괜히 네가 끼어들어 일을 이렇게 만들어놨으면 수습은 좀 해야 하지 않을까? 물론 내 위기에 도움의 손길을 뻗친다면 그건 이미 카린이 아니므로 기대는 안 하지만. 어차피 세상은 혼자. 눈앞에서 즐거워하는 이 아가씨의 응징은 결국 내가 직접 해야 하는 것인가?

"물론 제가 이렇게 태어난 것도 따지고 보면 능력이지만, 애석하게도 제가 가진 재능은 그것뿐만이 아니라서요. 제 특기는……."

"2라운드 시작되었습니다. 전원 나와주세요."

검이라고 말하려 할 때 갑자기 대기실 문을 열고 안내원이 말했다. 그리고 기다리던 소녀들은 저마다 서둘러 하나둘씩 밖으로 나가기 시작했고, 결국 하이아의 콧대를 누르며 자랑스레 대답하려던 내 특기 분야는 소란 속에 묻히고 말았다.

할 수 없다. 어차피 나에 대해서는 나중에라도 들을 게 분명하니 그때나 놀려줘야겠다고 생각하고 나 역시 서둘러 무대로 나갔다. 그러니까 어쨌든 2라운드의 시작이라 이거지?

무대로 나간 우리 앞에 기다리고 있는 것은 규칙적인 간격으로 놓여 있는 의자였다. 의자의 수가 딱 열다섯 개인 것으로 보아 모두 저기에 앉아서 2라운드를 진행한다는 것이겠지. 하지만 모양이 조금 이상했다. 의자이긴 의자인데 앞에 책상 같은 것도 연결되어 있었다. 책상 위로 팔을 올려놓을 수 있는 구조로 만들어진 의자의 더욱 신기한 점은 작고 볼록한 돌기 같은 것이 책상의 한가운데를 차지한다는 것이었다.

누르면 쏙 들어갈 것 같은 용도 불투명의 일종의 벨 같은 것이 달려 있는 책상 의자를 바라보며 망설이던 소녀들은 처음 자기소개를 했던 순서대로 의자를 찾아 앉기 시작했다. 나 역시 자리에 앉고, 슬슬 소란스러움이 가라앉을 무렵 사회자가 모습을 드러냈다.

"자, 오래 기다리셨습니다. 제17회 왕국 여학생 선발 대회 2라운드!! 이번엔 퀴즈 대회입니다!!"

그리고 나는 의식하지도 못한 채 멍해진 얼굴로 열심히 떠드는 사회자의 뒤통수만 바라보았다.

대체 이게 무슨 소리인가? 아닌 밤중의 홍두깨도 아니고, 무슨 여학생 선발 대회에 퀴즈가 끼어 있단 말인가!! 이거 솔직히 까놓고 말하면 기품이 어우러진 미소녀 선발 대회 아니었나? 무슨 말도 안 되는 퀴즈 대회란 말인가!!

그리고 그 순간 문득 내 머릿속을 스치고 지나가는 기억이 있었다. 그렇다. 지금 미소녀 선발 대회의 가장 큰 문제는 바로 심사위원인 크란벨 공작의 나에 대한 전폭적인 지지. 협회의 녀석들이 바보가 아닌 이상 밤새 무언가 고민하긴 했겠지. 그리고 나온 결론이 설마 이것? 그러니까 어디까지나 나를 노리고 나온 것이란 말인가?!

아, 충격이다. 나, 머리 나쁜 거 어떻게 알았지? 키르라이안이야 유명한 바보로 이름났다지만 설마 세라가 되어서까지도 머리 때문에 고생하게 될 줄이야. 퀴즈 대회가 되어버린 2라운드에서 설마 하니 한 문제도 못 맞히고 탈락해 버리면 공인 바보가 되는 것인데……. 파브란 백작가의 그녀가 참으로 기가 살겠구나.

라고 생각하며 조금 떨어진 하이아를 슬쩍 곁눈질한 나는 갑자기 내 등 뒤로 후광이 비추는 것을 느낄 수 있었다. 하이아의 표정은 나 이상으로 구겨져 있었다. 그러고 보니 그녀의 학교는 펜슬라 학원. 학교 자체가 바보 학교이다. 나만큼이나, 아니, 어쩌면 나 이상으로 퀴즈를 싫어하는 것이 분명하다!!

뭐, 동반 탈락이라면 조금 아깝긴 해도 혼자 쪽팔리는 것은 아니니, 그래, 퀴즈 대회, 까짓 한번 해볼까?

그렇게 나름대로 다짐을 하고 사회자를 보자 사회자는 들고 있던 봉투 속에 들어 있던 종이를 꺼냈다. 아마 저것이 문제가 적힌 시험지일 것이다.

"그럼 시작하겠습니다! 정답을 아는 분은 책상에 부착된 벨을 눌러주세요!!"

그러니까 눈앞의 이 볼록한 게 벨이라는 거로군. 나름대로 납득하고 있을 때, 사회자는 문제가 적힌 종이를 보고 읽기 시작했다.

"문제입니다. 사자왕으로 유명한 이분은……."

삐이!

문제를 읽기 시작하자마자 벨이 울렸다. 과연 이리도 무모하고 용감한 소녀가 누구인지 살펴보자 카린의 책상이 유독 빨간색으로 빛나고 있었다.

"네, 공녀님."

"헬라브리오 3세."

"정답입니다. 사자왕만으로 맞히다니 대단하시군요. 그럼 다음 문제입니다. 이곳은 안토니오 2세 시절 계획적으로 건설된 항구 도시로……."

삐이!

또다시 울리는 부자. 역시나 빛나는 것은 카린의 책상.

"콘돌라."

"정답입니다. 그럼 다음 문제. 이 소설은 헬라브리오 2세의 집권 당시 수도의 뒷골목에 살던……."

삐이!

"꽃의 3남매."

"정답입니다. 다음 문제. 마법의 기초 이론을 정립한 대마법사로 이 사람은 긴 이름으로도 유명했는데……."

삐이!

"론도로아크로스 발카폰다크로마네클로 카인드라수트라마다."

"저, 정답입니다."

과연 왕립 루베르크 학원 중등부 여학생 1위 카린이었다. 다른 소녀들은 전혀 감도 못 잡고 있을 때, 아주 그냥 술술 다 맞히고 있었다. 게다가 뭐냐, 저 발음조차 어려운 이상한 마법사 이름은. 아무리 카린이 마법사 계열이라지만 저것까지는 좀 심하지 않았냐.

이거, 생각보다 상황이 좋아졌다. 사회자도 질려 버린 카린의 독주 체제. 문제를 내는 족족 제대로 듣지도 않고 맞혀 버리니 남아 있는 열네 명의 소녀들은 단체로 한 문제도 못 맞히고 그냥 앉아만 있는 상태. 워낙에 한 명이 뛰어나니 나머지는 도매금에 넘어가 버린다. 그사이에 나도 함께 묻혀가는 게 왜 이리도 신나는지.

부디 소원컨대 카린, 이대로 계속 밀고 나가라. 설마 하니 겨우 2라운드에서 카린 하나 빼고 모두 다 탈락은 아니겠지? 그것도 겨우 퀴즈 대회 따위로 말이다.

이미 다들 나와 같은 생각인지 처음보다는 편한 모습으로 이글이글 불타오르며 ‘자, 다음 문제!’를 외치는 카린을 감상하고 있었다. 카린, 정말 고맙긴 한데 이러다 너, 열혈계로 찍히면 좀 손해가 아닐까? 그래도 수년간 내숭으로 점철된 인생을 살아왔는데 그 시간에 매우 미안해지지 않을까.

그나마 소꿉친구라고 나름대로 걱정하는 나와 같은 생각인지 사회자는 다음 문제를 내는 것을 망설이고 있었다. 그 역시 이런 상황이 될 거라곤 전혀 생각하지 못한 듯 당혹해하

는 모습이었다. 하긴, 솔직히 퀴즈 대회 하면 여러 명의 학생
이 경쟁을 하며 맞히고 틀리는 가운데 점수를 얻어가는 거지
이렇게 한 명만 신나서 맞혀대는 것은 전대미문이니까.

"역시 공녀께선 왕립학교 대표답게 지적 능력도 뛰어나시
군요. 이번 2라운드는 얼마나 학생답게 공부를 해왔는지 학
업의 성취도를 평가하는 자리인데, 이 정도라면 공녀님은 그
냥 통과십니다."

그래, 카린이 통과하는 건 당연한 거고, 이제부터 중요한
건 나머지 열네 명을 어떻게 평가하느냐 이거다. 모두들 사회
자의 다음 말을 듣기 위해 전에 없던 집중력을 보이며 두 손
을 꽉 쥐었다.

"그럼 모두들 학교에서 무엇을 배우고 얼마나 깨달았는지
직접 묻도록 할까요?"

엥? 이건 또 무슨 소리인가? 직접 묻겠다고? 뭘? 학교에서
배운 걸? 서, 설마 하고 우려하는 내 마음에 대답이라도 하듯
사회자는 제일 앞에 앉아 있는 소녀에게 다가가 질문을 시작
했다.

"프랑소와님, 학교에서 배우는 건 예술 분야로 요즘은 자
수를 하신다고 들었는데, 간단한 설명 부탁드립니다."

"네, 자수란 이 땅의 모든 아가씨들이 할 수 있지만 또한 아
무나 할 수 없을 정도로 어렵기도 한데요, 천과 실을 가지고
마음속에 그려진 바를……."

　자신이 배우고 있는 것을 자신있게 대답하는 소녀들. 문제를 미리 알고 준비라도 해왔는지 막힘없이 술술 말하고 있는 게, 이거 사전 유출에 대해 조사해야 하는 것 아닌가 의심이 들기 시작했다.

　게다가 저 얄미운 하이아. 학교에서 배우는 건 예의범절이라는 소리에 참으로 기가 막혔다. 그런 건 다른 학교에서도 다 배우고, 귀족이라면 교양 필수 아닌가. 그것도 공부라고 자랑스레 말하는 것도 웃기지만, 그래, 그렇게 예의범절을 배워놓고 나한테 와서 시비 거는 건 어디의 예법이란 말인가.

　아니, 지금 중요한 것은 그런 게 아니다. 지금 내게 있어 가장 큰 문제는 앞의 소녀들에게 한 번씩 질문을 한 사회자가 점차로 내게 다가오고 있다는 사실이었다. 나한테 과연 뭘 물으려는 거지? 내가 학교에서 배우는 거? 애초에 내가 이 대회에 군말없이 나오게 된 이유가 드디어 받게 된 전교 꼴지의 성적표 때문이었다는 것을 새삼 떠올리며 나는 완전히 굳어서 내 앞에 선 사회자의 질문을 긴장하며 들을 뿐이었다.

　"드디어 페르나슈 공녀님의 차례로군요. 과연 크란벨 공작 전하께서 예찬하실 만큼 아름다운 분이십니다."

　"감사합니다."

　그나마 로젤란 선생님의 특훈으로 이런 상황에도 얼굴을 찡그리지 않고 화사하게 웃을 수 있지만, 마음속은 그렇지 않았다. 옛날 버릇대로 '뜸 들이지 말고 당장 시작해!!' 라고 먹살을 쥐고 흔들지 않는 게 다행이었다.

"보는 것만으로 녹아내릴 것같이 아름다운 페르나슈 공녀 님은 의외로 왕립 루베르크 학원에서 마법을 배우고 있다고 쓰여 있는데요."

마법? 마법? 헉! 그러고 보니 나 세라로 입학하고 나선 특별 수업은 계속 마법에 대해 배우고 있었지? 망했다. 차라리 검을 물어봐 줘. 검이라면 그동안 주워들은 거라도 있으니 요령으로라도 넘어가겠는데, 왜 갑자기 마법이야!!

"그럼 공녀님에게 있어 마법이란 어떤 것입니까?"

그리고 나는 굳었다. 내게 있어 마법이란 어떤 것이냐고? 그거 꼭 설명해야 하는 것인가? 사연이 좀 긴데?

오기로 배우겠다고 했는데 정작 쓸 수 있게 되니 성별이 바뀌어 버렸고, 그것 때문에 납치 사건이란 것도 당해봤으며, 거기서 마법으로 빠져나오려고 했는데 내가 쓸 수 있는 거라 곤 폭발만 시키는 거라 정작 위험할 땐 그리 도움도 되지 않아서 졸지에 몇 주째 학교에 붙잡혀 되지도 않는 수업을 받아야 하는 그 사연을 말해야 해?

아니, 저들이 바라는 대답은 이런 게 아니다. 그러니까 마법. 내가 사용하는 것에 대한 뭐랄까, 총체적인 답변을 바라는 것일 거고, 그러니까 내게 있어 마법이란……

"힘주면 '펑' 하고 터지는 것이랄까요?"

그리고 순식간에 홀은 침묵으로 뒤덮였다.

그래, 안다. 나도 내가 무슨 짓을 저질렀는지 정도는 느끼고 있단 말이다. 정말 어이없어하는 사회자는 둘째 치고, 웃겨 죽을 것 같은 얼굴의 하이아 역시 무시하겠다. 사정을 아는 카린은 그야말로 기가 막혀 하는 얼굴.

아아, 나도 모르겠다. 어쩌다 저런 대답이 나온 거냐, 대체. 하지만 어쩔 수 없다. 사실이지 않은가? 무슨 말이 더 필요한가. 힘주면 터지는 거 맞잖아. 내가 쓰는 마법이라곤 그것뿐인걸? 좀 더 거창한 거라도 바랐다면 큰 실수한 거라고.

이거… 대회 탈락은 그만두고 이 많은 관중, 그것도 같은 상류 계층의 사람들 앞에서 제대로 개망신당했으니 이대로라면 영감댕이가 날 가만두려 하질 않을 텐데. 키르라이안으로도 모자라 세라로서도 공인 3대 바보 왕족이 되어버리면 사정없이 뻗어나갈 집안 망신살을 어찌 감당할지 정말 고민이었다.

진심으로 짧은 시간에 오만가지 잡생각이 흘러가 버렸다.

그리고 그때, 또다시 방청석 앞줄 중앙에서 흥분하여 외치는 바보 변태를 볼 수 있었다.

"합격!! 통과!! 통과, 통과, 통과!! 무조건 합격!!"

대체 저 바보 공작은 여기까지 와서 이게 또 무슨 짓이란 말인가. 이젠 나 좀 그냥 놔둬도 되지 않나!! 여기서 또 얼마나 망신을 당하라고 그딴 망발이야, 진짜!!

"저, 공작 전하. 여기서 이유없이 그렇게 우기셔도……"

"이유? 당연히 있지! 이유라면 있다!!"

쓴웃음을 지으며 공작의 폭주를 말리려 하는 사회자에게 공작은 다시 한 번 자신있게 외쳤다. 또다시 자리에서 일어서서 그는 방청석을 향해 소리쳤다.

"진실한 여학생의 아름다움이란 무엇인가! 백치미에서 우러나오는 순진무구함이 아니었던가!! 똑똑하기만 한 여자는 매력이 없다!! 저 아름다움에 어울리는 아방함이란 그야말로 완벽, 그 자체이다!!"

아니, 저작자가! 뭐가 백치미고 뭐가 아방하단 말이야!! 억지도 그런 억지가 어디 있냐고!!

하지만 방청석은 이미 술렁이고 있었다. '그럴듯한데?', '그러고 보니…', '그럴 수도 있네' 란 대화가 들려오는 거로 봐선 설마 이번에도 통과인 거야? 정말 그런 말도 안 되는 주장이 먹히는 거야?

"그럼 페르나슈 공녀님, 하, 합격입니다."

결국 여론에 밀려 사회자가 선언했다.

하, 하하하하! 그냥 허탈할 뿐이다. 저런 주장이 통하는구나. 대체 얼마나 방청객을 매수했으면 이런 결과가 나오는 거냐. 설마 아버지가 뒷공작이라도 꾸민 건가? 그 영감탱이라면 가능성이 있는데…….

하지만 어쨌든 통과는 통과다. 이왕 이렇게 된 거, 적어도 누명은 벗어야 한다. 나는 자리에서 일어서서 사회자의 곁으로 다가갔다.

"무슨 일이십니까?"

다가온 내게 호기심을 담아 묻는 사회자를 향해 난 생긋 웃으며 대답했다.

"오해는 풀어야 해서요."

"오해… 라니요?"

"음, 어디서부터 시작해야 할까……."

내 대답에 다시 묻는 사회자의 말을 살짝 무시하고 난 주위를 둘러보았다. 그리고 몇 군데를 눈여겨보고 결심한 얼굴로 찍어둔 곳을 향해 차례로 작은 폭발을 일으켰다.

쾅! 쾅! 쾅! 쾅! 쾅!

폭발음이 울리며 터지기 시작한 홀 안. 사람들은 다들 놀라 순식간에 소란스러워졌지만 난 태연한 얼굴로 입을 열었다.

"괜찮습니다, 안전한 곳만 살짝 건드렸으니까. 바로 이것이 제 마법에 대한 대답입니다. 주문 없이 보는 것만으로 폭발시키는 것. 그게 제 마법의 미학입니다."

물론 미학이고 뭐고 없이 할 줄 아는 게 그것뿐이라지만 로젤란 선생님에게 배운 게 있다. 가진 것을 최대한 포장시키기. 그러니까 한마디로 그럴듯하게 사기 치는 것이다.

"그럼 들어가 보겠습니다."

우아하게 드레스 자락을 들어 인사를 하고는 제자리로 돌아간 나. 그리고 홀은 다시 한 번 술렁이기 시작했다. 한동안

넋이 나간 듯 내가 폭발시킨 자리를 바라보던 사회자는 곧 정
신을 차리고 수습에 들어갔다.

"대, 대단합니다. 정말로 주문 한마디 없이 바라보는 것만
으로 폭발을 시키다니… 역시 왕립 루베르크 학원의 대표답
군요. 이제야 그녀의 마법에 대한 대답을 이해할 수 있을 것
같습니다. 간결하면서도 모든 뜻이 다 내포되어 있는 대답이
었군요. 정말 대단합니다."

그야말로 감격해서 상황을 정리해 주는 사회자의 설명에
나는 안도의 숨을 쉬었다. 다행이다. 키르라이안에 이은 세라
바보설은 이제 한동안 안심해도 되겠지.

Chapter 4
본격적으로 막 나가는 대회, 본성 드러내?

　그리고 계속해서 카린을 제외한 나머지 소녀들에게 학업에 대한 질문을 모두 끝마치고, 사회자는 다시 한 번 청중을 향해 입을 열었다.

　"자, 그럼 2라운드는 여기서 마치겠습니다. 다행히 탈락한 분이 없으시군요. 그럼 곧이어 제3라운드, 수영복 심사를 준비하도록 하겠습니다!!"

　"뭐어어어어?!"

　무대의 소녀들은 모두가 경악하여 외쳤다. 이게 갑자기 무슨 헛소리인가. 수영복 심사라니? 이 대회 대체 제정신인 것인가?!

갑자기 무대로 각 가문의 시녀들이 도끼눈을 뜨고 달려나오기 시작했다.

"아니, 결국 진짜로 하는 겁니까? 뭐예요! 이따위 대회, 때려치워요! 저희 아가씨는 못합니다!!"

"감히 우리 귀한 아가씨의 속살을 보겠다는 것입니까? 책임자 부르세요!!"

"후작가의 아가씨에게 만인 앞에서 천 쪼가리 하나만 걸치고 나서라는 소리인가요? 불경죄로 국가에 고소하겠습니다!!"

귀족 아가씨들의 수석 시녀이다 보니 자신이 모시는 아가씨에 대한 프라이드가 높은 게 당연했고, 덕분에 사회자는 열다섯이나 되는 시녀들에게 둘러싸여 몰매를 맞는 신세가 되어야 했다.

"죄, 죄송합니다, 시녀님들. 아니, 그게… 정말로 할 생각이 아니라 그냥 넘어가는 식으로 한마디 한 것인데……."

"새벽에 날아온 준비물 목록에 있었잖아, 수영복!! 설마 하니 진짜로 아가씨들에게 그런 망측스러운 일을 하려 계획한 것이 아니더냐!!"

변명을 하며 이 사태를 빠져나가려는 사회자를 향해 다시 한 번 시녀들의 응징이 시작되었다.

그러니까 그거였군. 오전에 루사인이 말하던, 준비물엔 있지만 아마 정말로 쓰지는 않을 거라던 바로 그 물건. 설마 하니 이런 데서 수영복 심사라니. 거, 협회가 무슨 생각을 하고 있는지는 몰라도 딸 가진 귀족 가문들을 적으로 돌릴 작정이 아니고서야……. 물론 나름대로 기대를 하는 꽃다운 청춘의 귀족 청년들도 있겠다만 이쪽은 생략이다.

"제발 시녀님들, 제발 진정하시고, 수영복 쪽은 정말로 농담이었고요, 그거 말고 다른 준비물 있지 않았습니까!"

시녀들의 발밑에 깔려 실컷 밟히던 사회자가 최후의 발악을 시작했다. 그리고 이번엔 다행히 그것이 먹히는 것 같았다. 시녀들은 멈칫하며 사회자의 말에 귀를 기울였다.

"다른 준비물이라면… 그것 말인가요?"

"아가씨를 최대한 귀엽게 보일 수 있는 타이트한 나시와 미니스커트요?"

그제야 바닥에서 일어난 사회자는 열심히 설명을 시작했다.

"네, 바로 그것입니다. 차마 귀족가의 아가씨들에게 수영복 심사를 할 수야 없는 일이지요. 대신, 평소 드레스에 감싸인 불편한 모습을 잠시 버리고, 짧은 스커트와 나시를 입고 건강미를 보여주는 것입니다."

그리고 시녀들은 하나둘 고개를 끄덕이며 수긍하기 시작했다.

"그 정도라면 뭐… 우리 아가씨는 몸매도 예쁘니까 그렇게 입어도 예쁠 거고."

"여름에 집 안이나 가까운 곳에 나가실 때 입는 옷차림이
니 일상적이기도 하고… 문제없으려나?"

점차 누그러지는 분위기에 사회자는 이때다 싶어 3라운드
의 과제를 발표했다.

"그럼, 제3라운드! 경쾌한 옷을 입고 보여주는 건강미! 그
리고 쾌활함을 보기 위해 협회에서 마련한 목검을 가지고 간
단한 검술 시합도 하겠습니다! 모두 들어가서 준비를 하면서
각자 파트너를 정해주세요."

3라운드의 목적이 발표되자 무대에 나온 시녀들은 각자 자
신의 아가씨를 찾아 대기실로 모셨다. 옷도 갈아입어야 하고,
그에 따라 머리 모양도 바꿔야 하기에 여러모로 준비할 일이
많은 제3라운드의 시작이었다.

대기실에서 옷을 갈아입으며 세린은 투덜거렸다.

"대체 갑자기 웬 나시에 미니스커트란 거예요. 드레스로
언제나 아슬아슬하게 가려왔는데 이래서야 다 보이네, 다 보
여."

그리고 나는 세린이 불만스러워하는 것들을 내려다보았
다.

문제가 되는 것은 바로 이것. 몸 곳곳에 나 있는 흉터들이
었다. 어릴 때부터 검을 다루며 살아온 만큼 내 몸 구석구석
엔 검에 의한 상처들이 끊이질 않았고, 그중 조금 깊게 베인

상처들은 모두 흉터가 되어 남았다. 몸은 여자로 변했지만 이상하게 흉터 같은 자잘한 것들은 남아 있었다.

물론 나이가 들어 더 이상 남의 검에 당하지 않게 된 이후론 그다지 다치질 않아 지금 남은 흉터들은 모두 어릴 때 생겨 거의 사라져 가는 것들이라지만 세린에겐 마음에 들지 않는 흔적인 것 같았다.

"자세히 보지 않으면 잘 보이지도 않잖아. 그리고 이 정도의 흉터는 저기 카린도 만만치 않을걸."

세린을 위로하고자 작은 목소리로 말했지만 쿼터 엘프로서 보통 인간보다 귀가 밝은 카린이 들은 듯 나를 노려보는 것이 느껴졌다. 그녀는 슬며시 다가와 귓속말로 속삭였다.

"내 흉터는 거의 너랑 프리츠가 낸 거야. 죄책감이라도 좀 느끼지?"

"그건 나도 마찬가지잖아."

"너는 그래도 남자였지. 나는 자타 공인 공작가 유일의 공녀였다고."

그동안 쌓인 게 많은 듯 카린은 원한을 담아 노려보았다. 음, 그러고 보니 솔직히 조금, 아주 쬐끔 미안해지긴 했다. 같은 여자가 돼서 알게 된 건데, 이쪽은 아주 작은 상처 하나에도 시녀들이 난리가 난다는 거다. 그런 것을 흉터가 남을 정도로 칼질을 해댔으니⋯⋯. 뭐, 하지만 어릴 때 이야기다, 어릴 때. 그것도 고의가 아니라 검 연습하다 그런 거니 불가항력이었다고.

슬슬 다들 옷을 갈아입고 서로 검을 맞댈 파트너를 구하기 위해 눈치를 볼 때였다. 소녀 하나가 카린에게 와 조심스레 물었다.

"저… 공녀님은 실버 나이트시지요? 그럼 역시 검도 강하겠지요?"

"네? 뭐… 일단 짝수 넘버긴 하지만 어릴 때부터 검도 다뤄 왔으니 어느 정도 수준이긴 하죠."

어느 정도는 무슨. 완전 내숭이다. 마법을 숭상하는 엘프라는 이유로 마법사가 주력이라지만 엘프의 날렵한 움직임만큼이나 검 실력 역시 대단한 카린이다. 괜히 마검사라 주장하는 게 아니라고. 상당히 자신의 실력을 축소하여 대답하였건만 그 대답만으로도 소녀는 사색이 되어 겁에 떨었다.

"저, 그럼 이중 누구와 파트너를……. 아무리 귀족가의 소녀들도 기본 소양으로 검을 조금씩은 배운다지만 전 정말 전혀 소질이 없는데……."

"괜찮아요. 걱정 마세요. 괜히 여러분을 걱정하게 만들었나 보네요. 제 파트너는 페르나슈 공녀로 정했어요. 아무래도 저쪽이 소꿉친구고 하니 편해요."

그야말로 내 의사는 완전히 무시하고 결정된 파트너였다. 뭐, 하지만 나보고 정하라 했어도 카린으로 했을 거니 불만은 없었다. 카린이 상대라면 적당히 검을 맞대다 가볍게 끝내도 좋으니 오히려 좋았다. 그녀 말대로 소꿉친구이니 어릴 때부터 수천, 수만 번을 연습 상대로 호흡을 맞춰왔고, 때문에 거짓말 아니라 진짜 편한 상대였다.

하지만 이때 생각지 못한 복병이 끼어들었다. 아니, 조금 예상은 했을지도? 문제의 그녀 하이아가 갑자기 대화에 난입해 왔다.

"소꿉친구라면 서로 잘 아니 두 분이 함께라면 나머지 우리들이 불리하잖아요. 전 페르나슈 공녀님과 함께 검을 겨뤄보고 싶어요. 공녀님이니만큼 호신을 위함 검 정도는 다루시겠죠? 제가 파트너가 되고 싶어요."

뭔가 자신감이 넘쳐흘렀다. 그러니까 이 소녀, 검에는 조금 자신이 있다 이거로군. 그래서 나와 한번 붙어서 나를 완전히 뭉개보겠다 이거 같은데, 어쩌지? 난 조금이 아니라 엄청나게 자신있는데.

카린 역시 그녀의 속셈을 눈치 챘는지 '피식' 하며 살짝 웃었다. 내 편은 들어주지 않았지만 계속되는 하이아의 시비는 카린도 상당히 눈에 거슬렸는지 그녀는 화사하게 웃으며 하이아를 향해 말했다.

"정 그렇게 말씀하시면 어쩔 수 없죠. 그럼 하이아님은 페르나슈 공녀와 함께 하세요. 전 이쪽 이분과 파트너를 짜기로 하죠."

"네, 네에?!"

졸지에 옆에 있다가 카린의 파트너가 된 소녀 하나가 경악을 하며 외쳤다. 오늘로 세상 다 살았다는 얼굴 표정이 참으로 불쌍해 보였다.

"괜찮아요. 걱정 마세요. 미리 짜고 나가요. 제가 처음에 이 각도로 내려칠 테니 이쪽으로 막으세요. 그리고 다음엔 이렇게 할 테니……."

카린은 금방이라도 울 것 같은 소녀를 구석으로 데려가 열심히 시범을 보이며 달래고 있었다.

3라운드 건강미 테스트는 나름대로 화기애애한 분위기로 흘러가고 있었다. 학교 대표로까지 나올 정도라면 평소 학교 내에선 아이돌로 통했을 거고, 그런 소녀들이 평소엔 보기 드문 경쾌하고 발랄한 옷차림으로, 게다가 검까지 휘두르고 있었다. 귀한 집 따님인 만큼 각자 검을 조금씩 다루긴 했지만 그래도 실력의 편차가 컸고, 개중엔 아예 기초도 안 돼 있거나 혹은 남자가 보더라도 놀라울 정도의 솜씨를 가진 사람도 있었다.

누가 나오던 모두 흐뭇한 눈길로 소녀들을 바라보며 응원하고 즐거워했다.

"기레스 검술 도장 2년 수료의 엘리자베스 알리시아 루벤트라, 시작합니다."

"실버 나이트 6번 소속, 클라우디아 카린느 실버스타 잉게 소공녀, 갑니다.”

파트너의 번호가 앞번호라 카린이 먼저 나가게 되었다. 서로 소개를 마치고 대기실에서 연습한 순서대로 검을 휘두르기 시작했다. 기레스 검술 도장이라면 귀족 소녀들을 전문으로 가르치는 아가씨 검술의 대명사. 2년이나 수료했다지만 아무래도 품격과 예의 바른 몸가짐을 우선으로 하는 검이다 보니 카린과는 상대가 되지 않을 게 뻔했다.

아무리 짜고 휘두르는 검이라지만 얼마 지나지 않아 손이 꼬이기 시작했고, 곧 엘리자베스는 풀썩 자리에 쓰러졌다. 하지만 꽤나 만족한 얼굴. 카린을 상대로 이렇게 오래 버텼으니 나름대로 보람도 있는지 후련한 표정이었다.

그렇게 두 소녀의 대전이 끝나고 카린이 손을 내밀어 쓰러진 엘리자베스를 일으켜 대기실로 돌아오자 바로 다음 순서의 소녀들이 무대로 나갔다. 이번엔 서로 검을 잘 다루지 못하는 소녀들끼리 짝을 이뤘는지, 검을 내려치는 동작 하나하나가 즐거운 웃음을 선사했다. 의외로 꽤나 귀여운 모습들이었다.

한참을 구경하고 있을 때 하이아가 곁으로 다가왔다.

“여유있으시네요? 입가에 미소를 머금은 게.”

“구경하는 것도 즐거우니까요.”

여전히 웃으며 대답하자 하이아는 재미있다는 얼굴로 작은 목소리로 물었다.

"어릴 때부터 몸이 약해 영지에서 따로 요양을 하고 있었다고 했죠? 왕립학교엔 마법 특기생으로 들어간 것 같고."

"뭐, 대외적으론 그렇게 알려져 있죠."

"대외적이라면 속사정은 따로 있다는 소리인가요?"

"음… 마음대로 생각하세요."

내 대답에 하이아는 심술궂은 미소를 지었다. 그리고는 가소롭다는 얼굴로 나를 바라보며 충고했다.

"곧 우리 순서네요. 그럼, 봐주지 않겠습니다. 뭐, 지금이라도 조금만 살살 해달라고 부탁하면 고려는 해주겠지만."

"그 말, 그대로 돌려 드려도 좋을까요?"

뭘 믿고 저렇게 심술을 부리는지 모르겠지만 바라던 바다. 아주 그냥 지금까지 시비 걸던 거 다 갚아줄 생각이다, 난. 그쪽에서 먼저 그렇게 나왔으니 봐달라고 하기만 해봐라.

마음속 깊이 굳게 다짐하는 가운데 앞 팀의 아기자기하던 검술 대련이 끝나고 드디어 우리가 나갈 차례가 되었다.

나와 하이아가 나가자 기대했던 대로 곳곳에서 환호성이 들렸다. 물론 당연하겠지만 그건 나를 위한 환영의 인사였다. 평소 교복이나 드레스를 입은 모습만을 보이던 내가 하얀색 나시티에 붉은 체크 무늬의 미니스커트를 입고 나타나니. 하얗고 미끈한 다리가 그대로 드러나 있었던 것이다. 솔직히 말해 내 다리 라인은 내가 봐도 자랑스럽다. 그러니 생전 처음 보는 남들이야 오죽하겠는가.

　그렇게 만인의 시선을 받으며 무대의 한가운데로 간 난 하이아와 마주 보며 목검을 바로 쥐었다. 곧 사회자의 시작하라는 외침이 들리고 하이아부터 자신을 소개했다.

　"에틀라인 검술 도장 3단, 빅토리아 하이아 베트 파브란 백작 공녀, 시작합니다."

　그녀의 소개에 방청석 여기저기서 감탄하는 소리가 울렸다. 에틀라인 검술 도장 3단이라……. 그녀가 그렇게 자신하던 이유가 있었다. 에틀라인 검술 도장이라 하면 본격적으로 검을 배우는 곳으로, 거기서 3단이라면 웬만한 남자는 명함도 내밀지 못할 정도의 실력을 가지고 있다는 소리이다. 과연, 그러니까 저렇게 막 나가는 거였군.

　하지만 미안해서 어쩔까. 그 자신감에 찬물을 끼얹어야 해서 참으로 애석… 이라고 할 것은 없고 고소하구나. 자, 그럼 나도 슬슬 소개를 해볼까.

　"실버 나이트 5번 소속, K. 세라 일렉트리아 페르나슈 소공녀, 갑니다."

　"뭐, 뭐?!"

　그리고 기대했던 대로 경악에 가득 찬 하이아의 외침이 홀을 울렸고, 그녀만큼이나 방청석 역시 놀란 비명으로 가득했다.

　여기서 잠시 실버 나이트에 대해 추가적인 설명을 하겠다.

실버 나이트는 번호로 각자의 소속과 분기를 나눈다. 크게 홀수는 검, 짝수는 마법으로 나뉘고, 1, 2번은 장로, 3, 4번은 선대 국왕이 뽑은 기사들, 5, 6번은 지금의 국왕이 뽑은 실버 나이트들을 뜻한다.

내가 말한 실버 나이트 5번 소속이라 함은, 풀어 말하면 지금의 국왕이 뽑은 실버 나이트로 검이 주력이라는 소리였다.

왕가와 무관할 수 없는 귀족이니만큼 실버 나이트의 기본 체제에 대해 모를 리 없고, 그렇기에 더욱 내 소개에 경악하는 것은 당연했다.

"자, 서로 봐주지 않기로 했지요? 최선을 다하진 않겠지만 그래도 적당히 상대는 해주도록 하죠."

하이아만 알아볼 수 있을 정도의 잔인한 미소를 슬며시 흘려주며 나는 목검을 바로 쥐고 그녀를 향해 돌격했다.

"자, 잠깐! 말도 안 돼! 어떻게!! 으, 앗?! 하앗?!"

당황하는 하이아를 무시하며 나는 검을 휘둘렀고, 그녀는 급한 김에 들고 있던 목검으로 내 공격을 막아보기 시작했지만 어림도 없었다. 그녀의 방어는 바로 뚫리고, 난 훤히 보이는 허술한 부분들을 고르고 골라가며 특히 아플 것 같은 부위를 골라 간간이 한 대씩 때려주기 시작했다.

일단 정수리 한 대, 옆구리도 살짝 한 번 찔러주고, 살짝 각도를 바꿔 허벅지 안쪽 약한 살이 몰려 있는 부분도 슬쩍

한 대.

"앗! 아얏! 아!!"

맞을 때마다 홀을 울리는 소녀의 외침 소리. 이거 버릇 될 것 같다. 왠지 기분이… 아차차! 자제하자. 괜히 이상한 데 취미 붙이면 아버지나 크란벨 공작과는 다른 의미의 변태가 되어버릴지도 모른다.

내 자신의 미래를 위해 난 적당히 검을 내리고 사회자를 향해 입을 열었다.

"죄송합니다. 실력의 차이가 너무 커서 더는 무리일 것 같습니다. 이쯤에서 그만둘 수 있을까요?"

이미 하이아의 자존심을 뭉갤 대로 뭉개놓고는 나름대로 그녀를 생각하는 척, 정말 안쓰럽다는 얼굴로 요청하자 사회자는 단 한 줌의 의심도 없이 나의 따뜻한 마음씨에 감동한 얼굴로 경기의 종료를 외쳤다. 그리하여 나는 속으로나마 쾌재를 부르며 무대에 널브러져 금방이라도 울음바다를 만들기 직전의 하이아에게 손을 내밀었다.

"그럼, 일단 들어갈까요?"

나의 고소하다는 눈빛이 가득한 얼굴을 보면서도 하이아는 괜히 여기서 더 버티다가 엉엉 울고 체면 구기느니 차라리 내 도움을 받는 것이 낫다고 결정했는지 내민 손을 잡고 일어섰다. 그리고 대기실에 도착하자마자 그녀는 분한 얼굴로 두 눈에 가득한 눈물을 흘리며 울기 시작했다.

나 다음으로 팀을 이뤄 나갔던 소녀들이 들어올 무렵에야 하이아는 울음을 그치고 눈물을 닦고 있었다. 그리고 분한 얼굴로 나를 향해 따졌다.

"사람을 속였군요! 감히 숙녀로서 할 수 없는 비겁한 짓이었습니다!"

물론 그런 것에 넘어갈 내가 아니었다.

"어머, 제가 파트너를 하자고 하지 않았어요. 하이아님께서 나서지 않으셨나요? 저는 어디까지나 잉게 공녀와 팀을 짜려고 했다고요. 여기 계신 모두가 증인이에요. 그리고 하이아님이야말로 에틀라인 검술의 3단 보유자였잖아요. 만약 제가 아닌 다른 분이 상대였다면 반대의 상황이 벌어졌을 거예요. 안 그래요, 여러분?"

그리고 물론 대기실의 소녀들은 모두 내 질문에 고개를 끄덕였다. 애초에 너무 자신만만해서 마음껏 나서던 게 문제였다고, 이 아가씨야. 게다가 아예 내 편 들기로 작정한 카린까지도 나서기 시작했다.

"제가 그래서 페르나슈 공녀와 팀을 짜겠다고 했는데, 하이아님이 극구 우기며 데려갔잖아요. 그나마 저라도 상대를 해주어야 힘이 비슷해지죠. 그러고 보니 조금 아깝네요. 제가 페르나슈 공녀의 상대였다면 화려한 무대를 보여줬을 텐데."

그리고 대기실의 소녀와 시녀들 역시 카린의 말을 들으며 아쉬워했다. 나와 하이아, 혹은 카린과 엘리자베스 사이의 일

방적인 차이가 아닌, 같은 실버 나이트인 나와 카린의 무대가 되었다면 그야말로 보기 드문 시합을 볼 수 있었을 거라는 기대 심리가 작용하기 시작했다. 그리고 아쉬움은 원망의 화살이 되어 하이아에게 꽂혔다.

"적어도 이런 차림으로도 간간이 보이는 검에 의한 흉터만 유심히 봤어도 이렇게 되지는 않았을 건데 말이에요. 어쩌다 제가 영지에서 요양을 했다는 소문 때문에 병약하다고 알려지긴 했지만… 그것을 알면서 일부러 파트너를 하자기에 그냥 잠자코 따랐을 뿐이에요, 전."

나는 쓴웃음을 지으며 어쩔 수 없었다는 얼굴로 다시 한 번 모두의 동의를 구했고, 소녀들은 모두 고개를 끄덕이며 인정했다.

"그렇죠. 페르나슈 공녀님은 몸이 약하다고 소문이 나 있었으니까요."

"그런데도 그렇게나 실력이 있으면서… 아, 그리고 보니 처음부터 계속 공녀님에게 안 좋은 소리를 하더니 설마 이번에도 공녀님이 소문대로 약한 분이셨으면 그대로 해코지라도 하려고 하셨던 건가요?"

"숙녀 실격이에요. 공녀님이 검을 잘 쓰셔서 다행이에요."

그리하여 대기실의 소녀들은 모두 나의 추종자가 되었고, 하이아는 완전히 재기 불능, 그야말로 넉다운이 되어 뒷목을 잡고 쓰러졌다. 물론 그 누구도 신경 쓰지 않았고, 파브란 백작가의 수석 시녀만이 걱정스러운 얼굴로 하이아의 곁을 지킬 뿐이었다. 그녀로서도 지금의 상황이 어떤지는 충분히 눈치껏 알 수 있었으니 그저 한숨만 쉴 따름이었다.

여론과 분위기가 나에게로 집중되고 있을 때, 드디어 제4라운드의 주제가 발표되었다. 모두들 귀를 기울이며 사회자가 하는 말을 경청했고, 사회자는 큰 소리로 외쳤다.
"그럼 이제 마지막, 제4라운드를 시작하겠습니다!! 4라운드의 주제는 바로 이것! 생활력 장기 자랑 테스트입니다!!"
그리고 무대 뒤의 소녀들은 모두 고개를 갸우뚱거리며 소곤거리기 시작했다.
"생활력 장기 자랑이 대체 뭐예요?"
"저도 잘 모르겠어요. 생활력이란 것도 생소한데 거기에 무슨 장기 자랑인지……."
물론 나도 그녀들과 같이 안 되는 머리를 굴려볼 뿐이었다. 대체 협회 사람들이 밤새 뭘 얼마나 고민했는지 모르겠다만, 어째 나오는 주제들이 하나같이 기존의 미소녀 선발 대회의 과제와는 너무 다른 노선을 달리고 있었다.
아무리 크란벨 공작의 나에 대한 지지를 막기 위해서라지만 이거 좀 심한 거 아냐? 아니면 설마 이 대회, 원래부터 이랬던 것은 아니겠지?
그리고 웅성거리는 분위기로 다들 주제의 정확한 뜻을 몰라 헤매고 있는 것을 깨달았는지 사회자는 조금 더 주제에 대한 설명을 이어갔다.

"너무 어렵게 생각하지 마십시오. 그저 간단하게 생활에서 보여줄 수 있는 장기 자랑, 뭐, 그런 것입니다. 평소 고귀한 귀족 가문의 아가씨들이시다 보니 일반인과는 다른 생활을 하고 있겠죠. 그런 생활 속에선 볼 수 없는, 아가씨 같지 않은 생활력을 보여주시면 되는 것입니다!!"

그리고 드디어 우리는 대충이나마 주제를 이해할 수 있었다. 그러니까 간단하게 아가씨답지 않은 행동을 하면 된다, 이거로다? 이거 쉬운데? 아가씨답지 않은 거야 바로 나의 전매특허가 아닌가.

하지만 여기서 중요한 사항이 있다. 너무 나 자신을 내보이면 진심으로 받아들일지도 모른다는 것. 최대한 어색한 척하며 아가씨가 아닌 행동을 해야 하는 것인데, 나름대로 상당한 연기력을 동반해야 하는 주제이기도 했다. 막상 하려고 보니 예상보다 어려울지도 모른다는 생각이 들기 시작했다.

마지막 라운드이다 보니 남아 있는 소녀들은 모두 무대로 불려 나갔다. 무대엔 2라운드와 같이 앉을 수 있는 의자들이 죽 늘어서 있었다. 일단은 장기 자랑이란 주제 때문인지 3라운드와 같이 마음대로 팀을 짤 수도 있었고, 자연히 무대에 올라온 소녀들은 자신과 마음이 맞는 친구들을 찾아 짝지어 하나둘 자리에 앉았다.

"아니, 한 분이 모자란 것 같은데… 파브란 백작가의 하이 아님은 어디 가셨습니까?"

"그분, 컨디션이 좋지 않다며 기권하셨어요."

"검 하나 믿고 있다가 공녀님께 당하고는 의기소침해서 그냥 가셨어요."

문득 깨달았는지 사회자가 조심스레 물었고, 자리를 찾아 앉던 소녀들은 별거 아니라는 얼굴로 태연히 대답했다. 가끔 여자애들이 정말 무섭게 느껴진다. 솔직히 하이아가 가고 싶어서 갔냐. 분위기가 나한테 몰리고 자기가 왕따당하는 것 같으니 자연스레 떨어져 나간 거지. 뻔히 다 알면서 전혀 아닌 척 대답하는 저 모습. 의외로 무서운 종족이다. 이거 충분히 배울 가치가 있는데?

"예, 그럼 모두 다 앉으셨습니까? 아, 아니, 거기 페르나슈 공녀님. 그만 고민하시고 거기 가운데 빈 의자에 앉으세요."

"아, 네."

여학생들의 반응에 잠시 감탄하며 잘 배워두자고 고민할 때 어느새 소녀들은 모두 자리를 차지하고 앉았고, 나는 얼결에 사회자가 가리키는 비어 있는 자리로 향했다. 그리고 자리에 앉기 직전, 바로 옆에서 느껴지는 싸늘한 분위기에 나는 흠칫 놀라 노려보는 눈길의 주인을 찾았다.

"카, 카린……."

"작작 좀 찾아 앉지, 하필 고르고 골라 여기냐? 왜 내가 너랑 나란히 앉아야 하는데?"

"아니, 그게… 남은 자리가 여기밖에……."

서로에게만 들릴 작은 목소리였다. 하지만 충분히 느껴지는 카린의 분노. 지금까지의 경험상 카린은 나와 비교되는 것을 제일 싫어했으니 이런 반응도 이해는 간다.

솔직히 나도 내가 계속 남자였을 때 나보다 카린이 더 멋지고 남자다웠다면 기분이 나빴을 테니 그 심정, 알 것 같지만 전에 말하길 어차피 지금은 같은 여자니 신경 안 쓰겠다고 하지 않았던가!! 그런 것을 이런 대회에 왔다고 싹 바꾸다니! 조금은 억울하기도…….

"자, 그럼 마지막 제4라운드 시작하겠습니다!!"

내가 어떤 상황에 처한다 해도 세상은 돌아갔고 대회는 진행된다. 사회자가 큰 목소리로 4라운드의 시작을 알렸고, 방청석은 기대에 가득 찬 박수를 선물했다.

대회는 예상대로 연기력을 보는 쪽으로 흘렀다. 장기 자랑이라 하지만 딱히 귀족의 그것이 아닌 평범한 일상생활의 모습을 보여주는 거라면 역시 자신과 짝을 이룬 소녀와 최대한 평민, 혹은 그 이하의 모습을 연기하는 것이 최선이었다.

하지만 어릴 때부터 늘 시녀들에게 둘러싸여 곱게 자란 귀족가의 소녀들이 학교도 거의 유명한 귀족 학교나 아가씨 학교만 다닌 그녀들이 제대로 된 평민의 생활을 연기할 수 있을 리가 없었다.

엉성하고 어눌한 모습. 얼핏 유행하는 소설책에서 본 기억까지도 되살려 가며 나름대로 애를 쓰지만 볼수록 훈훈한 웃음을 자아내는 모습뿐이었다. 그나마 개중에 조금 연기력이 되는 아가씨 몇몇이 어느 정도 자연스레 넘어가고 있는 게 다행이었다.

"잘도 여기까지 살아남았다? 요행이 따른 것 같지만 말이야."

앞에 나가 있는 소녀들의 지루한 연기에 질렸는지 카린이 작은 목소리로 나를 향해 비아냥거리기 시작했다. 아니, 대체 하이아가 사라지니 이번엔 카린인가? 이거 늑대를 쫓았더니 호랑이가 나타난 격? 하지만 내가 누군가. 내 성격에 그냥 듣고 있을 리 없지 않은가. 상대가 카린이라도 입은 살아 있다 이거다.

"카린이야말로 이번엔 그야말로 기회네."

"무슨 뜻이지?"

"말이 장기 자랑이지 연기력 테스트잖아. 전문 분야 아냐?"

눈은 앞의 소녀들에게서 떼지 않으며 온 신경은 카린에게 집중하고 반격을 시작했다.

"말하고 싶은 게 뭐야?"

카린이 낮은 목소리로 물었다. 물론 거기에 쫄아서 꼬리를 내릴 나도 아니었다.

"인생의 절반 이상이 연기였잖아. 이젠 아주 생활 아냐? 내 숭 연기의 귀재님."

"무슨 소리야? 그건 또 하나의 나라고. 너야말로 이번에 제대로 배우지 않았니? 네 전직이 전혀 의심되지 않을 정도로 참한 아가씨더라?"

"아무리 그래도 5년 경력의 베테랑에 비할 바가 못 되지."

서로 본격적으로 설전에 돌입한 지금, 솔직히 말하자면 이건 시작에 불과했다. 나와 카린의 말싸움이 겨우 이 정도일 리 없다. 당연하지 않은가.

"어디 내놔도 문제없을 아가씨가 되더니 과거를 잊었나 본데, 간이 배 밖으로 나오면 오래 못산다."

"흥이다. 나는 이제 마법도 쓴다고. 나라고 언제까지 너한테 당하고만 있으란 법 있냐."

"본체가 바뀌어도 내용물은 그대로인 것까진 좋은데 그 용량 측정이 불가능할 정도로 가벼운 뇌도 여전한 거니? 넌 본능적으로 나한테 꿀린다고."

"그러니까 지금은 전혀 아니라니까."

눈만 무대에 두고 온 신경이 카린에게 집중된 사이, 앞에 나가 있던 소녀들이 어느새 자리에 들어온 것을 볼 수 있었다. 벌써 끝난 건가? 사회자는 열심히 다음 차례의 아가씨를 부르고 있었다. 거참, 뉘 집 아가씨들인지 모르지만 어서 좀 나가라고. 그래야 신경 안 쓰고 카린과 계속 티격태격하며 시간을 때우지.

"좋아, 지난번부터 계속 내 앞에서 설치는데 오늘 아주 날 잡고 조져 주마. 어디부터 노릇노릇 구워줄까? 뭣하면 닭내 가리보다도 달리는 그 머리부터 지져 줄까?"

"됐네. 괜히 나한테 지고 접시 물에 코 박고 죽어버릴 거라고 발광하지 말고 그냥 몸이나 사리시지? 어쩌나? 기껏 준비한 대회에서도 나한테 지고, 힘도 지면 세상 살 맛 안 나겠네."

"누가 너한테 진다는 거니? 대체 뇌 구조가 어떻게 돼 있기에 그런 망상까지 하는 거지? 언제 한번 전기 충격이라도 주고 싶다. 그럼 스위치가 켜질지 누가 알아? 아, 실수. 돌은 전류가 흐르지 않던가."

아주 그냥 아까부터 나 머리 나쁜 거 가지고 집중적으로 공격하고 있다. 흥이다. 그렇게 해봐야 전혀 발끈하지도 않는다고. 나 머리 나쁜 것쯤, 스스로가 인정하고 있는데 새삼 언급해 봐야 무슨 소용이 있으랴. 그리고 내겐 비장의 무기가 있다 이거다.

"어머, 잊었니? 저기 저 바보 변태 공작이 적극적으로 밀어주고 있잖아. 여기까지 왔으면 그냥 통과지."

"아, 하긴, 저 바보 변태 공작을 잠시 잊었네. 그래, 그러고 보니 여기선 네가 이길 것 같긴 하네."

순순히 인정하는 카린. 하지만 그것은 뒤에 이어질 말의 포석이었다.

"겨우겨우 변태 공작 덕분에 이기면 평생 감사하며 결혼이라도 해줘야겠다? 은인이잖아, 은인. 어쩌니, 변태 아버지에 변태 남편. 와, 친구까지 변태로 두면 삼박자 딱이네. 호호호호!"

"어머, 그래? 그럼 그 변태 친구는 네가 해주면 되겠다. 호호호!"

역시 마무리는 가소롭다는 얼굴의 아가씨 웃음. 참으로 간만에 카린과 나눈 즐거운 대화였다. 이렇게라도 하고 나니 오늘 있었던 짜증과 앞으로 해야 할 장기 자랑에 대한 긴장도 풀리는 기분이었다. 물론 그것은 카린도 마찬가지인 듯 한결 후련한 얼굴로 미소 짓고 있었다.

그런데 사회자 아저씨, 왜 우리 앞에 서 있는 건가요?

어느덧 조용해진 관중석. 그리고 나와 카린에게 집중된 모두의 시선. 아무래도 분위기가 좋지 않은 게 설마… 설마 하니… 진짜로 설마……. 생각해 보니 카린과 놀며—우리에겐 그 대화가 바로 논 것이다—어느샌가 목소리 톤을 낮추는 것을 잊은 것 같은 생각도 드는 것이 진짜 설마…….

나는 굳은 얼굴로 옆의 카린을 힐끗 보았다. 카린 역시 나만큼이나 굳은 얼굴. 그러니까 이거 우리 대화를 다 들은 것은 아니겠지? 물론 그러기를 바라지만 아무래도 들은 것 같지?

그러니까 일단 지금 상황으로 짐작해 보건대, 카린과 설전을 벌일 때 사회자가 찾던 다음 차례의 소녀가 아마도 나와 카린이었던 것 같다.

눈은 무대를 향했지만 신경이 서로에게 집중되어 있던지라 우린 그걸 모르고 계속 막 나가는 의사소통을 해대고 있었고, 사회자는 계속 불러도 나오지 않는 우리의 곁으로 다가왔을 것이다. 그 덕분에 안 그래도 이미 주위에 신경 쓰는 것을 잊고 조금 목소리가 커진 우리의 대화가 사회자에게 걸려 있는 소리를 키우는 마법의 효과를 받아 말 그대로 실시간으로 장내 방송이 되어버린 것?

그것 말고는 지금의 사태가 설명이 되질 않는다. 아, 망했다. 그러니까 분명 우리 대화는 아가씨들의 연기를 넘어서서 닭대가리니 조져 준다, 지져 준다, 접시 물에 코 박는다 정도는 그만두고, 아예 대놓고 바보 변태 공작이라고 했는데 설마 들었으려나? 들었겠지?

"저, 저, 그러니까… 두 공녀님들… 저……."

사회자가 말을 더듬고 있었다. 표정은 차마 말을 잇지 못하겠다는 정말 놀란 얼굴. 그의 얼굴이 장내의 방청객들의 표정을 대표하는 것 같아 똑바로 볼 수 없었다.

대체 무엇을 위해 나는 그 오래전부터—물론 고작해야 2주간이지만 내겐 길었다—아가씨 수업을 했단 말인가. 지금까지의 내숭이 한순간에 무너져 내렸다. 아, 물론 나는 그나마 낫다. 카린, 카린을 봐라. 5년, 5년간의 노고가, 아가씨의 가면 이 적나라하게 벗겨져 버렸다. 그것도 이렇게 만인의 앞에서.

아쉽군. 이왕 들킨 거, 이제 앞으로 대놓고 리얼 카린으로 돌아다니겠지. 그런 만큼 기분 내키는 대로 성질나면 그 자리에서 나와 프리츠에게 응징을 가할 거고 말이야. 내숭 버전 카린도 참으로 정체를 아는 사람으로서 견디기 힘들었지만 언제 어디서고 100% 리얼 카린이란 것도 부담되는데.

포기하고 오만가지 잡생각을 하며 현실을 받아들인 난 다시 한 번 슬쩍 카린을 향해 곁눈질을 했다. 그녀 역시 이미 체념했는지 그저 담담한 표정으로 사회자를 바라보고 있었다. 하긴, 여기까지 온 이상 빼도 박도 못하는 확인 사살이다.

뭐, 어떤가. 인정해야지. 그래 봤자 고작 공작가 망나니가 몇 명 더 늘어난 것밖에 더 돼? 아니, 잠깐. 이거 좀 짚고 넘어가야 할 것 같은데? 현재 우리나라에 공작가는 넷. 그중 그동안 집안에서 내놓은 자식이라곤 내 남자 버전인 키르라이안 하나뿐. 그런데 거기에 그 쌍둥이인 나와 잉게 공작가의 카린이 일명 여자 깡패—음?—정도로 이름을 날리게 되면 두 가문이 문제가 되는데, 어제와 오늘의 만행으로 크란벨 공작가 역시 멀쩡하다고 볼 사람이 없을 거고, 그렇다면 셋?

오, 네 가문 중에 세 가문이 마이너한 이유로 이름을 날리게 생겼군. 그리고 남는 거라면 프리츠네 정도인가? 할 수 없지, 뭐. 프리츠, 미안하다. 국가의 모든 기대는 네 한 몸에 짊

어지거라. 이왕 찍힌 우리는 그냥 멋대로 살란다.

현 공작가 중 유일하게 그나마 정상으로 기록될 프리츠를 향해 마음속 깊이 애도의 뜻을 전하고 있을 때였다. 사회자는 갑자기 눈물을 흘리며 외치기 시작했다.

"대, 대단합니다!! 전혀 연기 같지 않은 이 자연스러움!! 소꿉친구라더니 과연 너무나 호흡이 잘 맞는 그 모습!! 감격, 대감격입니다!!"

"…에, 에!"

"네?"

눈물로 범벅이 된 사회자의 얼굴은 전혀 거짓이 섞이지 않은, 진심이라는 표정을 반영하고 있었다. 정말 감탄했다는 얼굴. 온몸을 부들부들 떨며 그는 진짜로 감격하고 있었다.

나와 카린은 도저히 영문을 모르고 어리둥절해하며 대체 상황이 어떻게 돌아가는지 파악하기 위해 주위를 살피기 시작했다. 그리고 그때, 방청석의 어둠 속에서 크란벨 공작이 뛰어나와 무대로 올라와 외쳤다.

"원더풀! 원더풀!! 기품과 예절이 넘쳐흐르는 평소엔 볼 수 없던 그야말로 무시무시할 정도의 충격으로 다가온 예술의 혼!! 아름다운 것도 모자라 연기의 재능까지 갖춘 그 완벽함!! 역에 몰입하여 분위기까지 사로잡던 그 매력이란… 다시 한 번 청혼하고 싶을 정도입니다!!"

"기각! 포기하고 혼자 살게!"

감격에 겨워 무대에서 내게 외치는 크란벨 공작을 향해 방청석 어디에선가 아버지가 바로 대답했다. 이 소란스러운 통에 화난 것이 분명한 아버지의 중저음이 들리는 것으로 보아 역시 영감탱이도 귀족의 관록이 있긴 한가 보다.

그런데 아버지, 화난 거… 크란벨 공작이야 이게 생활이니 새삼 이쪽에 화낼 것 같진 않으니, 설마 나 때문인가? 가능성이 좀 큰데. 사회자나 크란벨 공작을 비롯한 다른 사람들이야 연기로 알고 있다지만 아버지는 내 본성을 아니 삐쳤을까? 그럼 좀 복잡해지는데.

아버지의 화난 목소리에 대해 고민하고 있을 때, 감동의 도가니탕으로 탈바꿈한 무대엔 어느새 사회자가 나서서 마무리를 짓고 있었다.

"이번 테스트는 위급 상황에서 살아남기 위한 생활력을 보는 것으로, 얼마나 서민 사회에 녹아내릴 수 있는지에 그 목적이 있었습니다. 그것을 최고 귀족이신 공작가의 두 공녀 분들이 완벽한 연기력으로 모르는 사람이 들으면 정말 대화를 나누는 것처럼 사실감이 느껴지는 무대를 보여주셨습니다. 두 분, 모두 훌륭하십니다!!"

사실감이 느껴지는 게 당연하지. 정말로 대화를 나눈 거니까. 그러니까 이거 아무래도 문제없이 잘 끝나는 거지? 우리 그냥 진지하게 연기한 것 정도로 넘어가는 거 맞지?

"그럼 심사위원 대표 나 안타라스 페르칸 안데르아 크란벨 공작이 발표하겠다. 제17회 왕국 여학생 선발 대회, 4라운드 까지의 종합 점수로 K. 세라 일렉트리아 페르나슈 소공녀!! 그리고 클라우디아 카린느 실버스타 잉게 소공녀!! 이 두 소녀에게 각각 우승과 준우승의 영예를 안기겠다! 불만있는 자는 지금 이 자리에서 말하라!!"

사회자의 정리에 멍하니 바라보고 있을 때, 크란벨 공작이 엄숙한 목소리로 선언했다. 그러니까 이렇게 가끔 공작다워 보일 때가 있긴 하구나. 그런데 뭔가 스멀스멀 넘어간 것 같지 않아? 정말 이대로 나한테 우승 트로피를 안겨도 좋아?

공작이 친히 불만있으면 말하라 했음에도 어느 누구도 나서는 자는 없었다. 정말로 불만이 없는 것이었는지, 아니면 누구든 덤벼라 자세로 눈이 이글이글 타오르는 크란벨 공작이나 어두워서 보이지는 않지만 방청석 어딘가에서 심하게 존재감을 뿌리고 있는 우리 집 영감탱이가 무서워서 나서질 않는 건지, 그것도 아니면 나서봤자 어차피 크란벨 공작의 나에 대한 전폭적인 지지를 말릴 자신이 없어서인지는 모르겠지만 어쨌든 나서는 사람이 없으니 모두 찬성으로 봐도 되는 거겠지?

그런데 정말 내가 이 상을 받아도 되는 건가? 이거 뭔가 너무 아닌데? 어쩌다 이렇게까지 온 거야? 정말로 내가 우리 왕

국 대표 여학생이 되는 거야? 이런 내가 대표야? 여학생 중의
여학생, 표본 중의 표본이 되는 건데 진짜 이래도 좋은 건가,
왕국 여학생 선발 대회!!

Chapter 5
대회가 끝난 후, 후유증에 대하여

집으로 돌아가는 마차 안에서 나는 실로 떨떠름한 얼굴로 앉아 있었다. 내 옆에는 우승 상장과 트로피, 우승 꽃다발이 놓여 있었고, 건너편엔 아버지와 루사인이 앉아 있었다.

"대체 뭐가 뭔지… 정신 차리고 보니 우승이라니, 뭔가 알 딸딸하네."

한숨을 쉬며 중얼거리자 루사인이 진지한 얼굴로 바라보며 말했다.

"개그 대회인 줄 알았습니다."

"……"

표정에서 볼 수 있는 한 치의 거짓 없는 진심이라는 얼굴.

뭐냐, 그럼. 난 결국 개그 대회 우승이란 말이냐! 아, 그래. 나도 사실 그런 거 아닐까 고민하긴 했다. 그렇기에 자신있게 따지질 못하겠구나.

그저 불만을 가득 담은 눈으로 한순간에 날 개그맨으로 만들어 버린 루사인을 노려보고 있을 때 유난히 침묵하던 아버지가 드디어 입을 열었다.

"2라운드까지는 어떻게 그 크란벨 놈이 우겨서 이상하게 흘렀다 치자. 3라운드야 문제없었던 게 당연한 거고. 마지막에 카린과의 대화, 그거 대체 무엇이냐?"

"뭐, 그냥 심심풀이 겸 긴장이나 풀어볼까 하고 평소 하던 대로 논 거였는데……."

"그동안 그렇게 많은 가정교사들을 불러다 가르쳤건만 이건 대놓고 막 나가는 게 키르라이안일 때와 변한 게 없더라."

계속 인상을 쓰고 나무라는 우리의 영감탱이. 하지만 그런다고 내가 가만히 있으면 전직 키르라이안이 아니란 말이다.

"좀 달라, 아버지. 키르라이안이었을 때는 작정하고 막 나간 거고, 지금은 얼결에 막 나가는 거야. 의도한 것과 의도하지 않은 것, 의식과 무의식. 이 차이는 크다고."

"네 이놈!! 그래도 잘났다고! 까딱 잘못했으면 우리 집안은 키르라이안만으로 모자라 그 쌍둥이까지 쌍으로 개망나니 집안이 될 뻔했단 말이다!!"

"아, 그러니까 왜 그런 이상한 대회에 날 넣어서 그러냐고!!

나 이런 거 처음 알았어? 어차피 내놓은 자식이었잖아!!"

그리하여 마차는 전직 두 부자, 현직 두 부녀의 결전의 장소가 되어가고 있었다. 분노의 포효를 몸으로 보여주는 영감탱이, 그리고 앞뒤 안 보고 들이대는 나.

"좋게 넘어가서 다행이지, 대체 그 정도까지 했는데 연기라 생각해 준 사람들이 신기하다!!"

하긴, 그건 나도 마찬가지다. 어떻게 하면 끝까지 연기라 믿어줬는지 그야말로 미스터리할 뿐이었다. 그리고 그때, 가만히 우리 부자—부녀—의 늘상 있다시피 한 싸움을 구경하던 루사인이 입을 열었다.

"아, 그거 말이지요."

그리고 나와 영감탱이의 시선이 루사인에게로 쏠렸다. 뭐냐? 너, 뭔가 알고 있는 거냐? 다 불어라. 있는 대로 고하여라. 아버지와 내가 강렬한 시선으로 묻자 루사인은 살짝 웃으며 대답했다.

"도저히 연기라 생각하지 않으면 납득할 수 없을 정도로 막 나가는 대화였기에 그렇게 생각한 거겠죠. 이렇게 되면 적당히 막 나가는 게 아니라 아예 대놓고 막 나간 게 오히려 다행이었습니다."

그러니까 차라리 내놓은 자식이어서 다행이었다는 소리인가, 이거?

"어느 방면으로든 최고라는 건 좋은 거지요."

라고 마무리까지 확실하게 끝내주는 루사인을 보며 아버지와 나는 멍하니 서로를 바라볼 뿐이었다.

그리고 얼마간 침묵이 흐른 후, 아버지가 문득 생각났다는 듯 작은 목소리로 말을 흘렸다.

"그러고 보니 잉게 공작도 머리가 좀 아프겠구나."

"아아……!"

생각해 보니 그렇다. 나야 어차피 키르라이안일 때부터 국가에서 내놓은 자식이었고, 나 막 나가는 거야 아는 사람은 다 아니 그냥 넘기겠지만—내가 키르라이안이란 것을 몰랐던 사람은 4라운드를 그대로 연기로 받아들인 자들이니 패스—어쨌든 카린은 날 때부터 여자, 자란 것도 여자, 그리고 차기 여공작. 나보다야 그쪽이 더 견적 안 나오는 게 당연하지 않은가.

분명 카린도 집에 가는 마차에서 된통 당하고 있을 것이다. 그 집 아줌마 좀 성질 있던데. 저 카린이 어머님이라면 끔뻑 죽을 정도로 카리스마 있는 분이시니 보통이 아닐 거란 말이다. 조금은 애도.

"그런데, 원래 그 정도였냐?"

"에? 뭐가?"

"닭대가리니 지져 버린다느니 등등, 게다가 변태 공작이라니? 기분 탓인지 그 범위에 나도 끼어 있는 것 같던데. 말이 너보다도 상당히 과격하더구나."

기분 탓이 아니라 확실하게 끼어 있어, 아버지. 본인을 아

직 잘 모르나 본데 아버지도 충분히 범위 안에 들어 있어라고
말해주고 싶지만 일단은 나한테 불리한 상황이니 잘 넘어가
야 한다. 적당히 말을 돌리는 것이 필수.

"프리츠가 괜히 설설 기는 게 아냐. 뭐, 나야 눈치 보며 넘
어갔다지만 갠 요령도 없어서 매일 당하고 살았는걸."

별거 아니란 얼굴로 대답하자 아버지의 얼굴은 심각하게
변했다.

"진심으로 애도하고 싶구나. 우리 집은 애초에 남자 아이
였으니 그나마 상황이 나은 건가?"

아버지의 중얼거림에 난 힘껏 고개를 끄덕였다. 그래, 알아
주시는구나. 바로 그거야. 카린과 나의 다른 점은 갠 그나마
여자애라고 축적된 내숭법을 펼쳐 왔을 뿐이라고. 이제야 알
아주시는구나, 아버지!

왠지 기뻐서 감격의 눈물이라도 흘리고 싶어졌다. 지금 같
은 기분이라면 까짓 영감탱이가 좋아하는 드레스 몇 벌쯤 더
입어줘도 괜찮다는 생각까지 들 정도였다.

그리고 그런 내게 초 치는 대답이 들려왔다.

"엎어 치나 메치나 오십보백보, 그 나물에 그 비빔밥."

그냥 아무 생각 없이 말한다는 듯한 얼굴로 마차 밖으로 지
나가는 풍경을 바라보며 중얼거리는 루사인을 보며 난 인상
을 쓰고 물었다.

"너, 뭐가 그렇게 불만인데?"

“아, 들리셨나요? 혼잣말인데.”

“들으라고 한 소리 아니었냐?”

“기분 탓입니다.”

전혀 아니라는 얼굴로 답지 않게 생긋 미소까지 띠는 루사인이었다. 그리고 그의 그런 반응에 아버지가 문득 고개를 들어 나를 향해 경고했다.

“어쨌든 실수한 건 실수한 거지. 당분간 어디 나갈 생각 말고 집에서 조신하게 있거라. 혹시 의심하고 주변을 맴도는 놈들이 있을지 모르니 여러모로 신경 쓰고.”

“에? 아, 잠깐, 아버지! 나 남부로 간다고 했잖아!! 1등 하면 보내준다며!! 우승했다고, 우승!!”

“아, 그거? 분명 1등 하면 고려는 해본다고 했지. 자, 지금 고려해 봤다. 못 간다.”

뭐냐, 그 ‘고려’라는 단어를 말하는 시간만큼도 생각해 보지 않은 것 같은 저 반응은.

“아니, 아버지, 잠깐 내 말 좀…….”

영감탱이를 설득하기 위해 다급하게 불렀지만, 그 순간 마차는 벌써 집에 도착했는지 멈춰 섰다. 그리고 아버지는 내 부름에 전혀 미동도 하지 않고 마차에서 내려 집 안으로 들어갔다. 저거 분명 더 이상 상대하지 않겠다는 뜻이지?

마차에 남은 난 분노로 이글이글 타오르는 눈빛으로 루사인을 노려보았다.

"너, 대체 무슨 억하심정이 있어 내 앞길을 막는 거냐? 뭐가 불만인데?"

그리고 내 질문에 루사인은 능청맞은 미소를 지으며 대답했다.

"불만이랄 것까진 없고……."

"그럼 뭐야!!"

"제 인생의 유일한 낙이죠, 도련님 곤란하게 되는 게."

"……."

오, 하느님, 맙소사! 신이시여, 어쩌자고 내 곁에 저런 놈을 두셨습니까!! 녀석이 힘이 더 세고 칼도 더 잘 쓰는 마당에 이제 와서 녀석을 쥐어박을 수도 없고, 아버지는 언제나 녀석 편이니 이 내가 편히 몸을 맡길 곳이 없구나!!

"농담이고요."

처절하게 털썩 마차 바닥에 주저앉아 비련의 여주인공 역에 흠뻑 몰입해 있을 때, 루사인의 초 치는 소리가 들렸다. 그리고 나는 벌떡 일어나 버럭 소리쳤다.

"그럼 뭐야!!"

그제야 녀석은 진지한 얼굴로 대답했다.

"지금 남부에 가는 것보다 더 신경 써야 할 일이 생긴 것 같아서요."

"지금 나한테 드래곤보다 중요한 게 뭔데?"

녀석의 진지한 얼굴에 나 역시 조금은 진심으로 녀석의 말을 받아들일 준비를 하고 묻자 녀석은 내게만 들릴 낮은 목소리로 조용히 속삭였다.

"오늘 프리츠님을 만났는데 옆에 그자가 있었습니다."

"그자라니?"

"플루토 말입니다."

"플루토? 거스틴 남작가의 그 녀석?"

카린이 좋아하는 그 녀석. 카린이 찍어놓은 그 녀석. 그리고 얼마 전부터 무언가 거슬리는 게 있는 바로 그 녀석이었다. 그런데 그 녀석이 대체 왜 프리츠의 옆에 있단 말인가?

"얼핏 지나가며 본 것인데 하루 이틀 알고 지낸 사이가 아닌 듯 보이더군요. 분위기가 꽤나 친밀해 보이는 게……."

"에? 글쎄? 전에 녀석이 막 편입해 왔을 때는 프리츠도 모르는 사이 같았는데 그새 친해진 거야? 근데 프리츠 성격에 아무하고나 금세 친해지진 않았을 텐데."

"예, 그래서 눈여겨보았는데 어쩌다 대화를 들으니 아무래도… 지금 프리츠님의 집에서 같이 살고 있는 것 같았습니다."

"에에에에에?"

그리고 나는 두 눈 가득 의문 부호를 띄우고 소리쳤다. 대체 뭐가 어떻게 돌아가는 것인가. 어째서 그 자식이 프리츠네 집에서 같이 살고 있다는 말인가!!

아주 잠깐, 플루토 녀석과 레키아 자식의 관계에 대해 의심해 본 적이 있었다. 물론 곧바로 여러 가지 정황상 절대 아니라고 결론 내렸다. 뭐, 설마 하니 녀석이 레키아와 관련이 있다 하더라도 딱히 나와 직접적으로 관련이 없는 일이라면 그냥 넘어가도 좋다고 생각했다. 하지만 문제의 그 녀석이 프리츠와 연결되어 있다면 이야기는 달라진다.

이거 정말 제대로 짚고 넘어가야 할 문제 같은데?

그리하여 다음날, 여학생 선발 대회의 피로 따위는 뒤로하고 난 일찌감치 학교로 향했다. 도무지 궁금함에 잠을 잘 수가 없었다. 프리츠는 카린이나 나 같은 망나니 친구를 둔 것답지 않게 심신이 모범생이니 언제나 학교엔 일찍 등교했고, 때문에 기대했던 대로 수업이 시작되기 전 프리츠를 만날 수 있었다.

"어라? 세라. 뭐야, 여학생 대회 우승이라도 하더니 뭔가 달라지긴 한 거야? 이런 시간에 학교에 와 있다니 신기한데?"

날 보며 반가운 듯 다가오는 저 녀석. 아주 그냥 대놓고 세라, 세라 하는구나. 하긴, 내가 키르라이안이었을 때에도 열심히 세라 타령이었는데 지금에야 아예 신이 나서 부르겠지.

하지만 오늘의 난 세라라는 호칭에 넘어가지 않는다. 어차피 여자가 된 이후로 익숙해진 이름이다. 나 스스로가 세라라고 하고 다니는 마당에 프리츠 정도야 넘어갈 수 있다. 지금 중요한 것은 그게 아니지. 난 널 만나 묻기 위해 아침 일찍 일어난 거란 말이다.

"아, 너, 잘 만났다. 잠깐 얘기 좀 하자."

"엉?"

나름대로 놀리기 위한 도발이 전혀 먹히지 않자 녀석은 조금 당황하며 내 곁으로 다가왔다. 내가 무엇을 물을지 심히 궁금해하는 얼굴. 걱정 마라. 안 그래도 다 말할 거다.

"내가 이상한 소문을 들었는데, 너, 그 거스틴 남작가 둘째 아들과 함께 어울린다며?"

"아, 플루토? 왜? 문제있어? 네가 전에 어울리던 바아레른 녀석들보다야 백배 나은 녀석인데."

그리고 내 가슴은 뜨끔했다. 아, 그래. 그 녀석들보다야 그 남작가 둘째 아들이 훨씬 낫기야 하지. 저쪽이야 집안에서도 포기하고 내놓은 자식들에 친구인 나—공식적으론 친구의 쌍 둥이 동생인 나—까지 덮치려 한 개망나니들이고, 이쪽은 왕립 학교 편입생이니 명함도 못 내밀 차이이긴 하지. 프리츠 저 녀석, 내가 녀석들과 어울리는 거 꽤나 투덜거리더니 이 기회 에 원한이라도 갚으려는 건가.

뭐, 어쨌든 내 용건은 프리츠가 말하는 것과는 조금 다르 다.

"그 녀석이 너희 집에서 함께 지내고 있다고 들었는데?"

"하아? 소문 빠르네. 아니, 이쯤 되면 다들 알고 있으려나? 뭐, 그렇게 됐다. 아버지랑 알던 사이더라고."

"…아저씨하고?"

"뭐, 그렇다나 봐. 나도 좀 놀라긴 했지."

이거 또 일이 이상하게 돌아간다. 어떻게 하면 그 자식이 마티아스 공작과 아는 사이가 된단 말인가. 먼 일가친척? 사돈의 팔촌?

"그럼 말이야, 녀석이 너희 집에 온 거, 정확히 언제야? 그러니까 바아레른 성에서 그 일이 있기 전이야, 후야?"

"일단은 후랄까? 그날 저녁에 왔으니까."

"그때 이미 팔뚝에 상처는 있었고?"

"뭐, 그거야 그렇지만… 왜 자꾸 그런 건 물어?"

프리츠가 의아한 표정으로 물었지만 딱히 대답할 말이 없었다. 그리고 나는 한 가지 더 확인해야 할 것이 있었다.

"그 상처 본 적 있어?"

"아무래도 큰 상처라 옆에서 살펴보긴 했지."

"검에 찔린 상처… 맞지?"

확신을 하며 물었다. 그리고 그 순간 프리츠의 얼굴이 굳는 것을 느낄 수 있었다. 하지만 녀석은 바로 굳은 얼굴을 풀고 언제 그랬냐는 듯 평소와 다름없는 얼굴로 돌아가 대답했다.

"아니. 전혀 아니야."

"…그래?"

일단은 녀석의 대답을 받아들이는 척했다. 그리고 곧 예비 종이 울리는 소리에 수업을 들어야 한다는 핑계로 녀석과 헤어져 교실로 향했다.

　교실로 가는 복도에서 난 지금까지 옆에서 말없이 우리 둘의 대화를 듣고 있던 루사인을 향해 물었다.
　"저 반응은 거짓말이란 거지?"
　"제가 알기로도 그렇습니다."
　그리고 난 그대로 복도에 멈춰 서서 팔짱을 끼고 고민했다. 프리츠는 내게 플루토의 상처를 숨겼다. 그게 뜻하는 것이 무엇인지 여러 가지로 생각해 볼 필요가 있었다.
　"왜 숨기는 거지? 내가 너무 집요하게 물어서 그런가?"
　"숨긴다면 그 이유가 있겠지요."
　그리고 물론 내 대답도 루사인과 같았다. 플루토의 상처를 숨기는 것은 그것에 관련된 무언가를 숨기는 것. 그리고 나는 녀석과 같은 상처를 가진 자를 알고 있다.
　"저기 말이야, 프리츠네 아저씨가 크라노에 붙을 거라고 생각해? 폐하를 배신하고?"
　"전혀 말도 안 되지만 사람이란 또 모르는 것이니까요."
　"그럼 프리츠는?"
　"역시… 마찬가지겠죠."
　그리고 역시나 내 대답도 그와 같았다. 일이 어려워졌다. 괜한 의심이겠고, 전혀 아니라고 생각하면 또한 전혀 아닌 일이었다. 그런데도 이상하게 자꾸만 그쪽에 눈길이 갔다. 신경이 쓰였다.

"아, 모르겠다. 역시 내 머리론 생각 같은 거 하면 안 돼. 더 복잡해졌어."

"주인 어른께 언질이라도 넣을까요?"

"아니, 됐어. 일단은 그냥 넘어갈래. 그냥 과민 반응 같아. 일단 플루토 자식과 레키아 놈이 현재로선 관련이 없어 보이잖아. 그냥 비슷한 시기에 같은 부위의 상처뿐."

"확실히 학교에서도 인정한 마법 사고였죠, 그 상처는."

끄덕끄덕.

그러니까 어쨌든 모든 일은 크라노로 잠입해 있는 콘스탄틴들이 돌아오고 나서 생각하면 될 일이다. 다른 사람도 아닌 같은 공작가, 그리고 왕족, 그리고 또한 폐하에게 충성을 바치는 실버 나이트인 마티아스가이기에 그저 내가 조금 예민하게 생각하는 것이라 결론지었다.

그렇다. 괜히 말도 안 되는 여학생 선발 대회 따위를 나가서 신경이 예민해진 거다. 그러니까 별 쓰잘머리없는 일까지도 복잡하게 신경이 쓰이는 것일 뿐인 거다.

아버지, 바보.

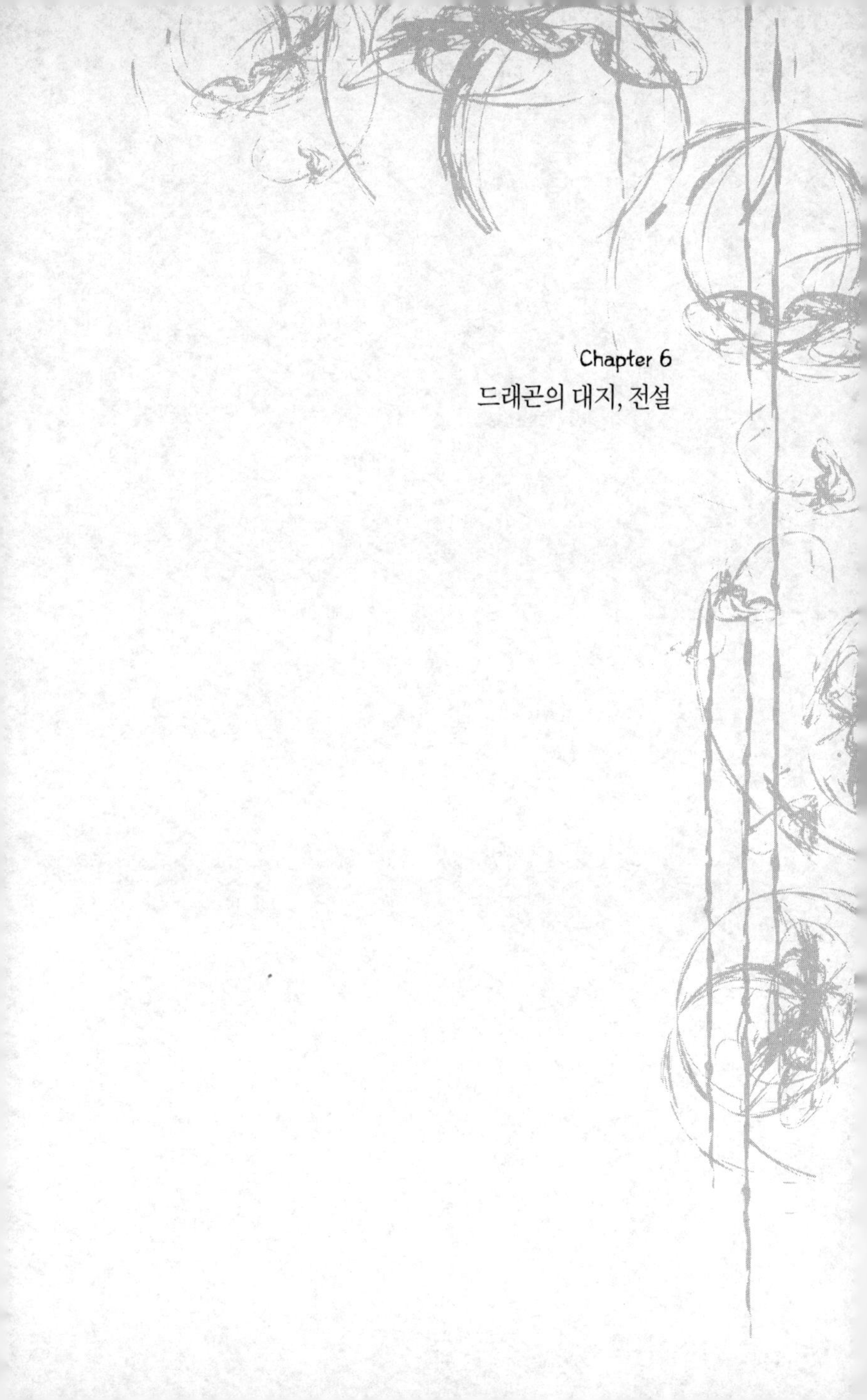

Chapter 6

드래곤의 대지, 전설

　기껏해야 20대 중반으로 보이는 검은색 머리의 청년은 바위에 걸터앉아 주위를 내려다보고 있었다. 조금은 험난한 산중. 바위산맥으로 유명한 이곳을 오르는 것은 어려웠지만 정상에 오르고 나서 세상을 내려다보는 것이 청년의 유일한 낙이었다.

　"독립… 하는 거다. 이번에야말로, 이번이야말로."

　산을 오르기 위한 가벼운 차림새임에도 결코 빼놓지 않고 허리춤에 매단 검을 세게 쥐며 중얼거렸다.

　굳은 다짐. 답답해지면 늘 산에 올라 이 바위에서 내려다보며 자신을 향해 스스로 다지는 각오였다. 답답하고 막막한 순간에도 이곳의 탁 트인 전경을 보면 마음이 안정되는 것을 느낄 수 있었다.

그래서 이곳이 유일하게 청년의 마음에 드는 공간이었다.

한참을 내려다 보이는 경치에 빠져들어 지친 마음을 쉰 청년은 다시 돌아가야 한다는 중압감에 자리에서 일어나 풍경을 뒤로하고 돌아섰다. 그리고 그 순간 자신을 내려다보고 있는 거대한 존재에 의해 청년은 흠칫 놀랐다. 자신도 모르게 몸이 굳어버리는 압박감이 주변의 모든 것을 지배하고 있었다. 청년은 정신까지도 지배하는 듯한 거대한 존재의 이름을 입에 담았다.

"드래곤……."

금색으로 빛나는 산만 한 크기의 거대한 드래곤 한 마리가 가만히 앉아 청년을 바라보고 있었다. 엄청나게 큰 금색 눈동자가 움직이며 청년을 향했다.

―이곳은 나의 영역. 그런 곳에 침범한 존재가 고작 이 작은 인간이란 말인가.

처음 들어보는 드래곤의 음성이었지만 결코 호의적인 목소리가 아니란 것 정도는 알 수 있었다. 청년은 순간 자신도 모르게 당황하며 변명했다.

"저, 죄송합니다만 무엇 때문에 화가 나신 건지 모르겠습니다."

―내 영역에 발을 들인 미개한 종족에 대한 분노이다.

"하지만 이곳은 제가 어릴 때부터 올라오던 곳입니다! 그 동안 단 한 번도 나타나지 않다가 이제 와서 영역이라며 화를 내봤자 제가 납득할 수 없습니다."

어차피 드래곤이 화나 있는 거, 기껏해야 죽기밖에 더 하겠냐는 오기도 있었다. 이래 죽으나 저래 죽으나 마찬가지라는 포기 심리도 조금은 포함돼 있었다.

―나는 60년을 동면하고 있었다. 그사이에 있었던 일 따위, 물어봤자 소용없지. 중요한 것은 지금 네가 내 영역에 들어와 있다는 것이다.

"처음 들어와서도 아무렇지 않았고, 그 뒤로 수시로 찾아와도 저를 막는 드래곤은 없었습니다. 그런데 그동안 잠시 자리를 비웠다고 이제 와서 영역 타령 하는 것도 억지 아닙니까?"

이왕 막 나가기로 작정한 것, 청년은 하고 싶은 말을 다 하기로 마음먹고 드래곤을 향해 따졌다.

그러자 청년의 너무나도 당당한 모습에 드래곤은 조금이나마 멈칫하는 모습을 보였다. 물론 워낙에 덩치가 큰 존재이다 보니 본인 딴에 조금이라는 게 꽤 큰 움직임인 것은 당연했다.

―이것참, 내 살다 살다 이렇게 대놓고 나한테 따지는 녀석은 같은 종족에서도 없었는데. 네 녀석은 죽음이 두렵지도 않은 거냐?

"어차피 이 한 목숨, 나라의 독립에 바친 지 10년입니다. 언제 죽어도 상관없다는 각오로 살아왔는데 이제 와서 두려울 필요야 없지요. 하지만 국가에 바치는 게 아니라 고작 드래곤에게 당하게 되는 것이 조금 억울하긴 합니다."

진심으로 죽음이 두렵지 않다는 얼굴로 똑바로 올려다보는 모습을 드래곤은 한동안 빤히 바라보았다. 그리고 곧 그 거대한 몸을 들썩이며 웃기 시작했다.

—아하하하하하! 자던 사이에 세상이 이리도 바뀌었나! 이렇게 당돌한 녀석을 만날 줄이야! 이거 정말 재미있구나! 하하하하하!

꽤나 유쾌하게 웃는 모습에 청년은 왠지 긴장이 풀리는 것을 느꼈다. 눈앞의 드래곤이 생각보다 두렵지 않다고 느껴지기 시작했다.

파아아앗!

조금은 마음을 놓고 있을 때 갑자기 눈앞이 환히 빛나기 시작했다. 그리고 잠시 후, 빛 속에서 조그마한 인영이 모습을 드러냈다.

속이 비칠 것 같은 하늘거리는 얇은 천으로 만들어진 옷을 걸치고 허리까지 닿는 곱슬거리는 짙은 금발을 가볍게 하나로 묶은 아름다운 여자가 얼굴 가득 웃음기를 띠고 청년을 바라보고 있었다. 나이는 청년과 비슷한 정도. 하늘거리는 옷은 정전기라도 일으킨 듯 몸에 달라붙어 여자의 몸매를 그대로 보여주고 있었다.

한창때의 청년인지라 자신도 모르게 얼굴을 붉히며 고개를 돌려 시선을 외면하자 여자는 쿡쿡 웃으며 눈의 절반은 차지할 것 같은 금색 눈동자를 청년에게로 고정시켰다.

"뭔가? 같은 종족의 모습이 되었다고 그렇게 순식간에 반응하는 건가?"

그리고 그 목소리는 의심할 수 없는 조금 전 드래곤의 음성이었다. 물론 중압감은 드래곤과는 비교할 수 없을 정도로 옅어졌지만 느낌이 그랬다.

"드래곤… 이십니까?"

조심스레 묻자 여자는 여전히 얼굴에 웃음기를 띠며 대답했다.

"그렇다. 인간이란 이해할 수가 없구나. 드래곤의 모습도 나, 지금도 나인 것을 겨우 모습 하나 바뀌었다고 바로 태도가 바뀌는구나."

"뭐, 뭐가 바뀌었다는 겁니까!"

"얼굴이 붉어지지 않았느냐. 내 모습에 반한 거 아닌가?"

그리고 청년은 발끈하며 소리쳤다.

"누가 반했다는 겁니까?! 드래곤님의 차림새가 심하게 야해서 생리학적으로 반응했을 뿐입니다!"

"무엇이 야하다는 건가? 내가 벗길 했느냐, 아니면 노출이 심하기라도 하느냐. 나름대로 잘 가렸는데 무엇이 불만이란 말인가?"

"다 가렸음에도 몸에 들러붙은 하늘거리는 천이 상상력을 자극하지 않습니까. 대놓고 다 보여주는 것보다 오히려 그런 식으로 아슬아슬한 것이 더 야하다고요."

청년은 투덜거리며 대답했다. 대답하는 와중에도 계속 시선은 여자의 반쯤 드러난 가슴과 하늘하늘한 천으로 감싸인 몸에 간간이 머무르고 있었다.

"아하하하하하! 이거 정말 재미있구나. 얼마 자지도 않았는데 코를 찌르는 피 냄새에 잠이 깨 조금은 화풀이를 해볼까 했더니, 그 상대가 너 같은 아이가 되어서야 아까워서 해코지하지도 못하겠구나."

겉모습은 서로 비슷한 연배로 보이지만 대놓고 청년을 어린애 취급 하는 여자의 모습에서 드래곤의 존재감을 느낄 수 있었다. 하지만 청년은 그런 드래곤의 말에 어떠한 대답도 하지 않았다. 그저 처음과 같은 우울한 눈빛, 걱정이 가득한 얼굴로 여자를 보며 쓸쓸히 미소 지을 뿐이었다.

무엇이 그리도 재미있는지 연신 웃음을 터뜨리던 여자는 문득 청년의 우울한 표정을 보며 슬며시 물었다.

"무언가. 무엇이 네 마음을 그리 울적하게 만드는 것인가? 말해보거라. 나는 지금 기분이 좋으니 무슨 말이라도 들어줄 수 있다."

청년을 향한 너그러운 드래곤의 음성에 청년은 자신도 모르게 작은 한숨을 쉬며 마음에 쌓인 우울함을 꺼내놓았다.

"잠든 드래곤을 깨울 정도의 피 냄새란 이 땅에 쓰러져 간 청년들의 것. 그들이 내놓은 목숨의 값을 과연 치를 수 있을지, 과연 내게 그 정도의 가치가 있을지가 문득 고민되었을 뿐입니다."

쓸쓸한 얼굴로 다시 한 번 긴 한숨을 쉬며 말했을 때 드래곤은 청년의 얼굴을 유심히 살피며 고개를 갸웃거렸다. 그리고 무언가 생각난 듯 고개를 끄덕였다.

"이제 알겠구나. 검은색 머리칼, 그리고 세대가 바뀌어도 변함없는 그 얼굴. 너는 에페트리아로구나."

이름을 불린 청년은 흠칫 놀라며 드래곤을 바라보았다. 설마 하니 드래곤이 한낱 인간인 자신의 성을 알고 있을 거라곤 생각하지 못했다. 하물며 얼굴까지 알고 있는 것 같은 분위기에 그저 의아해하며 어리둥절할 뿐이었다.

"아십니까, 저희 집안을?"

"그래. 짜증날 정도로 잘 알고 있지. 나는 시끄러운 게 싫다. 그래서 다른 드래곤이 없는 이곳으로 왔지. 그래서 조용할 줄 알았어. 하지만 내 종족보다 더 시끄러운 게 있더구나. 바로 인간들의 전쟁. 철과 철이 맞부딪치는 소리는 둘째 치고 코를 찌르는 피 냄새의 악취는 더욱 참을 수 없었다."

정말로 진절머리나게 싫은지 고개를 절레절레 저으며 손으로 코앞에 부채질까지 해대며 드래곤은 계속해서 말을 이었다.

 "그래서 대체 무엇 때문에 언제나 그리도 싸워대는지 나름
대로 알아봤었지. 너희 에페트리아는 크라노에 늘 점령당하
면서도 언제나 독립을 하겠다고 나서더구나. 그리고 그 중심
엔 언제나 왕가라는 너희 가문이 있었지. 수많은 자의 피를
흘려가며 겨우 독립을 하고 나면 얼마 가지 않아 또다시 점령
당하고, 그러면 너희는 또 독립을 하려 싸우고. 지치질 않더
구나."

 전혀 부정할 수 없는 사실에 청년은 쓴웃음을 지었다. 그리
고 그런 청년을 보며 드래곤은 계속해서 투덜거렸다.

 "크라노도 지칠 대로 지쳐선 점령을 할 때면 왕기를 쑥대
밭으로 만들어 버렸지. 에페트리아의 혈통을 모두 끊어놓겠
다고 난리를 피우는데도 한참 지나고 나면 에페트리아라 외
치는 사람이 나타나선 독립운동을 하는 거야. 언제나 똑같은
얼굴에 그 혈통을 부정할 수도 없지. 정말 어디에 그렇게 꼭
꼭 숨겨뒀다 꺼내놓는지 신기할 뿐이다."

 "왕족은 출생부터 베일에 싸여 성장하니까요. 평소라면
오직 다음의 왕이 될 자격을 갖춘 자만이 세상에 모습을 드
러낼 수 있습니다. 나머지는 모두 성의 그림자 속에서 살아
가지요. 크라노의 침략 속에 왕가의 혈통을 지키기 위한 발
악일 뿐입니다. 그들이 침략해 오면 죽는 것은 세상에 드러
난 왕족뿐, 그때부턴 숨어 있던 왕족이 왕가의 혈통을 이어

가는 겁니다.”

어차피 상대는 드래곤. 왕가의 비밀을 조금 이야기해 준다 해서 달라질 건 없었다. 그리고 어차피 공공연한 비밀. 에페트리아 왕가가 베일에 감싸인 이유를 모르는 자는 지금에 와선 아무도 없었다.

“나름대로 머리를 쓴 거로군. 하지만 이렇게 수시로 당해서야 언젠간 끝이 나버릴 거야.”

드래곤의 말을 부정할 수 없어 청년은 그저 웃을 뿐이었다.

잠시간의 침묵이 이어졌다. 청년은 조금씩 불안해지기 시작했다. 슬슬 돌아갈 시간이 되었다지만 이상하게 이 여자가 자신을 놓아줄 것 같지 않았다. 계속해서 옆에 두고 대화를 나누고 싶어하는 느낌이었다. 여차하면 뿌리치고라도 돌아가야 한다지만 옆에 있는 여자는 지금은 비록 아름다운 인간의 모습이지만 본체는 드래곤이다. 인간의 모습인 지금도 역시 자신보다는 훨씬 강한 존재였다. 어떻게 말을 해야 산을 내려갈 수 있을지 고민할 때, 드래곤이 갑자기 고개를 돌려 청년에게 물었다.

“그러니까 이번에도 점령당한 거지? 그리고 네가 숨어 있던 왕족이란 거지?”

“…그런 거지요.”

지금까지의 대화로 보아 이미 뻔한 내용을 묻는 드래곤을 의아한 표정으로 바라보며 청년은 대답했다. 하지만 드래곤은 그런 청년의 표정에 전혀 아랑곳하지 않고 즐거운 미소를 띠었다.

"내가 방금 좋은 생각을 했다. 과연 처음부터 이렇게 했으면 좋았을 것을."

혼자 만족하며 좋아하는 모습에 청년은 계속해서 여자의 모습을 빤히 바라보았다.

"전쟁이 나서 시끄럽고 피 냄새가 풍길 때마다 이번에야말로 크라노가 완전히 성공해서 두 번 다시 이 땅에 전쟁의 기운이 풍기지 않을 거라 생각했다. 하지만 정작 뚜껑을 열어보니 너희 에페트리아는 너무 질겨. 질리도록 질기다."

"그거 하나만은 장점이지요."

"그러니까 너희가 끝이 나질 않는다면 그냥 끝까지 살아라. 크라노가 침략을 할 수 없을 정도로 강해지면 되는 것이지."

드래곤의 말도 안 되는 주문에 청년은 한숨을 쉬었다. 누가 강해지고 싶지 않아서 계속 약한 것인가. 대륙에서 가장 큰 영토를 가진 크라노다. 사냥과 주술이 성행하는 곳으로 나라 자체가 군사 국가이다. 그리고 에페트리아는 세 개의 대국 사이에 긴 무역의 요충지이며 다른 대륙으로 통하는 항구도 있다. 게다가 서부의 곡창 지대까지 지닌, 그야말로 언제나 노리고 싶은 밥이었다. 더불어 수시로 침략당하는 터에 국력은 거의 제로에 가깝다.

조금 기반이 잡힐 만하면 침략당하고 점령당하는 바람에 언제 힘을 키워 다른 국가가 처다볼 수도 없는 강국으로 자랄 것인가.

"죄송합니다. 지금으로선 독립조차도 불투명한……."

"나를 이용하거라."

"…예?"

회의적인 답변을 하려 할 때 청년의 말을 자르며 드래곤이 나서서 제안했다. 그리고 청년은 멍한 얼굴로 자신이 들은 것이 무엇인지 다시 한 번 생각했다.

"뭘 그리 고민하느냐. 내가 애초에 왜 이 생각을 못했을까? 차라리 처음부터 질기디질긴 너희 쪽에 손을 들어줬으면 내가 이 땅에 왔던 그날부터 편히 쉬었을 것을."

"하아? 그러니까… 드래곤님… 그게……."

"티아라라 불러도 좋다."

"예, 티아라님. 그러니까… 티아라님을 이용하라고요?"

여전히 이해를 하지 못해 다시 묻는 청년을 향해 드래곤은 생긋 웃으며 대답했다.

"까짓 크라노, 내가 막아주겠다. 그쪽에서 침략만 하지 않으면 이 땅이 전쟁에 물들고 피 냄새가 풍길 일은 없지 않겠느냐."

"그렇긴 합니다만……."

"서로 좋은 거다. 너희 에페트리아는 더 이상 침략당하지 않고, 나는 이 땅에서 조용히 쉬고. 아, 조건이 하나 있다. 너희가 나중에 힘을 축적해 강한 나라가 되더라도 다른 곳을 침략하진 말거라. 시끄러운 것은 딱 질색이니까.”

청년은 가슴이 두근거리는 것을 느꼈다. 이것은 기회였다. 정말 우연찮게 얻게 된 기회였다. 에페트리아의 땅은 비옥하다. 무역으로도 농사로도 선택받은 자리였다. 안정적인 생활만 할 수 있다면, 강한 힘을 얻게 된다면 에페트리아 안에서만 살아가도 문제없었다.

“저는 좋습니다. 이보다 더 좋은 조건도 없습니다. 하지만 조금 불안합니다.”

“무엇이 말이냐?”

“저는 인간. 티아라님이 보기엔 하루살이와도 같은 짧은 생을 살아가고, 제 뒤는 앞으로 수많은 자손들이 이어갈 것입니다. 그중엔 분명 티아라님의 마음에 들지 않은 자도 있을 텐데, 과연 그때엔 어찌할지……..”

걱정스레 불투명한 미래를 예상하자 드래곤은 여전히 미소를 지우지 않으며 물었다.

“무엇이 걱정인가? 내가 말하지 않았느냐? 질리도록 똑같은 녀석들만 나온다고. 너희 왕가엔 그것이 있지 않느냐. 출생 자체도 알려지지 않고 오직 왕의 자격을 얻은 자만이 세상에 나타나는 것. 수많은 왕자를 경쟁시켜라. 그리고 그중 가장 너와 닮은 아이를 왕으로 만들어라. 자신이 세상에 존재하고 있다는 것을 증명하기 위해 그 아이들은 노력할 것이다. 그러면 되는 것이 아니더냐?"

청년은 주먹을 불끈 쥐었다. 마음속의 고민을 드래곤이 해결해 준 지금 더 이상 망설일 필요가 없었다.

할 일이 많았다. 드래곤이 힘이 되어주는 이상 독립은 당연했다. 그 이후 도시와 왕권의 정비와 흩어져 있던 국민들이 돌아올 것에 대비해 그들이 살아갈 땅을 마련해 놔야 한다. 자신의 생에 이룰 수 없을지도 모른다 생각하던 독립이 눈앞에 보였다. 그리고 그 미래가 손에 잡히려 하고 있었다.

"티아라님, 저는 그럼 이만 내려가겠습니다. 모쪼록 오늘의 말씀 잊지 말아주십시오."

깍듯이 고개를 숙여 인사하고는 대답도 듣지 않고 뒤돌아서 산을 내려가는 청년의 옆에 드래곤이 다가섰다. 그리고 웃음기 가득한 얼굴로 청년을 향해 말했다.

"함께 가겠다."

그 이후, 크라노는 하늘을 뒤덮는 거대한 황금색 드래곤이 내뿜는 브레스에 의해 도시 하나가 날아갔다. 갑작스러운 날벼락에 나라 전체가 술렁이며 소란스러워졌을 때 에페트리아의 독립 선언 소식이 다시 한 번 크라노를 흔들었다.

하지만 새로 바뀐 에페트리아의 왕기에 새겨진 황금색 드래곤과 함께, 에페트리아를 수호하듯 하늘에서 날갯짓하는 골드 드래곤의 위용에 감히 나서질 못했다.

이후에도 수시로 에페트리아를 침략하기 위해 군대를 움직일 때마다 용케도 눈치 채고 나타나 자신들을 향해 브레스를 쏘아대는 드래곤을 보며 크라노는 에페트리아와 드래곤의 관계를 인정했다.

그리고 천 년이 넘는 긴 시간이 흐르도록 에페트리아는 언제고 변함없이 베일에 싸인 왕가에서 모습을 드러낸 왕자가 왕좌에 올랐다. 가끔 두 명의 왕자가 모습을 드러내기도 하고, 시대마다 얼굴 생김새도 조금씩 다르며 체격도 이름도 달랐지만 왕이 된 자들의 분위기만은 늘 한결같았다.

전쟁도 침략도 없었다. 그 긴 세월을 풍요로움 속에 지내온 에페트리아는 지금 대륙에서 가장 강한 나라로 손꼽히고 있었다.

이것이 지금 에페트리아의 가장 유명한 건국 신화였다. 그리고 내가 아는 유일한 신화였다. 물론 이것도 최근에 알게 된 신화이다. 게다가 자세히 알게 된 건 바로 지금이었다.

탈탈거리는 마차에서 책을 덮은 난 팔을 쭉 뻗으며 기지개를 켰다. 오랜 시간 동안 좁은 공간에서 다른 것도 아닌 무려 책을 보았다는 사실에 스스로가 대견하게 느껴지며 또한 뿌듯해졌다.

"다 보셨습니까?"

맞은편에 앉아 있던 루사인이 내가 아무렇게나 놓아둔 책을 챙겨 가방에 넣으며 물었다.

"응. 생각보다 볼 만하네. 그런데 여자 드래곤이었던 거야? 나름대로 쇼킹."

"그런 것보다 전 비록 방계라지만 왕족이나 돼서 이제야 건국 신화를 알게 되었다는 쪽이 더 놀랍다고 생각합니다."

루사인이 한숨을 쉬며 말했다. 하지만 내가 누구인가. 저런 시비 정도야 이젠 가볍게 넘길 수 있다고. 이게 바로 로젤란 선생님의 특훈과 미소녀 대회에서 얻은 인내 아니겠어?

"뭘 그런 거에 새삼 놀라고 그래? 나 이런 거, 하루 이틀 안 것도 아니고 말이야?"

"…그렇게 당당하게 대답할 내용입니까, 지금 이게?"

"상관없어, 상관없어. 그나저나 아직 멀었어? 꽤 오래 달렸는데."

별거 아니라는 듯 가볍게 흘려 버리고 창밖을 보며 물었다. 넓은 들판에 놓인 길을 달리는 게, 아무래도 마을은 아직 멀었나 보다.

"말을 바꿔가며 달리지만 짐도 많잖아요. 이틀은 더 걸릴 것 같습니다."

"에엑! 지루해. 허리 아파. 몸이 뻐근해. 덥고 짜증나는데 드레스 벗으면 안 될까?"

"마법 있지 않습니까, 마법. 그거로 식히고 참으세요. 안 그러면 마차 되돌리겠습니다."

“쳇.”

녀석의 협박에 나는 더 이상 군말없이 최근에 배워 유일하게 알고 있는 콜드 주문을 외웠고, 마차 안이 얼음 찜질이 되든 냉찜질이 되든 마차는 신경 쓰지 않고 남부를 향해 달렸다.

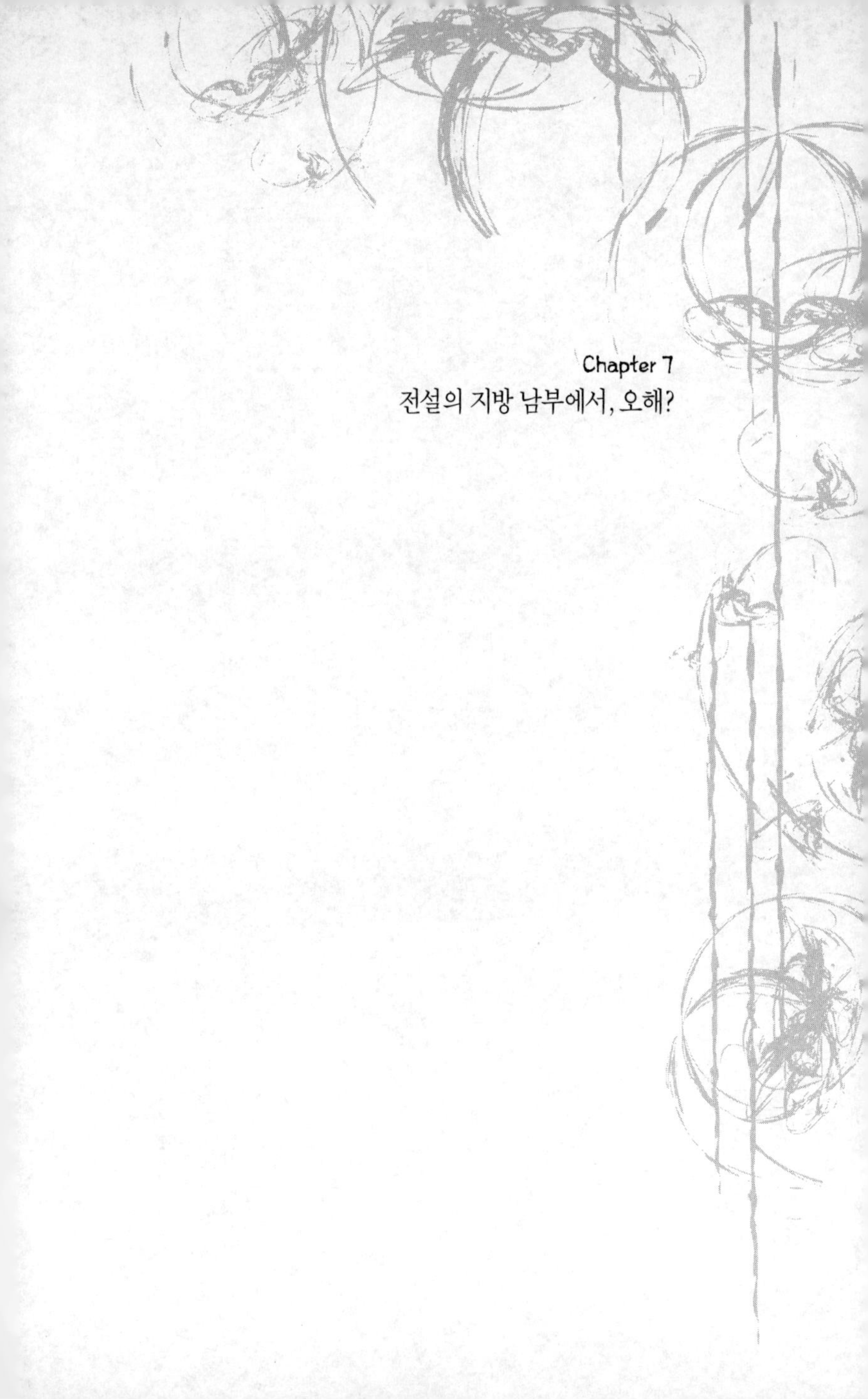

Chapter 7
전설의 지방 남부에서, 오해?

　　마차 안에서 밖의 풍경을 열심히 구경하던 세린이 감격한 얼굴로 말했다.

　　"저 태어나서 처음이에요. 이렇게 마차 여행을 하는 것도, 수도를 떠나보는 것도. 제가 너무 들떠서 세라 아가씨를 제대로 시중들 수 있을지가 걱정일 정도네요."

　　창밖으로 지나가는 풍경 하나하나에 감동하며 세린은 계속해서 감탄을 내뱉었다. 나야 물론 어릴 때부터 아버지와 여행도 다녀봤고, 수도 밖의 우리 영지나 소꿉친구인 프리츠, 카린네 영지에도 놀러 다녀봤으니 그다지 특별할 것도 없었지만, 계속해서 수도의 저택을 지켜온 세린에겐 여행 자체가 신기한 체험인 듯했다.

그나마 내가 여자 아이가 된 덕분에 내 수석 시녀로 이렇게 다니는 거지 계속 남자였다면 세린이 나와 함께 다닐 이유가 없었기에 더욱 생각지도 못한 횡재를 한 느낌이겠지.

"그런데 아가씨, 용케도 주인 어른께서 남부에 가는 걸 허락해 주셨네요? 전 정말 기대도 안 했는데. 무슨 수를 쓰신 거예요?"

갑자기 생각난 듯 호기심 어린 얼굴로 묻는 세린의 질문에 난 순간 안면 근육이 굳는 것을 느꼈다. 하, 하, 하! 그래, 어떻게 허락을 얻었냐면 말이다……

이 내가 그냥 보기에도 귀여움이 철철 넘치는 원피스를 입고 말이다, '아빠아~♡' 라며 간드러지는 목소리로 영감탱이의 넓은 가슴에 폭 안기며 '사랑해요♡' 라는 말까지 추가해서 매달린 덕분이다… 라고는 죽어도 말 못하겠다.

옆에서 그 꼴을 처음부터 끝까지 모두 봐버린 루사인도 세린의 질문에 그때가 생각났는지 돌 씹은 표정으로 침묵하고 있는 것을 보면, 그때 내가 얼마나 처절했는지 따로 말하지 않아도 알 것이다. 물론 영감탱이는 좋아 죽으려고 하더라. 두 눈에 하트를 그리고는 입이 귀밑까지 찢어져서 '그래, 그래, 우리 딸. 가라. 허락하마' 라고 했던 것도 다시 떠올리고 싶지 않은 기억 중 하나였다.

"뭐, 새삼 그런 걸 묻고 그래. 왔으면 됐지."

"세린, 인간은 때론 알지 못하는 것이 좋을 때도 있으니 적당히 넘어가도록 해라."

대충 상황을 모면하기 위해 대답을 얼버무리는 나와 루사인을 보며 그나마 대귀족가의 시녀 노릇을 하며 눈치 하나는 극에 달한 세린은 적당히 고개를 끄덕이며 다시 창밖으로 시선을 돌렸다. 하지만 여전히 그녀의 눈에 의문이 가득 차 있는 것은 말할 필요도 없었다.

그러니까 때는 6월 초. 슬슬 더위가 시작되는 때였다. 왕국 여학생 선발 대회 이후 한동안 집과 학교만을 오가던 난 더 이상 견딜 수 없음을 깨닫고 대놓고 가출을 감행했다. 계속되는 나의 돌발 행동에 집안의 가신들은 모두 두 눈에 핏발이 서기 시작했고, 아버지 역시 더는 참을 수 없었던지 가고 싶다면 최대한의 성의를 보여보라고 했다.

물론 위의 저 행동 하나만으로 그대로 넘어가서는, 그래도 학교를 땡땡이칠 순 없으니 방학이 시작되면이라는 조건으로 남부행을 허락받을 수 있었다. 그리고 아버지는 그사이, 내가 남부에서 지낼 준비를 해주기로 했다. 왕립학교의 방학은 6월 말에 시작되어 8월 말까지 계속된다. 난 그 두 달간을 허락받았고, 방학이 시작됨과 동시에 남부를 향한 여행을 시작했다.

전에 남자였을 때라면 가벼운 짐과 함께 옆에 끼고 다니는

루사인 정도만 챙기고 홀쩍 떠났겠지만, 여자 아이가 된 지금
은 준비의 규모부터가 달랐다.

지금 내가 타고 있는 사륜마차를 비롯해서 대로를 달리는
우리 집안의 마차는 모두 다섯. 하나는 나와 세린, 루사인이
타고 있는 것이고, 다른 하나는 남부에서 나를 돌봐줄 다섯
명의 시녀가 타고 있는 마차였다. 세 번째는 힘있는 일을 할
시종이 타고 있었고, 네 번째와 다섯 번째 마차엔 여행 도중
과 남부에서 쓸 물건 및 내 옷가지 등의 짐이 가득 차 있었다.
그리고 내가 타고 있는 마차의 양옆에는 내 호위를 위한 가신
들—아버지의 심복들—이 말을 타고 달리고 있었다.

인원도 대규모이고 아무래도 공작가 공녀의 여행이다 보
니 사람이 자주 다니는 대로만을 이용해 이동했다. 꼬박꼬박
어두워지기 전에 도시나 마을로 들어가 여관을 이용하다 보
니 생각보다 가는 시간이 오래 걸렸다. 나 홀로 루사인과 훌
쩍 떠났다면 3~4일이면 도착했을 거리가 슬슬 일주일에 육
박하고 있었다.

“오래 걸리네.”

“오늘 오후면 도착할 겁니다. 조금만 참으세요.”

창밖을 보며 중얼거리자 루사인이 대답했다.

루사인의 말대로 점심이 조금 지난 뒤, 도시 하나가 육안으
로 보였다. 발전이 거의 되지 않은 남부의 도시이다 보니 규
모는 마을에 가까운 모습이었다.

우리의 목적지는 그 도시 옆의 작은 마을.

움직임에 거치적거리지 않게 일단은 신분을 감추고 하는 여행인지라 영주가 있는 도시에 들어가기는 조금 꺼림칙해서 도시에 붙어 있는 마을의 옛 유지가 쓰던 저택을 구매했다고 아버지가 말했었다.

도시를 가로지르며 다섯 대의 사륜마차가 달리자 외지인이 거의 없던 도시의 사람들은 신기한 눈으로 바라보고 있었다. 그리고 도시를 빠져나가 옆 마을로 갔을 때 사람들의 호기심은 극에 달했다.

마을 사람들의 호기심 어린 눈길을 보며 루사인은 진지하게 나를 향해 충고했다.

"도련님. 혹시나 해서 다시 말하는데 가문의 이름을 함부로 밝히시면 안 됩니다."

"알아, 알아. 이런 시골에 공작이자 왕족의 아가씨가 적은 호위로 여행 왔다고 하면 유괴범이니 산적이니, 이 기회에 공작가 사위가 돼보자 하는 망나니까지 다 끼어든다 이거지?"

질리도록 들은 이야기에 진저리를 치며 대답했다. 하지만 루사인은 더더욱 강조하며 못을 박았다.

"어떤 상황이 되더라도 가문의 이름이 알려지게 되면 그날로 수도로 돌아가기로 약속한 것도 잊지 마세요."

"아, 글쎄, 안다니까!"

버럭 소리를 질렀지만 루사인은 뭐가 그리 못마땅한지 계속해서 불안한 눈길로 나를 바라보았다. 하여튼 저 과보호.
내가 남자였을 때도 수도만 나갔다 하면 경계가 엄청나더니,
지금은 아주 극에 달했구나.

노파심 가득한 루사인의 눈길을 여과없이 받고 있을 때, 마
차는 어느새 아버지가 구매해 놓은 저택에 도착했다. 마당엔
어디서들 듣고 왔는지 우리를 구경하기 위한 마을 사람들로
가득 차선 마차의 주변을 둘러싸기 시작했다. 웅성거리는 모
습이 매우 신경 쓰이긴 했지만 어차피 끽해야 두 달만 지내다
갈 것. 괜히 성질 부려봤자 피차 피곤할 뿐이니 그냥 조용히
넘기기로 작정한 난 먼저 마차에서 내려 내가 내려오기 쉽게
손을 내민 루사인을 잡고 마차에서 내려섰다.

“생각보다 어리네.”

“말세군.”

“어쩌자고 저런 애까지…….”

웅성거리는 말들이 어째 뭔가 심하게 거슬렸다. 그냥 호기
심으로 보기엔 이건 좀 아닌 것 같아 대체 무엇인지 안 되는
머리 굴려보며 고민하고 있을 때, 집 안에서 부부로 보이는
두 남녀가 머리를 조아리며 뛰어나왔다.

“아이고, 오셨습니까.”

“누구?”

나를 향해 깍듯이 인사하는 모습에 난 간단히 물었다. 그러
자 남편 쪽이 살짝 고개를 들어 자신들을 소개했다.

"저희는 스말 부부로 저는 피터, 이쪽은 제 마누라인 안네르네입니다. 어르신께서 이 집을 구매하시고 사람들을 써서 내부를 새로 단장하고는 저희 부부에게 관리를 맡기셨습니다."

요컨대 아버지가 고용한 현지인이란 소리이다. 여러 가지로 철두철미한 사람이니 본인이 직접 내려와서 집도 고르고 사람도 골랐겠지.

"흐음, 그런가? 나는 세라, 이쪽은 내 친구 루사인, 그리고 이쪽은 내 수석 시녀인 세린이다. 뭐, 이곳에 그다지 오래 있을 것 같진 않지만 그동안이라도 잘 부탁해."

일부러 루사인이 시종이라는 소리는 빼고 소개했다. 수도에서야 루사인이 왕립학교의 학생이고 또한 우리 집에서의 위치 역시 주인인 나와 아버지 바로 아래인 수석 집사의 수준인지라—어쩔 땐 나와 동급, 혹은 그 이상 같기도 하다—시종이라 해도 다들 그 이상의 대우를 해준다. 하지만 이런 좁은 시골에서 시종이라 했다간 그대로 루사인의 위치가 보통 이하로 전락하고야 만다. 왠지 그런 것은 내가 납득할 수가 없어 수도를 떠나 여행을 다닐 때면 늘 루사인을 내 학교 친구 정도로 소개해 왔다.

"예, 세라 아가씨, 그리고 루사인님. 집 안을 안내해 드리겠습니다. 들어오시지요."

넓죽넓죽 인사하며 집 안으로 향하는 스말 부부의 뒤를 나와 루시안이 따랐다.

시골에선 보기 힘든 고풍스러운 양식으로 지어진 3층 건물의 대저택이었다. 문에 사용된 자재나 밖에서 보이는 창문들을 보건대 곳곳에 돈을 들인 흔적이 역력해 보이는 고급스러운 집이었다. 용케도 짧은 시간에 이런 집을 구했다고 감탄하며 안으로 들어가려 할 때, 갑자기 웬 아이들 무리가 내 옆으로 뛰어왔다.

진흙 묻은 손과 발로 내 곁에 다가서는 모습에 세린이 비명을 질렀다.

"꺄아!! 어딜 다가와! 우리 아가씨 드레스가 지저분해진다고!! 저리 가! 저리 가!!"

호들갑을 떨며 아이들을 치우고 날린 먼지가 묻었을까 싶어 무릎을 살짝 덮는 내 원피스를 조심스레 털어가는 모습에 구경하던 동네 사람들의 눈길이 껄끄러워진 것을 난 확연히 느꼈다.

그러니까 이 상황은 아무래도 저 사람들에겐 어디선가 온 불청객에게 자신들의 귀한 자식이 무시당하는 느낌이 들고 있을 거다. 아무리 수석 시녀라 해도 계속 수도에만 있던 세린이니 처음 보는 시골의 모습에 당황하는 것은 이해하겠지만 조금 곤란해질지도 모른다 생각됐다.

하지만 어차피 오래 있어봤자 두 달이다. 조사가 빨리 진행되어 드래곤의 행적만 알 수 있다면 그전에도 이 마을을 떠날 수 있다는 소리다. 그러니 딱히 귀찮게 신경 쓸 일은 아니라 생각하며 스말 부부의 뒤를 따라 들어갈 때, 세린에 의해 밀쳐졌던 아이들이 나에게 말을 걸기 시작했다.

"누나, 정말 예쁘네."

"그래? 고맙다."

어린 놈들이 보는 눈은 있어 가지고. 살짝 고개를 돌려 녀석을 향해 대답하고는 집 안으로 들어가려 할 때, 그야말로 내 발걸음을 딱 멈추게 하는 소리가 귀를 울렸다.

"남자가 꼬이게 예뻐야 정부를 한다더니, 정말이었구나."

"얼굴이 예뻐야 중년 아저씨들한테 빌붙어서 살 수 있다고 해서 기대했는데 역시 돈이 있으면 누나 같은 사람들이 들러붙는구나."

"막 이런 짓 저런 짓 다 하면서 남자들을 뽑아 먹는다고 들었는데, 언니만큼 예쁘면 좋긴 하겠다."

이게 대체 무슨 소리인가? 지금 나를 귀족 호색한의 정부, 첩, 뭐, 그런 거로 보고 있다는 말이냐? 나를? 다른 누구도 아닌 공작가 유일의 후계자인 나 키르라이안에게 그딴 소리를 한단 말이냐?!

"뭐라고 했느냐, 꼬맹이들아?!"

도끼눈을 뜨고 속치마에 레이스까지 달려 풍성하게 펼쳐진 원피스 치맛자락을 휘날리며 뒤돌아 외치자 기껏해야 열 살 남짓한 꼬맹이들이 흠칫 놀라며 마차 뒤편으로 몰려 있는 마을 주민들 사이로 숨어버렸다. 주민들은 자신들의 뒤로 꼬마 녀석들을 숨기고는 보란 듯이 나를 똑바로 바라보았다.

"아니, 대체 뭐 이런 동네가 다 있어요! 어떻게 애들이 저런 말을 입에 담아! 가정교육에 문제가 있다고요!"

세린이 화를 내며 내 곁으로 다가와 투덜거렸다. 그런데 세린, 내 앞에서 가정교육이란 단어를 꺼내기가 조금 무안하지 않니? 우리 집도 왕국에서 알아주는 안드로메다 식 가정교육―개념 부재중―으로 유명한데. 쟤들보다 더하면 더했지 덜하진 않잖니. 저쪽은 귀여운 수준이네.

뭐, 어쨌든 지금의 반응으로 난 우리를 보는 마을 사람들의 생각을 알 수 있었다. 왕국에서 가장 발전이 더디고 사람들의 이동도 거의 없는 폐쇄적인 마을. 그런 곳이니만큼 새 인물에 대한 소문과 호기심은 급속도로 커지고, 그런 마을 사람들의 습성상 외지인에 대해 좋은 평가를 줄 리 만무하다. 어린애들이 저런 소리를 입에 담는다는 것은 그만큼이나 일상적일 정도로 나에 대한 이야기가 오갔다는 것.

뭐, 환영이다. 괜히 새로 온 사람이라며 호기심과 호의를 가지고 인사한답시고 자주 집에 들르고 하는 것이야말로 딱 질색이니까. 그러니까 딱히 이 상황을 부정할 필요가 없는 것이다.

하지만 기분 나쁜 것은 기분 나쁜 것. 어쨌거나 감히 이 왕국에서 손에 꼽히는 서열을 가진 나를 웬 변태 귀족―그러니

까 우리 아버지—의 정부 따위로 취급하다니, 지금은 참아주지
만 다음은 없다.

"아이들 입… 조금 신경 써야겠네요."

최대한 화사하게 웃으며, 하지만 눈에는 무언의 경고를 담
아 주민들을 향해 충고하곤 조마조마한 얼굴로 나를 기다리
는 스말 부부를 따라 집 안으로 들어갔다.

"정말… 어떻게 된 동네가 애들이 서슴없이 저런 말을 입
에 담아요. 가만두지 않겠어요. 어느 집 아이인지 조사해서
혼쭐을 내주어야……."

"세린, 그만 해라."

집 안에 들어오고서도 분이 풀리지 않아 투덜거리는 세린
을 향해 루사인이 한마디 했다. 그제야 투덜거림을 멈춘 세린
은 짐을 옮기는 시종과 시녀들에게로 향했다.

시종과 시녀들에게 이것은 여기, 저것은 저기로 옮기라며
분주히 움직이는 세린을 보며 난 넓은 거실의 한가운데를 차
지하고 있는 소파에 앉았다. 그런 나를 따라 루사인이 건너편
소파에 함께 앉자, 스말 부인이 언제 준비했는지 고소한 냄새
를 풍기는 차를 가져왔다.

"향이 좋군요."

일단 집이 아닌 만큼 루사인이 먼저 차를 입에 대며 이상이
없음을 확인하고 고개를 끄덕였다. 나는 그제야 손을 뻗어 소

파 앞 탁자에 놓인 찻잔을 집어 들었다.

"저, 마을 사람들에게 그렇게 언짢아하지 마세요. 워낙에 자기들끼리 폐쇄적인 생활을 하는 사람들이라 새로 온 사람이라면 무조건 안 좋게 보고 있어서요. 시간이 지나면 괜찮아질 거예요."

내가 차를 입에 대는 것을 보며 스말 부인이 조심스레 입을 열었다.

"하지만 아이들 입에서까지 그런 소리가 나올 정도라면 조금 심하긴 하군."

나를 대신해 루사인이 대답하자 부인은 한숨을 쉬며 변명했다.

"그게 어쩔 수 없는 것이, 이 저택은 전 주인 일가가 몰락한 후로 10년 동안 누구도 선뜻 사겠다고 나서지 못한 곳이라서요. 이런 시골에 맞지 않는 넓고 화려한 양식이라 가격도 비싸고, 그렇다고 이런 데로 이사 올 부자도 없어서 버려지다시피 했는데 그걸 수도의 귀족 같아 보이는 어르신이 선뜻 사시고 내부 수리를 위해서도 큰돈을 뿌리고 가셨으니 입소문이 뒤를 이은 거지요."

"귀족이 와서 돈을 쓰고 가는데 무슨 입소문이 도는데?"

새삼 궁금해져서 스말 부인을 향해 묻자 부인은 기다렸다는 듯이 소문에 대해 이야기하기 시작했다.

"돈 있어 보이는 귀족이 그 저택을 샀는데 본인이 살 집은 아니라더라, 집 안 내부를 젊은 아가씨가 쓰기 좋게 꾸며달라 하더라, 뭐, 이런 소문들 때문에 안 좋은 추측이 생겨난 것이 지요."

"아까 그 꼬맹이들이 하던 소리?"

"예, 이런 곳까지 귀족 아가씨가 올 리가 없다. 분명 그 귀 족 분의 숨겨진 애인이다, 무슨 문제가 생겨 이런 지방에 숨 기는 것이다, 아니면 이제 질려 버려 정리를 하려고 이런 곳 에 버리는 것이다, 등등 소문이 꼬리에 꼬리를 물었습니다."

부인 역시 소문을 하나하나 말하면서 내 반응을 살피는 게 혹시 저 소문들 중 하나는 들어맞지 않나 열심히 알아보고 있 는 느낌이었다. 과연 워낙에 변화가 없는 작은 동네이니 이런 조그만 일도 큰 사건이 되어 동네 사람들에게 뒷담화의 즐거 움을 선사하는구나.

솔직히 집 안에 들어서며 시골 주택답지 않은 크기와 모양 새에 조금 감탄했었다. 용케도 이런 집을 찾아냈다. 뭐, 영감 탱이라면 내가 머물 곳에 이런 집이라도 있지 않았다면 새로 저택을 지어서라도 우리 집안에 어울리는 장소를 마련했겠지 만. 그렇게 매사에 철저한 아버지다 보니 돈 아끼지 않고 펑 펑 써대며 확실하게 준비했을 테고, 그래서 더욱 호기심은 오 해를 낳아 널리 퍼지고 퍼졌겠지. 안 봐도 훤하다.

"뭐, 신경 안 써. 엄밀히 말하면 내가 영감탱이 덕분에 먹 고사는 건 사실이니까. 안 그래?"

"그러니까 그런 언동이 오해를 불러일으키는 거라고요."

조금은 장난기를 담아 씨익 웃으며 루사인을 향해 동의를 구하자 루사인은 짧은 한숨을 쉬며 체념한 얼굴로 대답했다.

나와 루사인의 대화를 유심히 듣던 스말 부인은 더욱 알 수 없다는 얼굴을 하며 주방으로 돌아갔다. 그녀의 태도로 보아 아무래도 조금 전의 대화가 오늘 밤 마을 부인들의 반찬거리가 될 것이 분명하다는 예감이 강력하게 들었다.

남아 있는 차를 마저 마시고 여행에 지친 몸을 소파에 맡겨 뒹굴거렸다. 여전히 분주하게 움직이는 시녀와 시종들을 보며 난 가느다란 하품을 했다.

"하아아암! 점심을 너무 부실하게 먹었더니 배고파졌어."

아무래도 여행용 식단이다 보니 간단한 빵과 수프, 그리고 그 외 주전부리 할 몇 가지로 때운 덕에 금세 배가 꺼져 버렸다. 이런 곳에 와서까지도 우등생 티를 내려는지 어디선가 꺼낸 책을 보고 있던 루사인은 고개를 들어 세린을 찾았다.

"세린."

"네, 루사인님."

바삐 움직이는 고용인들을 감독하던 세린이 급히 달려오며 대답했다.

"정리하는 것은 조금 미뤄두고 쿠키라도 구워 오거라. 저녁 식사에 방해되지 않게 설탕을 많이 넣지 않은 걸로 부탁한다."

"예, 알겠습니다. 메이, 주방으로 가자."

쪼잔하게 간식의 설탕의 양까지도 세세하게 주문하는 루사인을 향해 세린은 미소 지으며 대답했고, 곧 옆에 있던 시녀를 데리고 주방으로 향했다. 그리고 난 인상을 쓰며 루사인을 바라보았다.

"그냥 밥 먹자. 여길 맡고 있던 스말 부인한테 시키면 간단하게 뭐 좀 나올 것 같은데 왜 간식이야. 그런 거로 누구 코에 붙이라고. 기별도 안 가겠다."

"이곳을 맡고 있던 사람은 스말 부인이지만 세라님을 모시는 사람은 세린을 비롯한 집안에서 데려온 시녀들입니다. 음식 하나하나를 신경 쓰며 조심히 먹고 싶은 겁니까?"

"아니, 뭐, 그런 건 아니지만……."

다시 말하지만 난 왕족이며 공작가의 한 사람이다. 치안이 제대로 유지되는 수도가 아닌 지방까지 나온 이상 스스로의 안전에 대해 조심해야 한다. 아버지가 고르고 골라 고용한 사람들이겠지만, 오랜 시간을 우리 집안에 적을 두고 날 모셔온 세린 등보다는 경계해야 하는 게 사실이었다.

"알았으면 참으셨다가 이따 저녁에 세린 등이 제대로 준비해서 내올 저녁을 맛있게 드세요."

거절할 수 없는 루사인의 말에 어쩔 수 없이 주린 배를 참으며 세린 등이 내올 간식을 기다리고 있을 때 스말 씨가 조심스레 옆으로 다가와 말을 건넸다.

“저, 아가씨.”

“응?”

아버지가 골랐을 게 분명한 완전히 내 취향의 침대처럼 넓고 푹신한 소파에서 뒹굴뒹굴 구르며 놀고 있던 난 문득 부르는 소리에 고개를 들어 스말 씨를 바라보았다.

“죄송합니다만 저녁 식사는 여기가 아닌 도시의 영주님 저택에서 하시는 것이…….”

“왜?”

점점 인상이 찡그려지는 내 반응에 머뭇거리며 말끝을 흐리는 스말 씨를 보며 난 간단히 물었다.

“외지에서 다른 곳도 아닌 이런 저택으로 이사 오실 정도의 아가씨라면 영주님께 보고를 올려야 하는 게 관례라서요.”

“상관없어. 신경 쓰지 않아도 돼. 이사 온 거 아니니까. 잠깐 있다가 다시 갈 거라고.”

“하, 하지만 영주님이 이곳에 살 분이 오시면 저택으로 안내를 하라고 하셨는데…….”

딱 잘라 거절하는 내 반응에 당황하며 스말 씨는 어떻게든 날 영주의 저택으로 보내기 위해 계속 말을 이었다. 하지만 그런 그에게 대답하는 것은 내가 아니라 루사인이었다.

“이곳의 영주라면 리진 남작가인가?”

“아, 예. 남작님이십니다. 가서 인사를 드려야 아무래도 이곳에 머무르기 편하실 거고……."

루사인이 아는 척을 하자 스말 씨는 얼굴에 홍조를 띠며 설득하기 시작했다. 하지만 루사인 역시 나와 마찬가지로 별로 내키지 않는 얼굴을 할 뿐이었다.

"별장에 잠시 머무르러 와서까지도 영주에게 보고해야 한다는 건 처음 들었다. 정 필요하다면 그쪽에서 직접 오겠지."

"그치? 여기까지 오느라 피곤했는데 괜히 남의 집 가서 저녁 먹으려면 옷도 다시 입어야 하고 격식도 차려야 하고 너무 귀찮다고. 그냥 여기서 편하게 있을래."

"좋을 대로 하세요."

루사인의 말에 좋아하며 뒹굴거리는 나를 보며 스말 씨는 곤란하다는 표정을 지었다. 하지만 더는 말을 꺼내지 못하고 다시 집안을 정리하기 위해 나갔다.

아무것도 모르는 스말 씨에게야 미안하지만 작위며 뭐며 이쪽이 영주보다 더 위이다. 그쪽에서 인사드리러 온다면 모를까 내가 찾아갈 필요가 전혀 없다는 소리다. 저쪽 역시 인사든 보고든 이쪽에서 찾아가지 않는다면 아무리 우리가 어느 가문인지 밝히지 않는다 해도 자신보다 높다는 것은 짐작할 게 분명하다. 그게 상식이니까.

이건 어디까지나 귀족들의 기본적인 생활을 아는 자들만이 알 수 있는 사실로 눈치 빠른 자라면 내가 적어도 내가 남작 이상이라는 것을 알 수 있을 것이다. 물론 스말 씨 부부는 눈치 채지 못한 것 같지만 그렇다고 아버지도 따로 말하지 않은 것을 괜히 자세히 설명할 필요는 없다. 실수로라도 집안의 이름이 드러나 그대로 수도로 끌려갈 위험은 감당하고 싶지도 않고 말이다. 그러니까 그냥 모르게 내버려 두기로 결정.

기대했던 대로 오래간만에 화려하게 차려진 저녁을 배불리 먹고 시녀들이 서둘러 정리한 내 방의 침실로 간 난 푹신한 침대에 누워 그대로 잠이 들었다. 오랜 마차 여행으로 피곤하기도 했고, 나를 위해 마련된 침대가 너무나 포근하기도 해서 정말 깊게 잠에 빠져들었다.

실컷 자고 일어나 눈을 뜬 것은 늦은 아침, 아니, 오히려 이른 점심에 가까운 시간이었다. 방학이겠다, 아버지도 없으니 누구도 깨우는 사람 없이 정말 마음껏 잘 수 있었다. 실컷 자고 일어난 날이라면 으레 그렇듯 기분이 좋았다. 침대에서 기어나오며 기지개를 켜자 귀신같이 내가 일어난 기척을 느낀 세린이 시녀들과 함께 세숫물을 떠왔다.

"좋은 아침이에요, 아가씨. 편히 주무셔서 그런지 기분이 좋아 보이시네요."

"응, 아주 나른할 정도로 좋아. 웬일로 루사인도 날 안 깨웠네?"

"방학이니까 봐주라고 하시더라고요. 그래도 여러모로 아가씨를 챙기는 루사인님이라니까요."

“음, 잔소리 할 때 빼고.”

침대에 걸터앉아 얼굴을 닦아주는 시녀들에게 몸을 맡기며 난 세린과 함께 농담을 나눴다. 세린은 내 대답에 큭큭거리고 웃으며 옷장에 정리된 옷가지들을 하나하나 살피며 내게 물었다.

“오늘은 어떤 옷을 입을까요? 원하는 거 있으세요?”

“날도 덥고 하니까 간단한 걸로. 얇은 반팔 티랑 치마 짧은 거 있지? 그거로 하자. 레이스 달린 원피스는 질렸어. 속에 갖춰 입을 게 너무 많아서 땀띠 날 지경이야.”

“네, 알겠습니다.”

내 말이 끝남과 동시에 세린은 옷장에서 옷 몇 가지를 꺼내기 시작했다. 가슴에 커다란 하얀색 하트 모양이 장식된 분홍색 티와 붉은색 체크 무늬 주름치마를 꺼내는 것을 보며 난 흡족한 미소를 띠었다. 저 정도라면 간단히 편하게 입을 만하니 대만족이었다.

잠옷을 벗고 세린이 챙겨준 옷을 입고, 어깨를 덮을 정도로 자란 머리도 간단히 묶은 난 즐거운 발걸음으로 아래층으로 내려갔다. 초여름의 햇살이 환하게 들어오는 1층의 넓은 거실 한가운데를 차지한 소파에서 루사인을 발견할 수 있었다.

“좋은 아침~”

“점심입니다.”

“나는 지금 일어났으니까 아침이야, 아침.”

읽고 있던 책을 덮으며 정정해 주는 루사인의 말을 난 웃으며 받아쳤다.

“그러시면 내일부터는 진짜 아침에 깨워 드리겠습니다.”

“앗! 야! 넌 농담이란 것도 모르냐!”

정말로 진지하게 대답하는 루사인을 향해 원망을 담아 외치자 녀석은 ‘쿡’ 소리를 내며 웃었다.

“저 역시 농담이었습니다.”

“아, 뭐야! 진짜 놀랐잖아! 너는 농담이 농담 같질 않다고!”

“그러게 평소에 잘하셨어야죠.”

“무슨 상관인데!”

정말로 간만에 집이 아닌 다른 곳에 놀러 왔다는 느낌을 만끽하며 조금은 풀어진 모습으로—물론 평소에도 풀어지긴 마찬가지지만—루사인과 노닥거리며 뒹굴대고 있을 때 거실의 입구 쪽에서 스말 부인이 모습을 드러냈다.

“저, 실례합니다. 손님이 왔는데요.”

“에? 무슨 손님?”

이곳까지 나를 찾아올 사람이 대체 누가 있을지 고민하며 묻자 스말 부인은 머뭇거리며 대답했다.

“여, 영주님 댁의 시녀 분이 영주님의 심부름으로…….”

“그만. 이후는 제가 직접 말하겠습니다.”

갑자기 스말 부인의 뒤에서 웬 중년 여성이 모습을 드러내며 부인의 말을 잘랐다. 나와 루사인은 갑작스레 거실에 난입한 중년 부인을 멍하니 바라보았다. 실례도 이런 실례가 없었다. 허락도 없이 남의 집 거실까지 침입하는 것은 차마 나라 해도 소꿉친구인 카린이나 프리츠네 집 외에서는 저질러 본 적이 없는 일이었다. 그런 것을 생판 남의 집에서 저지르면서도 저 당당한 모습이라니. 그것도 고용인이. 그야말로 기가 막힐 수밖에 없었다.

나와 루사인이 굳은 얼굴로 중년의 여성을 바라보았지만 그녀는 전혀 아랑곳하지 않고 소파로 다가왔다.

"안녕하십니까. 영주관에서 시녀장을 맡고 있는 엘리사라고 합니다. 이곳의 주인은 실례지만 두 분 중 누구십니까."

"나다."

사무적인 말투로 묻는 그녀를 향해 나는 거만한 눈길로 노려보며 짧게 대답했다. 그러자 그녀는 그럴 줄 알았다며 비웃는 얼굴로 가만히 서서 소파에 누워 있다시피 한 나를 내려다보았다. 무언가 사람을 무시하는 표정이 담긴 매우 마음에 들지 않는 눈길이었다.

"어젯밤 아가씨께서 벌이신 참으로도 무례하고 기가 막힌 행위에 영주님의 분노가 말이 아니셨습니다."

지금 누가 무례하고 기가 막힌 짓을 저지르고 있는지에 대해 묻고 싶었지만 난 대체 그녀가 무엇을 말하는지 들어나 보자는 생각으로 가만히 듣고만 있었다.

"높으신 귀족 분들의 생활을 아직 잘 모르시나 본데, 이런 곳에 오게 되면 영주님께 인사를 드리러 오는 것이 관례입니다. 그런 것을 스말 씨를 통해 충고까지 했음에도 무시라니. 덕분에 영주님이 분노하셔서 제가 이렇게 찾아온 것입니다. 오늘이라도 속히 인사드리러 오시지요."

그리고 난 그야말로 벙찐 얼굴로 그녀를 올려다보았다. 이 남부라는 동네가 얼마나 발전이 안 되고 귀족의 수가 적은지는 몰라도, 하다못해 영주가 백작이나 후작이라도 된다면 대다수 귀족 가문이 자신들보다 동격이거나 낮으니 저렇게 나온다고 이해하겠다. 한데 이건 영지를 갖는 최히급 작위인 남작이 이러고 있으니 대체 뭘 믿고 저러는지 그 자신감의 근원이 궁금해질 뿐이었다.

"하아, 그러니까… 신분이 높은 분에게 인사를 올리러 가라, 그것을 가르치는 것인가?"

"그렇습니다. 당연한 예의입니다."

빈정거리는 태도로 묻자 중년의 부인은 그런 내가 마음에 들지 않는지 인상을 쓰며 대답했다. 그리고 난 그런 그녀를 향해 비웃으며 말했다.

"그런가? 그럼 전하거라. 나는 이곳에 잠시 쉬러 왔을 뿐이다. 정 나를 만나고 싶다면 그쪽에서 직접 찾아오라 해라. 집 앞에서 제발 뵙기를 청한다면 고려는 해주겠다고."

중년의 부인은 눈을 크게 뜨며 분노에 가득한 얼굴로 차마 말이 안 나온다는 듯 입을 뻐끔거렸다.

"볼일이 끝났으면 가거라."

나의 축객령에 부인은 두 손을 꽉 쥐고 주먹을 부르르 떨며 이를 갈았다.

"이런 무례함이……. 아무리 기본이 덜된 자라지만 어린 계집이 돈 많은 귀족 하나 잘 물었다고 뵈는 게 없나 보군. 저 천박한 옷 차림새 하고는. 좋습니다. 가겠습니다. 그대로 영주님께 전하지요."

아니, 그러니까, 대체 저게 무슨 소리냔 말이다. 어쩌다 내가 우리 집 영감탱이의 공식 정부가 되어버린 듯한 분위기가 되었냐고. 이거 말하는 게 완전 기정사실이 되어버린 듯한데? 아니, 게다가 내 옷차림이 어디가 어때서?! 올 여름 수도의 귀족 소녀들 사이에 최고의 유행 아이템이란 말이다!! 귀엽고 깜찍하고 시원하고!! 나오자마자 우리 영감탱이가 신이 나서 사들인 옷이 뭐가 어째?

물론 나의 불만스러운 표정에는 아랑곳하지 않고 중년 부인은 획 뒤돌아서서 거실 입구로 향했다. 그리고 그때, 말없이 대화를 듣고 있던 루사인이 낮은 목소리로 입을 열었다.

"스말 부인."

"예, 예?"

멍하니 우리의 대화를 보고 있던 스말 부인이 갑자기 불리자 놀라며 대답했다.

"부인은 다른 데 신경 쓰지 말고 집안일에만 집중하시오. 집의 문을 여는 것은 본디 집안의 오래된 가신들이 하는 일. 신참이 나서면 저렇게 쓸데없는 어중이떠중이가 발을 디밀게 되니 집안이 더럽혀지지 않는가."

과연 루사인. 화났구나. 대놓고 본인에게 말하지 않아도 충분히 전달되는 방법을 선택하고 특별히 강조해서 말하는 어중이떠중이니 하는 것을 보니 역시 저 녀석은 함부로 건드리면 안 된다는 생각이 들었다. 거실을 나가려던 남작가의 시녀장이 발걸음을 멈추고 부들부들 떠는 것을 보면 효과가 정말 좋은 듯했다.

그리고 그런 그녀의 뒤로 세린이 결정타를 날렸다.

"메이! 소금 가져와!"

전에 성에서 크란벨 공작을 만났을 때와는 달리 이곳은 우리 집이니 마음껏 뿌려도 되겠지.

영주의 시녀장이 돌아가고―세린은 진짜로 소금 뿌리러 따라나갔다―난 누워 있다시피 하던 자세를 바로잡아 소파에 앉으며 투덜거렸다.

"아니, 대체 어떻게 된 동네가 사람들이 다들 자기 맘대로야? 게다가 완전히 꽉 막혀서는 자기 멋대로 생각하고."

"죄, 죄송합니다."

구석에서 쫄아 있던 스말 부인이 고개를 숙여가며 연신 사과했다. 그리고 그런 부인에게 루사인은 다시 낮은 목소리로 말했다.

"스말 부인, 부인은 그냥 처음 주인 어른과 계약한 대로 이 집을 관리한다고만 생각하시오. 괜히 집안의 시녀들마냥 그렇게 나서서 일을 해봤자 집안에서 오래 일해온 시녀들을 따라가기는 어려울 테니까."

"아, 예, 예."

"그리고 한 가지, 처음부터 저쪽이 무례하게 나온 거고, 우리가 겁먹을 필요는 전혀 없으니 그렇게 굳어 있지 마시오. 하지만 동네가 동네이니만큼 괜한 소문이 떠돌면 아가씨의 인상만 안 좋아지니 그건 조심하는 것이 좋지 않겠소?"

루사인 나름대로 꽤나 신경 쓴 충고와 당부였다. 저렇게까지 나왔는데 이 부인의 입을 통해 마을에 무언가 소문이 난다면 알아서 하라는 뜻이기도 했다. 스말 부인은 여전히 굳은 얼굴로 나와 루사인의 눈치를 살피며 물었다.

"저… 제가 소문을 내지 않더라도 엘리사 시녀장님 측에서 악의에 가득 찬 소문을 내고 다닐 텐데요?"

"그쪽은 논 외. 신경 안 써. 중요한 것은 우리 쪽에서 나온 말이 아니란 거니까. 돈을 주고 고용하고 있는 자가 주인을 배반하는 짓을 한다면 그거야말로 애석한 일이지."

루사인 대신 대답하며 난 자리에서 일어섰다.

"어디 가시려는 겁니까? 조금만 더 있으면 점심 시간인데."

"별로 생각 없어. 도서관이나 가자. 여기 온 목적이나 달성해야지."

사태가 이렇게 되어서야 이 마을에 오래 머무를 생각도 사라졌다. 한시라도 빨리 드래곤을 찾고 집으로 돌아가는 게 최선이었다. 괜히 더 지내다간 내 성격에 사고 한번 쳐도 크게 칠 게 분명했다.

"조금만 기다리세요. 도시락을 싸달라고 말해놓겠습니다. 아, 그 옷 갈아입고 계시면 되겠네요."

"엑? 옷은 왜?!"

이 시원하고 편한 옷을 왜 또 갈아입으리 하는 것인가! 불만에 가득한 눈으로 루사인을 바라보자 녀석은 쓴웃음을 지으며 대답했다.

"아무래도 여긴 수도가 아니다 보니 그런 옷은 무리인가 봅니다. 갈아입지 않으면 못 나가게 할 거니 어서 다른 옷으로 입고 나오세요."

"아니, 대체 넌 정말 정체가 뭐냐?! 영감탱이보다 더 해, 진짜!!"

있는 대로 투덜거리지만 한 번 녀석이 이거다 하고 정한 것을 번복할 리 없다는 것은 내가 더 잘 알고 있었다. 괜히 녀석이 집에다 꼰질러 영감탱이의 소환 명령이 떨어지기 전에 시키는 대로 하는 수밖에 없었다.

Chapter 8
떠도는 이상한 소문, 그리고 급습!

　제대로 원피스를 갖춰 입고 마차에 올라 도시로 들어간 난
다시 한 번 성질을 부릴 수밖에 없었다. 이유는 아무리 도시
를 뒤지고 돌아다녀도 도서관이란 것이 보이질 않았다는 데
있었다. 시골의 작은 영지라지만 이건 좀 심하지 않은가?

　"학교라도 알아볼까요?"

　내가 슬슬 화가 나고 있다는 것을 눈치 챈 루사인이 조심스
레 물었다.

　"아니, 됐어. 시립 도서관도 없는데 학교 도서관이 있어봤
자 얼마나 하겠어. 동네 서점 크기라도 되면 다행이지."

　"아, 그럼 서점을 찾아볼까요?"

투덜거리며 불평하자 루사인이 또 다른 대안을 내밀었다.

"서점에 가서 뭘 하는데? 거기 있는 책을 다 사서 조사라도 해볼까?"

"그럴 필요까진 없고, 여행자 가이드 같은 건 어떨까요?"

"갑자기 무슨 여행자 가이드? 이 동네 사람들, 외지인한테 엄청나게 인상 안 좋던데 그거 극복하는 비결이라도 찾아보게?"

"아니오. 어차피 목적은 드래곤의 정확한 소재지니까 여행자 가이드를 보면 '이 이상은 드래곤의 영역이니 들어가면 안 됩니다' 정도의 지도 가이드가 있지 않을까 해서요."

난 정말 진심으로 내 머리 위에서 세 마리의 천사가 팡파르를 울리는 것을 들었고, 더불어 루사인의 등 뒤로 후광이 비치는 것을 볼 수 있었다. 역시 머리 좋은 놈은 다르다. 난 도서관에 가더라도 뭔가 색다른 전설이 있나 알아보는 것 정도만 생각했는데, 과연 저런 방법이 있었구나. 이 얼마나 간단하고도 정확한 방법인가!!

"좋아. 그러면 이 근처에 괜찮은 서점에 대해 물어보고 그쪽으로 가자."

일단 목표를 정하고 고개를 돌려 물을 사람을 찾던 난 무언가 어색한 분위기에 멈칫했다.

도시 사람들의 시선이 내게 집중되어 있는 것은 이해할 수 있었다. 이곳은 외지인의 유입이 적은 시골 도시이고 난 바로 그 외지인이니까. 그렇기 때문에 호기심에 내게 시선을 주는 것은 알겠지만, 어째서 저렇게 자기들끼리 수군거리며 내가 고개를 돌리면 행여나 눈길이 마주칠까 무서워 획획 시선을 돌리는 것일까. 뭐랄까, 이건 호기심이라기보다는 다른 무언가, 그러니까 두려움, 경멸, 분노 등의 감정이 어우러진 모습이었다.

"…뭐지?"

"여기 계세요. 제가 물어보고 오겠습니다."

의아한 마음에 조금은 인상을 쓰고 중얼거리자 루사인이 나서서 마을 사람들 쪽으로 향했다.

루사인의 안내로 서점은 쉽게 찾을 수 있었다. 생각보다 큰 규모에 감탄하며 난 여행자 코너로 들어가 지도와 가이드를 찾기 시작했다. 역시나 외지인은커녕 여행자도 드문 동네인지 여행자 가이드는 두 종류밖에 없었고, 그것도 300년 전이라거나 500년 전 버전일 정도로 오래된 것이었다. 이거 정말, 여기가 무슨 고서적 코너도 아니고 이게 뭐란 말인가.

그래도 이거라도 있다는 사실에 감지덕지하며 두 권을 들어 계산을 끝내고 나오자 조금은 경계하는 눈빛으로 문밖에 서 있는 루사인을 볼 수 있었다. 그리고 또한 여전히 나를 향해 온갖 감정이 어우러진 시선을 보내는 마을 사람들의 눈길도 의식할 수 있었다.

"내가 책을 고르는 동안 뭐 좀 알아냈어? 왜들 저러는지?"

들고 나온 책을 루사인에게 넘기며 묻자 루사인은 쓴웃음을 지으며 대답했다.

"조금 안 좋을 때 온 모양입니다."

"응? 무슨 소리?"

"대충 2주 전부터 도시의 처녀들이 이삼 일에 한 번씩 사라졌다고 합니다."

"엑! 뭐야? 여기도 실종 사건이야?"

전에 수도에서 벌어진, 그리고 내가 직접 겪은 모종의 그 사건을 떠올리며 인상을 쓰자 루사인도 같은 심정이었는지 고개를 끄덕였다.

"거기까지는 비슷하다고 생각을 했는데……."

"했는데?"

"오늘 아침 2주 전에 사라졌던 처녀의 시체가 발견되었답니다."

"시체? 납치까지 해놓고 이제 와서 죽인 거야?"

조용하고 한적할 것 같던 시골 도시에 이런 사건이라면 꽤 시끄러울 만도 하다. 이럴 때 외지인인 우리가 있는 것도 신경 쓰이겠지.

"그런데 이상한 점은… 시체엔 피가 한 방울도 남지 않았다더군요."

"에에에엑? 그게 뭐야?"

"본 사람의 말론 누군가에게 피가 빨린 느낌, 전설의 흡혈귀라도 나타난 것이 아닌가 하더군요."

그래, 이쯤 되니 이해할 수 있었다. 그러니까 조용하던 마을에 사건이 터지고, 그것도 이상한 쪽이란 말이지? 그런데 마침 그런 시기에 맞춰 외지인인 우리가 이 마을로 들어오고 말이야. 게다가 우리가 도착한 다음날 아침에 그런 시체라……. 그래서 다들 그런 눈길로 나를 봤었군. 뭐, 이해할 수 있는 일이지만 뭔가 억울하다. 게다가 이거 또 장르 이상해지잖아. 이거 공포 괴기물 아니라고!!

마차를 타고 별장으로 가고 있을 때 루사인이 조심스레 물었다.

"어찌시겠습니까?"

"뭘?"

"지금 도시에서 벌어지고 있다는 일련의 사건 말입니다. 아무래도 한 번으로 끝날 것 같진 않습니다만."

그제야 난 들고 있던 여행자 가이드 북을 내려놓고 루사인을 바라보았다.

"별로 상관없잖아? 우리가 나서봤자 마을 사람들은 그리 달가워하지 않을걸."

"뭐, 그렇기야 하겠죠."

"사서 고생할 필요 없잖아. 나랑 연관된 일도 아니고. 게다

가 우리의 목표는 드래곤이라고. 그것만 해결하면 어차피 이
런 마을, 관심도 없어. 떠버리면 돼."

　귀찮은 건 딱 질색. 안 그래도 어제부터 내 심기를 거스르
는 저 사람들을 위해 무언가 하는 것도 사양이다. 소문만으로
사람을 정부 취급 하질 않나, 그래, 그러니까 다른 무엇도 아
닌 우리 영감탱이의 정부, 바로 그게 가장 기분 나쁘다 이거
다.

　나야 뭐, 늘상 영감탱이니 변태니 부른다지만 솔직히 객관
적으로 봐서 우리 아버지가 얼마나 건실해 보이는데! 나만 한
자식이 있다지만 이제 막 마흔 살이 된 파릇파릇한 청춘—과
연?—이고, 젊어서부터 관리 잘한 덕에 어디 나가면 아직도
20대 후반이나 30대 초반으로 착각한단 말이다.

　누가 봐도 귀족적으로 생긴 이목구비에 젊은 시절의 할아
버지를 쏙 빼닮은 하얀 피부에 검은 머리칼, 오랜 시간 단련
해 온 탄탄한 근육이 몸을 감싸고, 거기에 중년의 여유까지
넘치는 데다 대귀족의 관록까지.

　그런 아버지한테 나 같은 정부가 있다는 게 말이 되냐?!!

　아, 물론 내가 워낙에 예쁘게 생겼으니 충분히 홀렸다고 믿
을 수도 있겠지만 말이다, 가장 실망인 게 바로 스말 씨 부부
이다. 마을 사람들이야 가까이서 본 적 없으니 넘어간다고 쳐
도 이 부부는 아버지를 직접 봤을 것 아닌가!! 내가 비록 어머
니를 빼다 박았다지만 찬찬히 뜯어보면 여기저기 아버지를

닮은 구석도 많단 말이다. 그런 데서 좀 생각을 해야지! 아니, 왜 40대 아저씨에게 나만 한 딸이 있을 거란 생각은 아무도 못하냐고!!

"흥이다. 신경이나 써줄 줄 알고? 내 볼일 끝나면 이딴 마을은 '안녕히 계세요' 라고."

"삐쳤군요."

"삐치기 이전의 문제라고. 오해에도 정도가 있지, 어떻게 공작가 후계자인 나를 그런 취급이냐고."

"모르는 사람이 볼 때 주인 어른께 도저히 도련님만 한 나이의 자식이 있을 거라고는 생각 못하니까 어쩔 수 없지요. 하지만 이 도시의 일에 신경 쓰지 않는 것은 찬성입니다. 도련님이 남자라면 모를까, 지금 같은 소녀의 모습이라면 나서 봤자 이전의 사건과 다르지 않을 거라 생각하니까요."

뭔가 말하는 게 좀 비꼬는 것 같고 어딘가 거슬리긴 하지만 녀석도 찬성한 이상 도시에서 일어나는 사건은 이제 논외이다. 의외로 루사인이 순순히 고개를 끄덕이고 넘어간 게 조금 놀랍긴 하지만 사실 찬찬히 생각해 보면 현재 녀석에게 있어 가장 우선은 내 안전일 테니 괜히 일에 휘말리는 것은 사양이겠지.

도시 외곽을 지나 내 별장이 있는 마을로 들어섰을 때 난 무언가 이상한 느낌이 들었다. 마차의 창문으로 보이는 저쪽 언덕은 분명 우리 집 별장이 분명한데 왜 그 앞에 낯선 마차가 서 있는 것인가? 아무리 보아도 우리 집이요, 남의 마차임이 분명함에 난 고개를 갸웃거리며 루사인을 돌아보았다.

"저 마차 알아? 왜 우리 별장 앞에 있지?"

"마차요?"

"저기 저거 말이야."

루사인도 전혀 짚이는 게 없는지 의아한 얼굴로 창밖을 보았다. 그리곤 한참을 바라다보다 결국 고개를 가로저었다.

"글쎄요. 처음 보는 마차군요. 그리고 역시 눈에 익지 않은 가문 기."

"생전 처음 보는 게 분명한데 왜 저렇게 당당히 서 있는 거지?"

"그거야 저도 모르지요."

가볍게 대답한 루사인은 별 신경 안 쓴다는 목소리와는 달리 진지한 눈빛으로 허리춤의 검을 확인하며 단단히 손에 쥐었다.

"뭐야? 검은 왜 챙겨?"

"여기서 고민해 봤자 소용없잖아요. 정체야 어차피 도착해 보면 알 것. 저렇게 당당한 거로 봐선 혹시 모를 위험이란 사항도 있으니까요. 도련님도 긴장은 하고 계세요."

그러니까 닥치고 나서 생각하겠다, 바로 그거로군. 루사인답지 않게 상당히 행동적인 결론이었다. 아, 취소, 취소. 생각해 보면 의외로 행동파다, 녀석은. 그러니까 당연한 결과일지도. 기억해 뒀으면 좋겠다. 아무도 함부로 건드리지 않는 프리츠를 평민, 시종의 신분이면서도 시비 거는 녀석이다. 찬찬히 살펴보면 막가파란 말이다.

물론 머릿속으론 이렇게 루사인의 이런저런 과거에 대해 여러 가지로 떠올리느라 바쁘면서도 손은 자동으로 옆에 놓인 검을 쥐고 있는 것에 대해선 따로 설명할 필요도 없다.

마차가 별장의 마당에 도착하자 나와 루사인은 일단 밖의 사정을 살폈다. 하지만 아무리 숨을 죽이고 기다려도 누구도 마차 밖으로 나서는 자가 없었다.

"어찌시겠습니까?"

루사인이 조심스레 물었다. 하지만 얼굴 표정에 어이없음이 적나라하게 보이는 것으로 보아 녀석 역시 나와 같은 생각이 분명했다.

"어쩌겠어. 내 집인데 뭐가 무섭다고 여기서 이러고 있겠어. 저쪽이 모습을 드러내지 않으니 일단 내려서 상대도 하지 않고 안으로 들어가겠어."

"정답입니다. 썩어도 준치라고, 그래도 공작가의 후계자인만큼 기본 예법은 숙지하고 있군요."

"…칭찬이야?"

썩어도 준치라니? 누가 썩고 누가 준치란 말인가!! 상큼하게 웃으며 격려하는 루사인을 향해 뱁새눈을 뜨고 노려보자 녀석은 여전히 그 얼굴에 미소를 감추지 않고 말을 이었다.

"뭐, 좋은 뜻입니다. 아, 혹시 모르니 검은 챙기세요. 아직 긴장은 풀지 않는 게 좋습니다."

아무리 생각해도 좋은 뜻으로 말한 것은 아닌 것 같다만 후자의 충고는 감사히 받았다. 이런 시골 동네, 이상한 사건도 있었겠다, 주의해서 나쁠 건 없으니까.

허리춤에 검을 단단히 매고 먼저 내려간 루사인이 내민 손을 잡으며 마차에서 내려서자, 마당 저편에 서 있던 마차의 문도 열렸다. 그리고 안에서 나온 건 척 보기에도 시종 같아 보이는 40대 중반의 반듯한 옷차림의 남자와 그의 안내로 나온 귀족이 분명한 살집이 좀 있는 30대의 남자였다. 그러니까 상황을 볼 때 괘씸하게도 이쪽이 먼저 나와 자신들을 모시길 기다렸다 이거다.

어차피 신경 안 쓴다. 혼자 잘 놀아보시지. 전혀 눈길도 주지 않고 거침없이 집 안으로 향할 때, 그런 날 보고 다급해졌는지 저쪽의 시종이 큰 소리로 외쳤다.

"거기 서십시오!!"

하지만 물론 먼저 말한 대로 무시다. 내가 설 이유가 없지 않은가? 들은 체도 하지 않고 이미 세린이 문을 열고 기다리고 있는 현관으로 향하자 시종이 달려와 곁에 섰다.

"서라고 하지 않았습니까!"

역시 완전히 무시하고 집 안으로 들어서려 하자 시종은 정말이지 엄청난 짓을 저질렀다. 감히 날, 대공작가의 유일한 후계자인 내가 가는 길을 가로막고 팔을 잡아끌며 저지한 것이다. 그리고 물론 그 순간 루사인이 재빨리 녀석의 손을 낚아채고 그대로 검집으로 시종을 치고는 정말 내가 들어도 놀라울 정도로 위엄있는 목소리로 외쳤다.

"감히 이게 무슨 무례한 짓인가!! 지금 어디다 손을 댄 것인지 알고나 있는가!!"

쩌렁쩌렁 울리는 외침. 이 녀석, 장담하건대 화났다. 물론 내가 먼저 화를 내고 길길이 날뛰었어야 하는 상황이었지만 녀석이 저렇게 나오니 나는 제풀에 지쳤다고 할까나, 그냥 식어버렸다고 할까나.

평소엔 날 무슨 꿔다 놓은 보릿자루, 바보—이 부분 특히 강조—등으로 취급하는 루사인이라지만 남이 저렇게 나오는 것은 용서할 수 없다는 신념 아래 흥분하는 것을 보면 과연 내 시종이 맞긴 한가 보다. 뭐랄까, 든든한 느낌. 이대로 저 무례한 시종 놈을 해치우고 집 안으로 들어가면 끝인 거다.

라고 생각하고 있을 때 생각지 못한 복병이 나타났다.

"무례를 어째서 이쪽에서 찾는 것인가?"

가만히 서서 시종이 하는 양을 구경만 하던 귀족이 분명한 그놈이 입을 열어 루사인을 질책하며 이쪽으로 다가왔다.

아까도 말했지만 대충 어림잡아 30대 초, 중반으로 보이는 얼굴. 키는 보통이지만 살집이 제대로 잡혀 있는 데다 절대 악취미가 분명한 하얀색 타이즈가 특히 눈에 띄는 몇 세기 전에 유행했을 법한 옷을 입고, 갈색의 곱슬머리를 나름대로 정리한 머리와 그 나이에도 울긋불긋 여드름 자국이 있다. 한마디로 호남과는 거리가 먼 추남에 가까운 남자였다.

"호오, 소문으론 들었지만 듣던 대로 꽤 상등품이군."

나를 위아래로 훑어보고는 손을 턱에 괴고 거들먹거리는 모습이 정말이지, 화도 나지 않을 정도로 어이가 없었다. 지금 감히 날 가지고 가격을 매긴 것인가? 저 남자가?

"누구냐? 누가 이리도 무엄하게 구는 것인가?"

낮은 목소리로 녀석을 향해 경고성 말을 던졌다. 충분한 위엄과 위압감이 담긴 말투와 어조, 그리고 내용. 이 정도면 내 신분이 꽤 높다는 것을 눈치 채야 한다. 하지만 저쪽은 여전히 그럴 생각은 전혀 없는 듯 재수없는 웃음을 띠고 더욱 내게 다가왔다.

"이분은 리진 남작님이십니다. 예의를 갖추시지요."

"그렇고말고. 내가 바로 이곳의 유일한 귀족이다."

시종의 소개에 큭큭거리며 웃고는 계속해서 내게 다가오는 녀석을 보며 나는 고개를 끄덕였다. 그래, 이놈이 바로 그 분수를 모르는 남작이다 그거로군. 과연 주인이 이 모양이니 아침에 온 시녀의 행동도 이해할 수 있겠다. 보고 배운 게 이런 것뿐이었구나.

하지만 그런 거들먹거림 따위, 다른 사람에겐 통할지 몰라도 나 키르라이안 세라 일렉트리아 페르나슈 소공녀—혹은 소공자—에겐 전혀 의미가 없단 말이다. 이젠 말하는 것도 지치지만 나로 말하자면 국내에 넷밖에 안 되는 공작가의 후계자, 왕가의 피가 흐르는 고귀한 혈통.

그리고 무엇보다 작위 서열에서 다른 귀족들과 달리 공작의 후계자는 유일하게 작위를 가질 수 있는 특권이 있다. 그러니까 따로 말하자면 난 지금 키르라이안 세라 일렉트리아 후작이라는 명함도 있단 말이다. 영지는 없지만 후작의 작위를 가지고 그와 동등한 대우를 받고 있다. 즉, 남작보다는 한참 위란 말이다. 그러니 상대가 남작이라 해서 지금 내가 그를 보는 시선이 달라질 리 없지 않은가.

"유일한 귀족이고 뭐고, 예법도 모르는 사람과는 상대하고 싶지 않다. 돌아가라."

비웃음을 날리고 집 안으로 들어서자 갑자기 등 뒤에서 엄청난 외침이 들렸다.

"이 무엄한 계집!! 어딜 들어가!! 당장 다시 나와서 맞이하지 못해?!"

내가 들어오는 것과 동시에 시녀들이 문을 닫으려 할 때, 그 틈을 비집고 몸을 들이밀며 외쳐 대는 리진 남작의 모습에 나는 기가 막혀 입을 벌리고 바라보고만 있을 뿐이었다.

와, 막 나간다. 진짜 막 나간다. 내가 키르라이안이었을 때도 저 정도는 아니었다. 난 적어도 귀족으로서의 품위는 지키고 막 나갔는데 저 모습은 완전히 다 버렸구나. 어떤 의미론 정말 대단하다고 고개를 끄덕일 정도.

시녀들도, 심지어 루사인까지도 어이가 없어 그런 남작의 모습을 빤히 바라보고 있을 때, 남작은 드디어 문을 밀어붙이고 집 안으로 들어섰다. 그리고는 나를 향해 달려들어 비열한 웃음을 띠었다.

"이봐, 너. 어디 더 도망가 봐. 아까부터 막 나가는데, 나는 귀족이다 이거야. 너같이 천한 계집이 그렇게 함부로 대해도 될 분이 아니라고."

대체 아까부터 막 나가는 게 누구인지 진지하게 대화를 나누고 싶지만 그건 패스. 지금 뭐라 했냐. 천하다고? 나보고? 내가?

눈을 동그랗게 뜨고 남작을 바라보자 녀석은 그런 내 반응을 긍정으로 알았는지 더욱 기가 살아 나불거리기 시작했다.

"이미 소문은 다 들었다. 네가 좀 높은 귀족의 정부쯤 되는 모양인데, 그렇다고 네가 귀족이 되는 건 아니지. 게다가 이런 시골에 처박혔다는 거, 사실은 버림받은 거 아냐?"

"하아?"

"네 존재가 방해가 된다거나 스캔들이 나기 직전에 처리하는 거 아니면 이런 시골구석까지 올 리가 없지."

"하아아아아?"

엄청난 추리다. 정말이지, 뭐 하나 들어맞는 게 없는 추리다. 지금 그러니까 완전히 소문에만 의지해서 그런 생각을 한다는 거냐? 명색이 귀족이라면 일반인들의 입소문이 아닌 제대로 조사가 된 자료를 가지고 판단해야 하는 것 아니냐고!!

정말이지, 어이가 없어 차마 말도 못하고 완전히 포기하고 남작을 바라보자 녀석은 그런 내 반응을 긍정으로 받아들였는지 그대로 기가 살아서는 이젠 아주 손만 뻗으면 바로 잡힐 위치까지 다가와 앞에 섰다.

"과연 누구인지는 모르지만 작위가 높은 귀족의 정부답게 예쁘긴 하군. 이런 시골에선 절대 볼 수 없는 미모지. 누군지 몰라도 정말 좋은 선물을 두고 갔어."

"뭐어?"

그리고 난 드디어 사람의 말로 녀석을 향해 물었다. 그러자 내 반응에 신이 난 리진 남작은 계속해서 말을 이어갔다.

"어차피 네가 무례할 것은 예상했다. 분명 이곳에 고용된 마을 사람을 통해 저녁에 오라 했는데 무시했다지? 오늘 아침 보낸 시녀장도 치를 떨더군. 하지만 그 미모라면 조금은 용서해 주마. 생긴 것답게 콧대가 높군."

"콧대가 높다고 생각하기 전에 그쪽의 무례부터 생각하라고."

이젠 감정도 느껴지지 않아 허탈하게 남작을 바라보며 태클을 걸었지만 통할 리 만무하다. 정말이지, 아버지, 어쩌자고 그런 이상한 조건을 달아서 내가 이런 수모를 겪게 하나고.

그냥 확! 가문의 이름이고 작위고 다 까발려 버리고 내 맘대로 하고 다니는 게 더 편할 것 같다 진짜. 유괴범이니 뭐니 날파리들이 좀 들러붙겠다만 그런 녀석들한테 당할 정도로 내가 능력 없는 것도 아니잖아. 조금 귀찮아지겠지만 적어도 이런 놈들이 엉겨붙진 않을 거 아냐. 하지만 그럼 바로 루사인이 짐 싸라고 할 테니 포기.

정말이지 크란벨 공작은 차라리 나름대로 예의라도 있었지, 이건 이름만 귀족이지 완전 산골에서 왕으로 자란 우물 안 개구리다. 세상 넓은 줄 모르고 막 나가는 게 나름대로 진귀한 놈이다.

"글쎄, 네가 그렇게 당당하게 나설 처지가 못 될 텐데. 지금 네가 믿는 거라곤 네 뒤를 봐주는 귀족 하나인데, 그 귀족에게 네 안 좋은 소문이 흘러들어 가면 넌 끝장이라고."

"그게 뭔데?"

"네가 여기까지 쫓겨나서도 자중하지 못하고 이곳의 유일한 귀족인 나와 어울렸다거나… 뭐, 그런 소문이지. 정부에겐 치명적인 것 아냐? 바로 버림받겠지. 그러니 차라리 곱게 나한테 오라고."

뭐, 남작이 오해하는 대로 따져 보자면 맞는 소리이긴 하다. 진짜로 귀족의 정부였다면 이런 시골까지 온 이유는 그의 말대로 흥미가 식었거나 큰 스캔들에 휘말리기 전에 잘라내는 수법 중 하나겠지. 거기에 저런 소문에까지 휘말린다면 그야말로 끝장. 더 이상 재기의 여지가 없는 일이다.

그런데 말이다, 나랑은 상관없잖아? 하지만 그렇다고 해서 이제 와서 완전히 기정사실이 되어버린 저 소문을 따로 정정하기도 힘들 것 같고. 솔직히 생각해 봐라. 나는 가문을 숨기고 이곳에 왔다. 과보호 영감탱이가 우리 가문이 알려지면 일 복잡해지기 전에 그날로 짐 싸고 돌아오라고 저 루사인에게 명령해 놨단 말이다. 루사인이 누구인가. 들키면 진짜로 그 자리에서 짐 싸버릴 놈이 아닌가!!

아직 궁극의 목적인 드래곤에 대한 조사를 시작도 못한 판에 돌아갈 수는 없지. 그러니 남작 놈에게 내 정체를 말할 수도 없고, 말하지 않고는 저 소문을 부정할 수도 없단 말이다.

그러니까 지금 내가 할 수 있는 일이란 단 하나뿐이다. 루사인을 향해 명령을 내리는 것. 루사인은 이미 나를 바라보고 있었다. 말만 하라 이거구나. 눈치도 빠른 녀석 같으니라고.

"루사인."

조용히 낮은 목소리로 입을 열자 모두의 시선이 나를 향했다. 그리고 그런 그들을 향해 나는 비웃음을 담아 말을 이었다.

"그대로 내쫓고 문 잠그고 소금 뿌려라. 다소간의 폭력을 휘둘러도 신경 쓰지 않겠어."

그리고 내 말이 끝나기가 무섭게 남작과 남작의 시종의 얼굴은 있는 대로 찌그러졌고, 루사인은 검을 휘둘렀다. 물론 그나마 상대가 귀족은 귀족인지라 검을 꺼내지 않고 검집째 휘둘렀다.

휘익! 퍽!

"어… 컥?!"

남작의 머리와 옆구리를 검집으로 후려갈기고 그대로 시종의 배를 검끝으로 찍어버리며 둘을 세린이 이미 활짝 열어놓은 현관으로 몰아버리고, 크게 한 번 가로지르며 남작과 시종을 동시에 쳐버리자 둘은 꼼짝도 못하고 그대로 문밖으로 내동댕이쳐졌다.

그리고 바로 이어지는 '달칵' 하는 문 닫는 소리와 함께 '철커덕' 하는 자물쇠 채우는 소리. 아, 그전에 소금 뿌리는 소리도 있었다. 세린의 재빠른 솜씨로 '촤아악' 하고 녀석들의 머리 위부터 흠뻑 뒤집어쓰게 하는, 거의 한 포대 분량의 그것. 놈들에 대한 비호감이 눈에 보이는 순간이었다.

그리고 문밖에서 현관을 열기 위해 애쓰는 소리와 쾅쾅 두들기는 소리가 울려옴과 동시에 남작의 분노에 가득 찬 목소리가 들렸다.

"이게 무슨 짓이야!! 감히 귀족인 나한테 이러다니!! 각오해!! 후회할 거다!! 널 결단코 손에 넣겠다고!! 나중에 후회하지 마라!! 울면서 애원해도 용서하지 않을 거다!!"

심하게 티가 나는 삼류악당의 대사. 처음 등장부터 생김새며 행동에 이르기까지, 저것이 바로 단역 엑스트라―그것도 악역—의 표본이로구나.

"루사인, 나 한숨 잘게. 정신적으로 피곤하니 잠이 몰려오네."

"저도… 자야겠습니다."

"헤에? 너도 낮잠? 하긴, 짜증이 몰려오니 엄청 피곤하다. 그치? 잘 거면 내 침대에서 같이 자자. 오래간만에 우리 집 아닌 데서 너랑 같이 있으니 어릴 때가 생각나네."

"같이는 무리지만 침대 옆 소파에서 자겠습니다."

의외로 내 제안에 절반은 순순히 넘어오는 루사인을 보며 나는 싱긋 웃었다. 어차피 녀석이 뭘 생각하는지야 뻔히 안다. 일이 이렇게까지 됐으니 피곤은 한데 잠을 자자니 혹시 모를 일에 대한 경계를 해야겠고, 둘 다 같이 곯아떨어지는 건 내키지 않는다는 거겠지. 그러니 적어도 호위라도 하기 쉽게 같은 방에 있겠다고 하는 거고.

정말이지, 내 시종이지만 너무도 충실하다. 끝없이 믿을 수 있는 존재. 그렇기에 편안하다. 아버지에게 하나 감사할 일이 있다면 어디선가 녀석을 찾아와 내 시종으로 해준 것. 지금 생각하면 이제 겨우 막 다섯 살이된 애를 데려다 자기 아들 시종 시킨 게 더 신기하다. 물론 아버지는 아마 시종이라기보다는 함께 놀 친구 상대로 데려왔을 테고, 내게 있어 루사인은 이미 시종이 아닌 형제에 가깝다지만.

아니, 잠깐. 툭하면 아버지 편만 들고, 둘이 작정하고 나를 괴롭히고, 뭔 일만 났다 하면 죄 영감탱이한테 꼰지르고. 다시 생각하자. 녀석의 충실함에 대해 칭찬 좀 하려 했는데 안좋은 기억이 너무 많다. 일단은 고려하고, 졸리다. 자야겠다. 그래, 드래곤에 대한 조사도 일단 자고 나서 생각하는 거다.

얼마나 잤는지 정확히는 모른다. 남작을 보내고 방에 올라와 간단한 옷으로 갈아입고는 세린 등이 건네주는 가벼운 간식을 먹고 침대에 쓰러진 게 아마 오후 5시쯤이었을 거다.

눈을 뜨자 주변은 이미 어두워져서 불을 쓰지 않고는 앞을 분간할 수 없을 정도의 밤이 되어 있었다. 생각보다 깊게 잔 모양이다. 그러고 보니 일주일간 마차 여행을 하고 하루 쉬었다지만, 바로 또 마을에 가서 드래곤에 대한 전설을 뒤적거리고 집에 돌아와 이상한 남작을 만났으니 피곤하긴 했을 거다.

그렇기에 평소라면 그대로 쓰러져 다음날까지도 퍼자고 있을 내가 지금 깨어 있는 이유라면 단 하나, 내 신경을 거슬리는 무언가의 인기척을 느꼈기 때문이다. 보통 사람이라면 깨어 있다 하더라도 모르고 지나쳤을 작은 인기척이라지만 애석하게도 난 그 보통 사람이 아니기에 침대에서 일어날 수밖에 없었다.

"마당입니다."

소파에서 자고 있던 루사인이 어느새 내 옆으로 다가와 작은 목소리로 속삭였다. 역시나 실버 나이트에 필적한다고 알려진 실력답게 녀석도 눈치를 채고 일어났나 보다. 그리고 인기척의 정확한 위치까지 파악하고 있었다.

"응, 나도 느꼈어. 그런데… 처음엔 여럿이었는데 지금은 하나네?"

"상당히 움직임이 어설픈 자들입니다. 기척을 죽이는 법을 전혀 모르는 것 같아요."

"속임수 아냐?"

"속임수로 보기엔 처음부터 끝까지 너무 빈틈이 많아서요. 이쪽에서 작정하고 달려들었으면 이미 끝났을 것 같습니다."

물론 루사인의 말에 나 역시 고개를 끄덕이며 긍정했다.

처음 우리 집 마당에 와서 서성이는 것이며, 또 단체로 후 닥닥 달아나는 움직임이 확실히 프로는 아니었다. 하지만 그렇다면 더더욱 지금 남아 있는 다른 인기척이 신경 쓰일 수밖에 없었다. 따로 신경 써야 할 정도로 작은 존재감이지만 분명히 무언가가 있긴 했다.

"가볼까?"

"확인은 해봐야겠지요."

내 제안에 고개를 끄덕이는 루사인을 보며 난 침대맡에 놓아둔 검을 쥐었다. 그리곤 가볍게 몸을 날려 마당으로 내려섰다.

처음 느낀 것은 정적이었다. 한밤중. 정적에 휩싸인 어두운 밤의 한가운데에 달빛이 비추고 있었다. 그리고 아무것도 없을 것 같던 그 빛 아래에 발목 위로 올라오는 잠옷과 같은 원피스를 걸친 내 또래의 소녀를 볼 수 있었다.

스륵, 스륵, 스륵.

달빛을 뒤로한 역광에 얼굴은 보이지 않았지만 헝클어진 머리, 찢어진 옷가지, 그리고 흐느적거리며 한 발짝씩 느리게 걷는 모습이 마치 좀비를 연상시키고 있었다. 그리고 한 걸음씩 걸을 때마다 바닥에 그리고 있는 기다란 선을 바라본 난 차마 비명을 지르지 못하고 눈을 크게 뜨며 경악했다.

원피스를 물들이고 발목으로 흘러내리며 지면으로 스며드는 그것, 걸음을 옮길 때마다 지면에 선을 그리는 그것의 정체는 다른 무엇도 아닌 붉은색 피였다. 달빛에 비춰 더욱 창백해진 소녀의 팔다리가 눈에 띄게 각인되고 있었다.

"루사인!!"

소리를 지름과 동시에 루사인이 소녀를 향해 달렸다. 그리고 그 순간 '풀썩' 소리를 내며 소녀는 바닥에 쓰러졌다.

"출혈이 심합니다. 심장이 뛰지 않습니다."

쓰러진 소녀를 살피던 루사인의 말에 난 고개를 끄덕였다. 저렇게까지 피를 흘렸는데 서 있었다는 게 더 신기할 정도였다. 차라리 지금이라도 숨이 멎었다고 말해주는 게 오히려 납득할 수 있었다.

"시체 수습해. 그리고 당장 사람들을 불러서 정체부터 밝혀놔."

"알겠습니다."

지금 당장 할 수 있는 일을 생각하고 명령을 내리자 루사인이 서둘러 소녀의 시체를 살피기 시작했다. 그리고 집 안에서 대기하고 있던 시종들이 밖으로 나왔다.

바로 그때, 웅성거리는 소리와 함께 여러 사람의 인기척이 느껴졌다. 손에는 서로 횃불을 들고 마을 사람이 분명한 그들이 하나둘 별장 마당에 모이고 있었다.

"뭐야? 왜 갑자기 여기로 오자는 거야?"

"거 이상한 소리가 났다던데, 무슨 일인지 가서 확인은 해야지요."

그리고 누군가가 마당 한가운데를 가리키며 소리쳤다.

"세상에! 누가 쓰러져 있어요!"

"저, 저건 일주일 전에 사라진 도시의 소녀잖아! 채소 가게 큰딸이라고!"

"어머나!!"

수십 명의 마을 사람이 경악했고, 몇몇 마을 남자들이 루사인이 살피고 있는 소녀의 시체에 다가왔다.

"주, 죽었어!!"

"피가 다 빠졌어!!"

소리치는 사람들에 의해 모여 있던 마을 사람들은 패닉 상태에 휩싸였다. 비명을 지르고, 통곡을 하고, 누구에겐지 모를 저주의 말을 퍼붓는 사람도 있었다. 그리고 혼란이 여전히 가시지 않았을 때, 마을 사람들의 뒤에서 누군가 모습을 나타냈다. 물론 나도 익히 알고 있는 모습. 낮에 이곳을 다녀간 리진 남작이었다.

"역시 네가 범인이었구나!! 이 집을 구매했을 때부터 소녀들이 사라지기 시작했고, 네가 도착한 다음날 시체로 나타나기 시작하더니!! 붙잡아라!! 현행범이다!!"

정말 당당하게 외치는 남작의 말이 끝나기가 무섭게 미리 준비하고 있던 남작의 사병들이 마당을 가로질러 내게 달려왔다. 물론 사태가 이상해진 것을 느낀 우리 집안의 호위병들 역시 검을 빼 들고 나를 둘러싸기 시작했다.

루사인은 검을 빼 들고 호위병들의 뒤에 서서 나를 가드하기 위해 자리를 잡고 있었다. 이미 표정이 굳은 것이 각오가 대단한 모습이었다. 서 있는 것만으로 이 내가 떨릴 정도의 존재감을 뿜어대고 있었다. 이 상태의 루사인은 정말 든든하다. 결코 열여섯 살 소년의 그것이 아니다. 앞에서 방어망을 펴고 있는 호위병들은 뒤에서 백업해 주는 루사인의 존재감에 안도의 숨을 쉬고 있을 것이다.

하지만 애석하게도 지금 중요한 건 루사인의 전투력이 아니었다. 일단 상대는 우리 집안보다는 작위가 낮은 남작이라지만 귀족, 그리고 마을 사람들이 혼란스러운 상태라는 것이다. 여기서 무력으로 이긴다 해서 우리가 유리해지는 것은 아니다. 실버 나이트로서 여러 곳에 출장을 다녀본 내 경험이 확신을 주고 있었다.

"루사인, 아버지한테 직통으로 연결되는 마법 회선 가지고 있지?"

작은 목소리로 내 곁의 루사인만 겨우 들을 수 있을 정도로 속삭이자 루사인이 눈동자만을 움직여 나를 보며 대답했다.

"방에 있습니다."

"가서 지금 상황을 전하고 와."

"제가 지금 움직이면……."

"괜찮아. 너라면 지금 뭐가 급한지 나보다 잘 알고 있을 거 아냐? 그리고 설마 내가 검으로 누군가에게 질 거라 생각하는 건 아니겠지?"

차갑게 미소 지으며 검을 뽑아 루사인에게 보이자 루사인은 작은 한숨을 쉬었다. 하지만 지금 자신이 고집 피우고 있을 때가 아니란 것쯤은 더 말하지 않아도 잘 알고 있을 것이다. 집을 떠나올 때 마법사들이 마법을 걸어놓은 아버지에게 바로 연결되는 회선은 나나 루사인 외엔 다룰 수 있는 사람이 없고, 지금 저들의 목적이 나인 이상 내가 연락을 하러 들어가긴 무리이다.

"5분… 아니, 3분 내에 다시 돌아오겠습니다."

말이 채 끝나기도 전에 저택 안으로 달려들어 간 루사인을 힐끔 바라보던 난 씨익 웃으며 검을 들고 오래간만에 살기를 내뿜기 시작했다.

남작의 사병들이 움찔하는 모습이 한눈에 들어왔다. 살기의 진원지가 나라는 것은 모르겠지만 어디선가 나타난 거대한 압박감에 아무 반응도 없다면 내가 실망이다. 내 가세로 집안의 호위병들이 더욱 굳은 얼굴로 남작의 사병들을 노려보기 시작했다.

"뭐, 뭐야! 계집이 검을 들어봤자 거치적거리기만 하지! 다들 어서 달려들어서 저 계집을 생포하라!!"

귀족의 기본 소양 중 하나인 검에 대해 전혀 모르는 듯 이렇게 존재감을 내뿜는 살기를 느끼지 못하는지 남작은 기세등등하게 외치고 있었다.

"내 걱정은 말고 적당히 두들겨 주고 와."

호위병들을 향해 작게 명령하자 앞에서 가드를 하던 호위병들이 남작의 사병에게 달려들기 시작했다. 하지만 일부러인지 세 명의 호위병이 여전히 내 앞에 서서 꼼짝을 하지 않고 있었다.

"말했지? 내 걱정은 말라고."

"하, 하지만……."

"설마 내 실력을 못 믿는 거야? 그건 그것 나름대로 무례라고 생각되지 않나? 난 지금 모두 다 나서서 저 바보 남작의 사병들을 손봐주라고 명령을 한 것이다. 무시하는 건가?"

"아, 아닙니다."

누가 뭐래도 저들은 우리 집안의 호위병이고, 그런즉 아버지가 없을 땐 내 명령이 우선이다. 하물며 지금 이자들은 아버지가 알아서 하라고 던져 준 내 전용이었다. 내가 이렇게까지 말하는데 따르지 않을 리가 없다. 그리고 역시나 내 앞에서 미적거리던 세 명은 내 명령에 마지못해 주뼛거리며 사병들을 향해 나섰다.

남작의 사병은 서른 남짓. 우리 집안의 호위병은 다 해서 여섯. 이쪽의 실력이 아무리 일류라 해도 수적 차이는 어쩔 수 없었다. 하지만 이쪽이 밀린다거나 하지는 않았다. 호위병들은 남작의 사병들을 별 어려움 없이 상대하고 있었다. 그러나 한 명이 맡을 수 있는 수의 한계가 있었고, 그렇게 남게 된 인력들은 대보스인 양 뒤에서 버티고 서 있는 나를 발견하고 달려들기 시작했다.

난 한쪽 입꼬리를 올리며 슬쩍 미소 지었다. 호위병들의 실력에 놀라 버둥대다가 홀로 서 있는 나를 보고는 '이게 웬 떡이냐' 란 얼굴로 달려오는데, 정말 미안하게도 이쪽은 떡이 아니다. 차라리 상대라면 호위병 쪽이 좋았을 거다.

나로 말할 것 같으면 왕족이며 대귀족. 내게 무장을 하고 덤벼드는 것은 크게 따지면 반역 행위로까지 간주된다. 그러므로 내가 검을 들어 저들을 죽인다 해도 나는 아무런 거리낄 것이 없다는 소리다. 게다가 나는 실버 나이트. 면죄부까지 손에 쥐고 있는 신분이다. 그야말로 내게 뛰어드는 저 불나방

들은 그동안 쌓여온 스트레스 해소용으로 딱 좋을 정도였다.

"그럼 간만에 놀아볼까?"

쥐고 있던 검의 각도를 바꾸며 남작의 사병들이 내 사정거리 안에 들어옴과 동시에 검을 날리려 할 때, 갑자기 등 뒤에서 들리는 익숙한 목소리에 나는 흠칫 놀랐다.

"뭘 어쩌고 놀게요?"

"에… 에?!"

어느새 다가온 루사인이 '참으로 한심하십니다' 라는 대사를 얼굴 표정에 가득 채워놓고 바라보고 있었다.

"아, 아니, 저, 그러니까… 논다는 게 아니라 에… 나한테 달려들잖아. 그래서 스스로의 안전에 온 힘을 쓰고자……."

그 순간 뒤에 있던 루사인이 앞으로 튀어나가며 가볍게 검을 휘둘렀다.

휘익! 챙! 퍽!

"으… 컥!!"

검과 검이 부딪치는 소리와 함께 내게로 달려들던 사병 하나가 들고 있던 검을 떨어뜨리며 자리에서 쓰러졌다. 입에 거품을 물며 쓰러진 꼴이 칼을 쳐내는 것과 동시에 칼등으로 복부를 가격당한 듯 보였다.

"그래서 대놓고 죽이고 놀려고 했다는 겁니까?"

"아니, 그게 아니라… 그냥 뭐… 운이 나쁘면 죽을 수도 있는 거지. 안 그래? 가끔 실수로 말이야. 손이 미끄러졌다거나.”

휘익! 서걱! 챙! 챙!

“그렇습니까? 뿜어대는 살기만 보더라도 작정하고 달려들 태세던데요.”

“오해야, 오해.”

“오해치고는 현실감이 넘쳤습니다.”

챙! 챙! 휘익! 휙! 챙!

끊임없이 내 변명에 태클을 걸면서도 경이로운 실력으로 호위병을 뚫고 달려오는 남작의 사병들을 하나둘 쳐내는 루사인의 모습은 그야말로 예술이었다. 이 정도는 준비 운동도 안 된다는 듯 무표정한 얼굴로 검을 휘두르며 나와 호위병들, 그리고 남작과 마을 사람들이 있는 곳을 차례로 살피는 루사인을 보며 나는 조심스레 물었다.

“재미있냐?”

“제가 세라님입니까?”

그래도 모르는 사람들 앞이라고 도련님 소리는 안 한다. 하지만 저 퉁명스러운 대답이라니. 게다가 가소롭다는 표정까지. 대체 주인 알기를 동네 지나가던 크란벨 공작—똥개—보다도 우습게보는 저 시종을 어찌한단 말인가!

“무슨 뜻으로 하는 소리냐?”

“그냥 새겨들으세요.”

“야, 너 정말!!”

앓느니 병이요, 모르느니 약이다. 내가 말발로 루사인을 당할 수 있는 것도 아니고, 이렇게 따진들 무슨 소용이 있으랴. 그저 속으로 삭이며 한 귀로 듣고 한 귀로 흘리는 수밖에. 그리고 어차피 이것이 일상. 이제 와선 상처도 되지 않는다는 장점도 있다.

"어떻게 할까요?"

"응?"

"이대로 제압할까요, 아니면 적당히 타협할까요?"

루사인의 질문에 난 잠시 멈칫했다. 생각 같아선 확 다 뒤엎고 힘으로 처리한 다음에 신경 끄고 싶다만 그렇게 되면 분명 계속 시끄러워질 게 분명하다. 뒤처리니 뭐니 복잡하게 되면 루사인의 원망은 둘째 치고 영감탱이의 잔소리와 함께 신학기를 맞이하겠지.

"아버지랑 연락했지? 뭐래?"

"지금 즉시 출발하신답니다."

"켁! 직접 온대?"

"인정사정 보지 않고 말을 달려 3일 내에 도착할 테니 사고 치지 말고 버티라던데요."

수도에서 이곳까지 3일이라면 정말 엄청나게 달리는 거다. 큰길만 골라 왔다지만 사륜마차로 달려 일주일이 걸린 거리를 3일 만에 도착한다라. 영감탱이답지 않게 흥분했나 보다. 부디 도착했을 때, 평소 풀풀 넘치는 대귀족의 관록은 온데간

데없는 웬 꾀죄죄한 중년 남자의 몰골로 나타나지만 않길 바랄 뿐이었다.

"영감탱이가 그렇게 나서는데 그럼 고민할 것도 없잖아. 적당히 타협해 봐."

"알겠습니다. 그럼 이곳은 맡기겠습니다."

"엥? 맡기다니? 어, 어랏!"

갑작스런 루사인의 요구에 놀라 물었지만, 난 곧 루사인이 내게 원하는 것이 무엇인지 깨달을 수 있었다. 내 질문이 채 끝나기도 전에 루사인은 가볍게 몸을 날려 마을 사람들의 가운데에 왕같이 서 있는 남작을 향해 달리기 시작했다. 그 여파로 루사인이 상대하던 사병들이 내게로 향한 것은 더 이상 설명도 필요없는 일.

가볍게 수가 얼마 되지도 않는 사병들을 검으로 치우고 있을 때, 마을 사람들 사이에서 웅성거리는 소리가 들려왔다. 그리고 곧 돼지 멱따는 소리가 내 귀를 울렸다.

"이, 무슨 무엄한 짓이냐!! 놔, 놔, 놔, 놔라!!"

어느새 루사인에게 제압당한 남작이 있는 힘껏 소리치고 있었다. 루사인에게 한쪽 팔을 잡혀 뒤로 꺾이고, 검은 남작의 목을 향하고 있었다. 루사인의 손아귀에 잡힌 대상이 아리따운 아가씨였다면 아름다운 인질극—엥?—이 되었겠지만 정작 인질이 저런 하얀 돼지여서야 전혀 그림이 되질 않는다. 저 사람, 진짜 비호감이라니까.

"어떻게 하시겠습니까?"

"뭐, 뭘 말이냐?!"

루사인이 낮은 목소리로 묻자 남작은 여전히 말을 더듬으며 소리쳤다. 하지만 루사인은 그런 남작의 반응에 전혀 아랑곳하지 않고 여전히 낮은 목소리로 조용히 하나하나 조목조목 따지기 시작했다.

"당신에게 선택권은 둘입니다. 이대로 제 검에 당할지, 아니면 물러날지."

남작의 얼굴이 새하얗게 질려 버렸다.

"네 이놈, 내가 누군지 모르진 않겠지! 감히 귀족을 베겠단 말인가? 죗값을 치를 각오를 하고 그런 소릴 하는 거야?!"

그래도 꼴에 귀족이라고 따질 건 따져야 직성이 풀리나 보다. 하지만 그런 협박에 넘어갈 루사인이 아니란 말이다.

"우선 당신의 잘못된 정보부터 정정하겠습니다. 저기 계신 아가씨는 귀족의 영양으로 가문의 작위는 남작인 당신보다 높습니다."

"뭐?"

"그리고 지금 당신이 이렇게 난입한 소식을 수도에 계신 아가씨의 아버님께 알렸고, 주인 어른은 지금 사병을 이끌고 이곳으로 달려오고 계십니다."

"자, 잠깐!!"

남작이 사색이 되어 정리할 시간을 요구했지만 루사인은

가차없었다. 그 좋은 머리로 이미 계산한 말들을 막힘없이 술 술 하고 있었다.

"당신은 제대로 된 명분 없이 귀족을 공격했으며, 자신보 다 작위가 높은 분을 향해 무례를 범했으며, 또한 모욕이 담 긴 언행으로 모멸감까지 느끼게 했습니다. 지금 나열된 항목 만으로 충분히 법정에 설 정도로 귀족의 법을 어겼고, 또한 계속해서 아가씨를 공격하시겠다면 외람되오나 현행범으로 서 이 자리에서 사살된다 하더라도 정당방위가 되겠습니다."

"그, 그런……."

루사인은 말이 끝남과 동시에 동요하고 있는 남작을 놓아 주었다. 그리고 그대로 다리에 힘이 빠져 풀썩 주저앉은 남작 을 향해 검을 겨누며 다시 한 번 물었다.

"어찌하시겠습니까?"

차가운 목소리로 물으며 거만하게 내리깐 눈으로 남작을 노려보는 루사인을 보고, 또 자신을 향하고 있는 날이 선 검 을 보던 남작은 떨리는 목소리로 외쳤다.

"하, 한스!!"

남작의 외침에 어딘가에 몸을 숨기고 있던 낮에 봤던 시종 이 급히 달려와 남작을 일으켜 세웠다. 겨우 일어선 남작은 멍하니 서서 그쪽이 하는 양을 바라보던 자신의 사병들도 함 께 불렀다.

"일단은 철수다!!"

남작의 외침에 사병들은 이미 준비하고 있었는지 바로 대열을 맞춰 남작의 근처로 가서 섰다.

"이대로 끝이라고 생각하지 마라! 다른 건 몰라도 여기서 살인 사건이 일어난 건 사실이니까!! 여기 마을 사람들이 다 증인이라고! 내, 내일 성으로 와라! 내 저택에서 조사를 하겠다!! 안 오면 죄를 인정하는 거로 보겠다!!"

쫄아서 제대로 걷지도 못할 정도로 다리를 떨면서도 끝까지 입은 살아서 외쳐 대는 남작이었다. 뭐랄까, 정말로 삼류 엑스트라 악역에 제격.

남작들이 물러나자 마을 사람들도 하나둘 흩어져 자신들의 집으로 돌아가기 시작했다. 하지만 얼굴에 공포나 경멸이 가득 담겨 있는 것이 아무래도 나를 범인으로 생각하고 있는 게 분명했다. 루사인이 내가 남작보다도 작위가 높은 귀족가의 딸이라 말했음에도 전혀 동요조차 하지 않는 것이 생판 거짓말이라 생각하는 것 같은 분위기였다.

"왠지 모르게 기분 나쁘네. 내일 어쩔까?"

마을 사람들이 모두 자신의 집으로 돌아가고 남은 거라곤 우리 집안 사람들밖에 없는 마당에 투덜거리며 묻자 루사인이 잠시 눈동자를 굴려 생각하고는 고개를 들어 대답했다.

"가도록 하죠."

"남작 소굴이잖아. 딱히 가야 할 이유라도 있어?"

"아무래도 그가 이곳의 영주이니까요. 그의 말대로 살인 사건이기도 하고, 우린 제1의 목격자이면서 범인 후보라 이 것이겠죠."

"나, 저 여자애 처음 보는데?"

여전히 달빛 아래 쓰러져 있는 소녀의 시체를 가리키며 묻자 루사인은 쓴웃음을 지었다.

"그건 저도 마찬가지입니다. 뭔가… 꾸미는 것이 있겠죠."

"꾸미는 것?"

"그렇지 않고서야 이렇게 우리들이 의심스러운 상황을 연출하진 않았을 테니까요. 도시의 그 사건과 연결된 느낌이기도 하고."

"낮에 그 소문?"

서점에 있을 때 루사인이 듣고 온 소문을 다시 떠올리며 묻자 루사인은 고개를 끄덕였다.

"네. 괜히 휘말리고 싶지 않았는데 어떻게든 그 사건에 우리를 넣어야 했나 봅니다."

"누가?"

"그걸 저한테 물어봐야 저도 모르죠."

얼굴 표정 하나 안 바꾸고 뻔뻔하게 대답하는 나의 시종을 보며 나는 한숨을 쉬었다.

"아, 모르겠다. 그러고 보니 자다가 나왔잖아. 들어가서 더 잘래."

"그렇게 자고 또 자요?"

"뭘 얼마나 잤다고?!"

하여튼 내가 하는 말이라면 일단 하나하나 다 꼬투리를 잡고 그냥 넘기질 않아요. 언제나 느끼는 거지만 시종과 주인의 관계에 대해 다시 한 번 고찰하게 만드는 관계다, 우린. 그대로 녀석을 무시하고 집 안으로 들어서려던 난 갑자기 머릿속을 스치고 지나가는 기억에 멈칫하고 뒤돌아섰다.

"…저 시체는 언제까지 마당에 둘 거야?"

바닥을 핏빛으로 물들이고 달빛에 창백하게 빛나는 소녀의 주검을 가리키며 투덜거리자 루사인이 한숨을 쉬었다.

"지금 어떻게 할 수 없잖아요. 내일 아침 일찍 가속에게 알려 수습하라고 하는 수밖에요."

"가족은 어떻게 찾게?"

"마을 사람들이 말했잖아요, 채소 가게 큰딸이라고."

"알아서 해. 자고 일어나서 또 보이지만 않으면 되니까."

역시 이런 데선 머리가 잘 돌아간다. 건방지긴 하지만 편리하기도 한 내 시종을 뒤로하고 난 집 안으로 들어갔다.

Chapter 9
남작의 저택에서, 납치?

　어제 낮부터 잔 덕분인지 새벽부터 눈을 뜬 난 할 일이 없어 방을 서성이고 있었다. 슬슬 배가 고파오고 여러모로 심심했지만 진짜 할 게 없었다. 수도라면 몰래 빠져나가 어딘가 뒷골목에서 실컷 놀다 들어오겠다만, 아, 그건 패스. 몸이 여자지. 아무래도 남자일 때완 사정이 다르니까 어두울 때 빠져나가 놀다 오는 건 좀 무리겠지.

　루사인도 자신의 방으로 가버리고, 아직 해도 뜨지 않은 새벽이라 시녀나 시종들을 깨우기도 조금 무리고 해서, 정말 어린애도 아니고 침대에 털썩 주저앉아 다리를 앞뒤로 흔들며 대체 어떤 짓을 해야 밤사이 잘 놀았다고 소문날까 고민하던

차에 내 눈에 들어온 짐덩이가 있었다. 분명 어제 낮에 도시에 나가 사온 여행 안내서. 그러니까 이곳에 온 궁극의 목적인 드래곤에 대한 정보가 있을 거라 사료되는 바로 그 책이었다.

"아, 그 하얀 돼지 남작 때문에 완전히 잊고 있었네."

내 머리를 복잡하게 만든 원흉을 향해 잠시 뒷담화의 시간을 가져주고, 난 놀 거리를 찾은 어린아이마냥 즐거워하며 루사인이 탁자 위에 잘 놓아둔 짐을 뒤지기 시작했다. 안에서 꺼낸 것은 내가 고른 여행 안내서 두 권과 루사인이 챙겨놓은 지도. 그리고 그 외 드래곤에 대한 경고문 같은 문서들이 주를 이루고 있었다.

"어디 보자. 이게 300년 전 거고 이게 500년 전 거니까… 음, 그러니까… 경고, 유의문, 지도에… 그러니까……."

나름대로 고서적인지라 생각보다 정보를 찾는 게 어려웠다. 그러니까 절대로 내가 머리 나빠서, 혹은 평소에 책을 보는 일이 거의 드물어서가 아니라 오래된 책이라 그런 거다. 의심의 눈길을 치우길 바란다.

"흠, 찾았다. 일단 여기랑… 이건 그럼 이쯤인가……."

뒤적뒤적! 촤악!

먼저 500년 전 판에서 여행 경고문과 여행자가 실수로 가지 말아야 할 위험 지역이 표시된 페이지를 찾고, 다음엔 300년 전의 버전에서 비슷한 페이지를 찾아 탁자 위에 펼쳐 놓았다.

세 개의 자료를 번갈아 보며 나름대로 자료를 분석하던 난 갑자기 깨닫게 된 사실에 멍하니 지도를 바라보았다. 그야말로 누가 망치로 내 정수리를 후려갈긴 것 같은 정신적 공황이 밀려오고 있었다.

"뭐야, 이거? 솔직히 인간적으로 너무한 것 아니냐?"

지도를 들고 부들부들 떨며 난 힘없는 목소리로 중얼거렸다.

500년 전 버전도, 300년 전 버전도, 하다못해 최신판이라는 남부의 지도도 드래곤이 있을지 모르는 위험 지역 표시는 전혀 변화가 없었다. 대고 그리기라도 하듯 똑같은 경계 지역이라 알아보기는 쉬웠지만 나를 경악하게 만든 그 문제란…….

"어떻게 산맥 전체가 접근 금지 구역이냐고!!"

소리 지를 수밖에 없었다. 대충 어느 부분인지만 알면 찾아가겠다던 계획이 완전히 무너지는 순간이었다.

남부의 산맥이 어떤 존재인가. 드래곤이 살고 있을 정도로 깊고 험하다고 이름난 산맥이다. 게다가 오죽 크면 그것 자체로 다른 나라―크라노―와의 국경으로 쓰일까. 적당히 어느 부분이 위험 지역이라고 표시가 되어 있으면 그 부분을 중심으로 뒤져 보려 했건만 이건 산맥 전체가 되니 그야말로 암울할 뿐이었다.

"원점인가? 아니지. 일단은 남부니까 어떻게 사람들 사이에 떠도는 다른 소문이라도……. 아, 밤중에 그런 사건이 있었는데 참 잘도 마을 사람들이 나한테 말해주겠다.”

정말이지, 머리를 쥐어 싸매고 고민할 수밖에 없었다. 이래도 아무 수확 없이 수도로 돌아가는 것만은 사절이란 말이다. 게다가 그런 사건도 일으켰는데 순순히 이곳을 떠날 수 있을 것 같지도 않고.

“어라? 가만. 그래, 그 수가 있었네. 밤중에 있었던 일로 남작을 보러 가야 하는 거잖아. 그 김에 유도심문하면 되는 거야!”

내가 생각했지만 정말 마음에 드는 계획이었다. 그래, 설마 이곳의 영주라는 자가 정확한 드래곤의 소재지를 모를까. 직접 물으면 되는 거였다.

“누가 누구한테 무슨 유도심문을 하겠다는 겁니까?”

갑자기 등 뒤에서 들려오는 루사인의 목소리에 난 화들짝 놀라며 뒤돌아봤다. 언제 일어나서 준비를 했는지 평소와 다름없는 깔끔한 옷차림과 외모의 루사인이 한숨을 쉬며 나를 바라보고 있었다.

“누구긴, 내가 리진 남작을 어떻게든 구슬려서 드래곤이 있는 곳을 알아낸다는 거지.”

“도련님이요?”

다시 한 번 기가 막힌다는 얼굴로 나를 바라보는 루사인을 향해 난 가슴을 내밀고 당당히 대답했다. 이 내가 직접 남작을 상대하겠다는 데 대체 뭐가 문제란 말인가!!

"그런 표정으로 보지 마세요. 충분히 문제 많습니다."

언제나 느끼는 거지만 저 녀석 진짜 내 속마음을 너무 잘 안다. 그야말로 뜨끔한 상황.

"뭐, 뭐가 문젠데?!"

"도련님 머리로 남작이 넘어올 정도의 유도심문을 할 수 있을 것 같습니까?"

"뭐, 어때. 보니까 남작도 심히 바보 같던데. 그 정도면 나도 상대할 수 있다, 뭐."

"아니요. 아무리 남작이 머리가 나빠도 도련님이 더 나쁘니 포기하세요."

정말 가차없이 내리는 루사인의 폭격. 이건 언어 폭력이다. 확실한 인격 모독이다. 대체 내 어디가 그 남작보다 못하다는 거냐!! 난 그나마 인간의 범주라고! 설마 날 인간 아래로 보는 거냐, 루사인?

있는 대로 인상을 쓰고 노려봐 주자 루사인은 다시 한 번 한숨을 쉬었다.

"상황은 알겠습니다. 산맥 전체가 위험 지역이라면 조금 암울하긴 하죠."

"조금이 아니야."

"예, 어쨌든 이쪽은 제게 맡겨주세요. 남작을 상대하는 것도 제가 하겠습니다. 도련님은 괜히 나서서 본성 드러나기 전에 그냥 조신하게 앉아 계세요."

내 앞에 손가락까지 들고 흔들며 충고하는 루사인을 보며
난 귀엽게 웃으며 물었다.

"나, 여학생 선발 대회 때 배워둔 내숭 있잖아. 그거 믿고
조금 말하면 안 될까?"

"벼락치기로 배운 기술은 바닥이 드러나게 마련입니다. 그
리고 제 앞에서 귀여운 척해봤자 안 통하는 거 알지 않습니
까?"

정색을 하는 루사인의 말에 난 귀여운 미소를 지우고 완전
히 흙 씹은 표정으로 외쳤다.

"아, 알았어! 알아서 해! 아, 몰라! 밥이나 먹자! 이제 슬슬
아침밥 다 됐겠지? 내려가자!"

금강산도 식후경. 먹고 죽은 귀신이 때깔도 좋다. 드래곤
이고 뭐고 다 먹고살자고 하는 짓이고 배고플 땐 그저 먹어야
장땡이다.

"세라 아가씨!!"

"에?"

세린 등이 마련해 놓았을 아침밥을 기대하며 아래층으로
내려가려 할 때, 갑자기 방문을 활짝 열어젖히고 다급한 얼굴
로 들어오는 시녀의 모습에 난 눈을 동그랗게 떴다. 대체 또
무슨 일이기에 저렇게 호들갑인가. 이곳 남부에 오고 나서는
도무지 사건이 끊이질 않는 기분이었다.

"남작가의 마차가 마당에 도착해 있어요. 남작이 직접 아

침 식사에 초대하겠다는 전언인데 어찌할까요?"

내 눈치를 살피며 조심스레 묻는 시녀를 보며 난 희미한 미소를 띠었다. 이것참, 그 바보 남작, 성격 급하기도 하다. 여간 급한 게 아니고서야 어느 미친 귀족이 꼭두새벽부터 다른 귀족을 초대한단 말인가. 보통 귀족의 하루는 점심때부터 시작한다고. 물론 학생은 예외.

어쨌든 나야 대환영이다. 이미 깨어 있었고 배도 고프던 참이다. 그리고 무엇보다 남작에게 용건이 있단 말이다. 자청해서 마차까지 보내 초청해 준다면 감사히 받을 수밖에. 그리고 남는 우리 집 마차엔 혹시 모를 일을 대비하여 호위병들을 채워 넣으면 되고 말이다. 충분히 화려한 마차니 남작이 마차의 입성을 거부할 리도 없고, 난 여러모로 유리하다 이거다.

"어쩌긴, 어차피 가야 했잖아. 그렇게 원한다는데 가주지, 뭐. 루사인, 준비해."

"움직이긴 편하되 정숙한 옷차림으로 하세요. 그리고 검 꼭 챙기고요."

"아, 잔소리쟁이. 말 안 해도 아니까 걱정 말고 가서 호위병들이나 준비시켜."

끝까지 하나하나 잔소리를 해대야 직성이 풀리는 유모인지 시종인지 분간이 가질 않는 루사인을 내보낸 난 한숨을 쉬며 어느새 옷을 골라 준비해 놓고 기다리는 세린을 향했다.

남작의 저택에 도착하자 안에서 기다렸다는 듯 어제 본 기억이 있는 시종이 나와 고개를 숙여 깍듯이 인사를 했다.

"기다리고 있었습니다. 외투가 있다면 제게 주십시오."

"이 더운데 무슨 외투야. 마차에 냉방 마법이 걸려 있질 않아서 고생했다고."

물론 수도에 있을 때 급한 김에 배워둔 직접 쓸 수 있는 냉방 마법이 있었지만 녀석들을 곤란하게 하기 위해 일부러 참았다. 그리고 역시나 마법은커녕 문화 생활조차도 제대로 마련되어 있지 않은 시골 사람답게 당황하는 모습을 볼 수 있었다.

"아, 마법은… 죄송합니다. 미처 준비하지 못했습니다."

미처 준비하지 못하긴, 애초에 고급 마차는 처음 살 때부터 장인이 내부에 온도 조절이 가능한 영구 마법을 걸어준다고. 모르는 소리니 얼버무리는 것 봐라. 다 기억해 뒀다가 그 우물 안 개구리, 아니, 취소. 우물 안 백돼지 남작의 속을 벅벅 긁어줄 테다.

"그런가? 그런가 보군. 뭐, 모처럼 식사에 초대한다니 일단 남작부터 만나봐야겠지? 당연하겠지만 안에 있지?"

"예, 기다리고 계십니다."

"들어가자."

내가 대충 넘어가자 안도의 한숨을 쉬며 대답하는 시종을 보며 살짝 코웃음치고는 고개를 돌려 뒤에 죽 늘어서 있는 호위병들을 향해 말했다. 호위병들은 내 명령에 바로 복종하며 나를 에워싸기 시작했다. 그러자 시종의 눈이 커지며 당황해선 호위병들을 저지했다.

"죄, 죄송합니다만 호위들은 저택에 들어가실 수 없습니다. 밖에서 기다려 주셨으면 합니다."

안 그래도 더운 여름 날씨에 더욱 열이 오르는지 얼굴 가득 땀을 뻘뻘 흘리며 불안해하는 시종의 표정에 나는 잠시 침묵하다 물었다.

"왜? 보통 각별한 사이가 아닌 이상 호위는 늘 두고 다니는데 딱히 저들을 막는 이유가 뭐지?"

물론 거짓말이다. 난 루사인 외엔 다른 사람을 옆에 달고 다닌 기억이 거의 없다. 하지만 지금은 당당한 아가씨니까 귀족가 아가씨의 호위는 당연한 필요 조건. 그러고 보니 아가씨란 소리가 이젠 술술 나오는구나. 게다가 당당하다라……. 나름대로 적응하는 건가. 절반은 드래곤인 덕에 생각하는 게 보통 인간과는 다른 거라더니. 일반적이라면 아직도 회의감에 젖어 있을 텐데 역시 이런 부분이 다른 건가.

"저, 그게… 영주님의 저택에 초대받은 분은 아가씨 한 분으로 신분이 낮은 호위병들은 영주님의 심기를 건드리기에 곤란합니다."

"어차피 식사를 하는 것은 나. 저들은 내 뒤에서 단시 날 지켜줄 뿐인데?"

"하지만 그렇다 해도 분위기란 게……"

식은땀까지 흘리며 정말 불안해하는 얼굴. 결국 실례를 무릅쓰고 손수건을 꺼내 비 오듯 흘러내리는 땀을 닦는 시종을 보면 이거 뭔가 꾸미고 있는 것이 분명하다. 그렇지 않고서야 귀족들이 평소 그저 갤러리 정도로만 여기던 호위들을 딱히 치워달라 할 필요가 없었다.

하지만 말이다, 뭔가 꾸민다면 조금 넘어가 주는 것도 좋다고 생각됐다. 어차피 나도 저쪽으로부터 알아낼 것이 있으니 조금은 어울려 주는 것도 나쁘진 않은 일. 솔직히 말하자면 웬만한 상황이 아니고는 호위가 없더라도 내가 위험한 일이 없다.

"뭐, 좋아. 그럼 너희는 이곳을 지키도록. 하지만 혹시라도 조그만 소란이 생긴 것 같은 분위기면 고민하지 말고 들어와도 좋다. 책임은 내가 지지."

말이 끝나기가 무섭게 날 둘러싸고 있던 호위병들은 신속하게 움직여 다시 마당으로 갔다. 하지만 모두들 허리춤의 검에서 손을 떼지 않는 것이 남작가의 사용인들에겐 꽤나 위압감으로 다가왔을 거다.

"들어가지."

시종을 향해 명령하고 안으로 들어가려 하자 시종은 다시 머뭇거리며 내 눈치를 살폈다.

"저, 죄송합니다만 아가씨."

"또 뭐?"

집 한번 방문하기 되게 까다롭네. 우리 집에 오는 사람도 이 정도로 간섭당하진 않겠다. 물론 우리 집이야 방문 시 필요한 기본 예의 정도는 충분히 숙지하고 있는 사람들만 부르니 지금과는 전혀 다른 상황이라지만 나 역시 어딘가 방문할 때 실례가 되는 문젯거리를 가지고 있지 않단 말이다. 다른 누구도 아닌 루사인이 체크했는데 대체 무슨 할 말이 더 있단 말인가.

"옆에 계신 분 역시 초대가 되지 않은 분이십니다."

루사인을 가리키며 눈치를 주는 시종을 향해 난 이 저택에 도착해 처음으로 최대한 생긋 웃으며 대답했다.

"대리인이다."

"예?"

"내 아버지의 대리인이며 또한 내 대리인이라고."

"하지만 귀족의 초대에 일반인이 참석하는 것은 상당히 무례한 일로……."

"어제부터 무례를 범한 게 대체 어느 쪽인데 그렇게 말하는 것인가? 정 안 된다면 돌아가겠다. 이곳 영주라 체면을 살려주려 했더니 끝까지 기어오르는구나."

생글생글 웃으며 차갑게 내뱉고 그대로 뒤돌아서서 호위병들이 타고 온 내 마차로 향하자 시종이 사색이 되어 달려와 내 앞을 가로막으며 외쳤다.

“자, 잠깐 기다려 주십시오! 죄송합니다. 그냥 들어가셔도 좋습니다. 함께 들어가시지요.”

아무래도 내가 그냥 가버리면 세상이 망하기라도 할 것 같은 얼굴로 매달리는 게 그리 좋은 기분은 아니었다. 이거 진짜 뭔가 노리고 있다. 그렇지 않고서야 이렇게 작정하고 매달릴 리가 없다.

“뭐, 상관없겠죠.”

망설이고 있을 때, 지금까지 침묵을 지키며 내 곁에 서 있던 루사인이 저택으로 향하며 말했다. 루사인이 저리 나오는데 내가 더 고민할 필요는 없었다. 무엇을 꾸미던 어차피 닥쳐 보면 알 일. 무엇보다 나란 인간을 제대로 모르는 남작의 당혹감이 가득한 얼굴을 난 꼭 직접 봐야 쌓인 게 풀릴 것 같단 말이다.

시종의 안내에 따라 식당에 들어서자 다른 무엇보다 길디긴 식탁이 눈에 띄었다. 이것참, 사람들 수십 명 초대해 놓고 연회를 여는 것도 아닌데 뭐 이리 무지막지하게 큰 식탁이란 말인가. 꼭 모르는 사람들이 티를 내려고 이런 짓을 해요. 참고로 우리 집의 평소 식탁은 적당히 네다섯 명이 앉을 수 있는 크기이다. 이런 긴 식탁보다는 여러모로 편리하고, 두세 명이 함께 식사를 할 경우 담소를 나누기 좋고 이래저래 더 쓸모가 있다.

예상했던 대로 남작은 길디긴 식탁의 저쪽 끝을 차지하고 있었고, 나는 다른 쪽 끝의 자리에 안내되었다. 내 오른쪽 옆에는 급히 마련한 티가 나는 루사인의 의자도 있었다. 그리하여 남작과의 거리는 전방 5미터. 이거 밥 먹다 말 한마디 하려면 발성 연습부터 해야겠네. 먹은 거 그 자리에서 소화 다 되겠다.

"반나절 만이군. 새벽에 만나고 잠이 오지 않아 아침에 부른 거다."

"반말하지 마라. 너보다 낮은 신분 아니다. 너 반말하면 나도 말 놓는다?"

어제 그렇게 말했음에도 여전히 변함없이 날 자신보다 낮게 보는 남작을 향해 최대한 비아냥거리는 억양으로 빈정거리자, 남작은 흠칫 놀라며 고민하기 시작했다. 조금 뒤, 아무래도 나이로 볼 때 서로 반말하면 자기가 손해인 것이 뻔하니 그냥 서로 교양있게 존댓말을 하기로 마지못해 결정했다는 티가 팍팍 나는 얼굴로 다시 한 번 인사했다.

"이것참, 들어오는데 의상이 너무도 파격적이라 새벽에 귀족이라 말했었던 것 같은 기억이 사라졌습니다."

그리고 난 슬쩍 눈길을 아래로 내려 내가 입고 있는 옷을 살펴보았다. 적당히 움직이기 편한 빨간 별 무늬가 가슴에 박힌 하얀색 반소매 티셔츠와 무릎 위 15센티의 2단 레이스 쉬폰 치마. 대체 어디가 파격적이란 말인가? 날도 덥고, 혹시 검을 휘두르게 될지도 모른다는 기대감에 가장 무난하게 고른

옷인데. 게다가 현재 수도의 귀족 여학생들에게 대인기. 없어
서 못 사는 아이템이란 말이다.

"이해를 못하겠는데요?"

저쪽이 일단 경어를 쓰니 이쪽도 그동안 교육받은 투철한
내숭 정신에 임해 함께 경어를 써주었다. 그리고 내 질문에
남작은 깔보는 눈길로 내려다보며 대답했다.

"임기응변인지 그 자리를 벗어나기 위한 거짓말인지 스스
로 귀족이라 말을 해서 그런가 보다 했는데 설마 하니 그런
천한 옷차림이라니, 귀족 아가씨치고는 많이 천박한 취향인
가 보군요."

그러니까 말투로 보아 내가 귀족이란 것을 아직도 인정하
지 못한다는 소리다. 그저 마지못해 맞장구쳐 주고 있다는 느
낌. 게다가 천하다느니 천박하다느니……. 이래서 수도엔 한
번도 와보지 못한 시골 사람들은 상대하는 게 아니다. 언제인
지도 모를 옛날만 생각하고 있으니 도시에 발전이 없지.

"이것참, 수도의 유행을 모르는 사람에게 최신 유행하는
옷을 보여주면 그런 반응이 나오는군요."

"수도의 천한 시민들이 입는 유행엔 관심도 없습니다."

"남작, 이 옷 한 벌에 얼마인지 아십니까? 내로라하는 디자
이너들이 앞 다퉈 만들어 바친 옷이랍니다. 당신이 천하다 하
는 이 옷, 수도의 귀족 여학생들의 옷입니다. 그리고 선두 주
자로 네 공작가 중 두 공작 가문의 아가씨들이 특히 이 옷의

팬이고요."

물론 그중 한 명은 나, 다른 한 명은 카린이다. 내 말에 남작의 얼굴이 곤혹스러워지는 것이 훤히 보이는 게 아무래도 당황하고 혼란스러운가 보다. 자, 그럼 결정타를 날려줘 볼까.

"특히 모 공작 전하께선 자신의 공녀를 위해 이 디자인의 옷을 색 별, 종류 별로 20벌이나 선주문하신 것으로 유명하지요. 그것 때문에 다른 귀족 소녀들의 옷을 만들어줄 디자이너가 줄어서 한때 재단계에 대혼란이 불어닥쳤을 정도로 대유행인데… 그런 멋을 모르고 천박하다니, 이래서 시골을 떠나 본 적이 없는 분들은 곤란하다니까요."

이미들 짐작했겠지만 모 공작 전하란 설명할 필요도 없이 우리 집 영감탱이다. 그렇다 해도 사실을 제대로 말할 필요도 없고, 또 옷을 사서 수도에 디자이너 기근 사태를 만든 것도 사실이니 더 이상의 설명은 생략. 그냥 '호호호호호' 거리는 아가씨 웃음도 곁들여서 효과음까지 넣어주며 살살 남작의 속을 뒤집어놓는 소리를 하자 아니나 다를까, 머리끝까지 빨개진 것이 화를 삭이기 위해 안간힘을 쓰는 모습이었다.

"그렇… 습니까."

과연 로젤란 선생님의 수업은 최고였다. 이렇게 품위를 잃지 않으며 충분히 내숭 떨며 상대를 비꼬는 기술이라니. 뿌드득 이를 갈며 마지못해 대답하는 모습이 참으로 통쾌한 것은 두말할 필요도 없었다. 아, 소소하게 복수 한 번 성공. 물론 여기서 끝이 아니지. 앞으로 99번쯤은 더 이마에 핏줄 서게 만들 테니 각오하라고, 바보 남작 씨.

뭔가 좀 더 남작의 성질을 돋우어줄 만한 주제가 없을까 고민하고 있을 무렵, 남작의 시녀들이 방 안으로 들어왔다. 각자 양팔 가득 푸짐한 쟁반들을 들고 있는 것으로 보아 슬슬 요리가 나오기 시작하는 모양이었다.

저 멀리 남작의 식탁에 무엇이 놓이는지는 거리도 멀거니와 따로 신경 쓰지 않아 모르겠다만 지금 나와 루사인 앞에 차례로 놓여 있는 음식들은 적당히 나열하자면 에피타이저로 나온 훈제 연어에 간단한 수프, 그리고 일어나 팔을 뻗어야 닿을 거리에 있는 통돼지구이를 메인으로 치킨과 샐러드, 빵 등의 아침부터 먹기엔 참으로 속이 거북할 거나한 메뉴였다.

"후아. 나름대로 쇼킹. 아침부터 이걸 먹으면 속이 너무나 든든해서 탈이 날 것 같은 강력한 예감이 드는걸."

전방 5미터 앞에 자리 잡고 있는 남작은 절대 들을 수 없는 작은 목소리로 중얼거리자 루사인도 동의한다는 얼굴로 쓴웃음을 지으며 한숨을 쉬었다.

"적당히 샐러드와 빵으로 넘기세요. 아, 빵은 안 되겠군요."

"에? 왜?"

"들어오기 전부터 낌새가 좋지 않았습니다. 혹시 모르니 드레싱이 묻지 않은 생야채만 드세요. 적당히 채식주의라 얼버무리시고요."

듣고 보니 고개가 끄덕여졌다. 무엇을 꾸미는지 목적이 밝혀지지 않은 적의 소굴에 와서 어떤 물질이 들어가 있는지 모를 음식들을 입에 대는 건 아무리 어릴 때부터 여러 독을 몸에 익혀오며 면역을 기른 나라지만 꺼림칙하긴 하다. 채소라면 설마 독초는 아닐 테니 그럭저럭 안심할 수 있겠지. 물론 독을 푼 물로 닦았을 경우도 있지만 그런 거라면 엄청나게 소량일 테니 나한텐 효과 없을 테니 문제없음.

"음식이 입에 맞지 않습니까? 거의 드시질 않는군요."

조심스레 태연한 얼굴로 채소만 몇 개 가져다 먹기 시작하자 남작이 참견을 시작했다.

"원래 아침을 안 먹는 체질이라서요. 기름진 것을 먹자니 속에서 받아주질 않네요. 평소라면 자고 있을 시간이거든요. 아시죠? 귀족의 아침은 늦게 시작하잖아요."

"그렇군요. 뭐, 상관없습니다. 그런데 귀족 가문이라 했는데 어느 가문 출신이십니까? 저도 아는 가문이라면 반갑겠군요."

뭐, 어딘지 알려주면 바로 알 거다. 그러니까 넷밖에 없는 공작가 중 하나라니까. 유명하다고. 하지만 여기서 말해 버리면 나만 손해지. 지금껏 당할 대로 다 당하고 있는 대로 참았는데, 이제 와서 말했다간 그대로 짐싸고 돌아가게 될 게 뻔하잖아. 루사인은 이런 데 있어선 철저하다고.

"조용한 시골에 별장을 구해 잠시 놀러 온 거라 괜히 다른 분들께 누가 될까 걱정돼 집안은 묻어두라고 아버님께서 당부하셨습니다."

"하하하! 그거 꼭 집안이 어딘지 밝혀지면 그 주변 귀족들이 큰 난리라도 날 것 같은 어조십니다? 그만큼 작위가 높다는 겁니까?"

"뭐, 내키는 대로 생각하세요."

대답은 저리 하지만 마음속은 고개를 천 번도 더 끄덕였다. 난리나지. 공작가 외동딸이 이런 작은 시골에 납셨다는 소문 한번 퍼져 봐라. 아마 이 동네에 백 년간 방문했던 사람 다 합쳐도 내 정체 밝혀져서 구경 오는 사람들 수보다 적을 거다. 집안에 대해 함구를 내린 것이 당연한 일이지. 나도 어느 정도는 이해가 간다고 아버지의 조건. 그러니 참고 있지.

"그런데 그런 대단한 집 아가씨가 어째서 국경 최남단의 시골까지 오신 것입니까?"

말은 저리 하면서 여전히 내가 귀족일 거라는 가능성은 거의 제로에 넣고, 모든 것을 내 거짓말로 보고 자기가 질문할 때마다 난처해한다는 환상에 빠져 있는 게 분명한 남작이 조금 놀아주겠다는 태도로 물었다.

하지만 신경 쓰지 않는다. 자, 이제 본론이다. 나도 자연스럽게 내 목적에 대해 저 남작에게 어필할 때가 온 것이다. 그러니까 눈치 채지 못하게 나가는 게 중요하다.

"그게… 제가 요즘 드래곤에 대한 연구를 하고 있거든요."

내가 '드래곤'이라는 단어를 꺼내는 순간 눈빛부터 달라지는 남작을 볼 수 있었다. 뭐랄까. 상당히 놀라는 분위기. 내가 드래곤에 대해 조사한다는 게 그리도 놀랄 만한 일인가 새삼 고민하게 만들 정도의 반응이었다.

"드래곤… 이군요."

"네. 드래곤 하면 바로 이 남부이니 그 드래곤의 땅을 직접 몸으로 느껴보고 싶어 온 것입니다. 그런데 어디 불편하신가요? 안색이 좋지 않군요."

"아, 아닙니다. 귀한 댁 아가씨란 분이 하신다는 게 드래곤 조사라는 사실에 놀랐을 뿐입니다."

호오, 무언가 감추는 것이 분명한데, 저렇게 완벽하게 얼버무리는 저 반응이라니…… 설마 이 사람도 배운 것인가? 사교 내숭을? 이거 라이벌이 많은데? 조금은 위기 의식을 느껴야 할지도. 하지만 상관없다. 나는 어쨌든 내 목표를 위해 전력을 다해야 하니 다른 데 신경 쓸 여유가 없다.

"기껏 왔더니 이상한 오해만 받고. 게다가 드래곤의 생태 영역을 보려 했더니 산맥 전체가 다 출입 금지 구역이라 곤란하달까요. 이제 와선 드래곤은 말 그대로 전설, 역시 만들어진 이야긴가 싶더라고요."

물론 말은 이렇게 하지만 난 절대 드래곤의 존재를 믿고 있다. 다른 거 다 치우고 내 엄마가 드래곤이 아닌가. 하지만 이렇게 나와 줘야 저쪽도 반응이 나오는 거다.

"드래곤은 확실히 있습니다."

내 말에 조금은 발끈해서 기분 나쁘다는 얼굴로 인상을 쓰고 대답하는 남작의 모습. 이것 봐라. 역시 반응하지 않는가. 그럼 계속해서 어택 시작.

"하지만 산맥 전체라면 크라노와의 국경과도 일치하잖아요. 모든 지역이 접근 금지 구역이어서야 드래곤의 존재에 대한 증명이 되질 않지요. 출입 금지란 게 국경 때문인지, 드래곤 때문인지 알 수 없잖아요."

"드래곤의 둥지가 있는 정확한 지역을 제가 알고 있으니 믿으셔도 좋습니다. 산맥 전체가 접근 금지 구역인 것은 괜히 헤매다 드래곤의 영역으로 들어가는 일이 없도록 미연에 방지하기 위한 것이고요."

"정확한… 위치를 확실히 알고 있다고요?"

다시 한 번 남작을 향해 물었고, 남작은 고개를 끄덕였다. 나는 슬쩍 눈길을 돌려 루사인을 바라보았다. 루사인은 만족한 듯 얼굴에 살짝 미소를 띠고 이쪽 대화엔 전혀 신경 쓰지 않았다는 태도로 앞에 놓여 있던 채소를 골랐다. 하지만 그 상태로 나를 향해 칭찬하는 것은 잊지 않았다.

"참 잘하였습니다. 그 머리로 잘도 그런 말발이 나오네요. 놀라울 정도입니다. 아가씨가 되면서 머리도 바뀐 겁니까?"

"……."

이거 역시 칭찬 아니지? 아무리 들어도 좋은 뜻으로 다가오질 않는 게 심하게 거슬린단 말이야.

"어쩔까? 이대로 덮쳐서 무력으로 처리할까?"

"뭘 말입니까?"

"드래곤의 정확한 위치를 안다잖아. 순순히 안내할 것 같지는 않고, 역시 세상의 진리는 주먹으로 통하니까 몇 대 패고 아는 대로 불라고 해야지."

그리고 조금은 예상했지만 루사인은 한숨을 쉬었다.

"저 사람이 같은 귀족인 것을 잊은 겁니까?"

"뭐 어때. 저 백돼지가 지금까지, 그리고 지금도 저지르고 있는 무례한 짓만 따져도 이미 목이 수십 번은 날아갔어."

루사인의 충고를 우기기 작전으로 가볍게 넘기며 난 지금이라도 공격할 수 있다는 나의 의지를 보이기 위해 앞에 놓여 있는 나이프를 들고 흔들었다.

"둘이서 무슨 대화를 하고 계신 겁니까?"

"아무것도 아닙니다. 그냥 앞에 놓여 있는 간장 좀 달라고 했을 뿐이에요."

"생야채를… 간장 쳐서 먹습니까?"

눈치없이 대화에 끼어든 남작에게 얼버무리기 위해 대충 대답한 것이 참으로 애매한 상황을 만들어 버렸다. 옆에서 루사인이 소리없이 입 모양으로 '바보'라고 말하는 것이 훤히 보였다.

"취, 취향이거든요. 맛있어요. 해보세요."

"사양하지요."

어떻게든 이 어색한 상황을 모면하기 위해 웃으며 대답했지만 남작은 전혀 고려도 없이 거절했다. 어이, 이봐. 여린 소녀의 가슴에 못 박는 짓이라고, 그거.

"저라도 사양이지요."

옆에서 루사인이 아주 작은 목소리로 들으란 듯 중얼거리는 것이 참으로 신경 쓰이고 있었다. 그러니까 저 녀석, 늘 말하지만 '시종 주제에 왜 저리 딩딩한 거냐!! 뭐 서리 뻔뻔한 거냐고!!' 라고 외쳐 봤자 소리치는 나만 손해겠지. 뻔할 뻔 자.

일단 야채에 간장 쳐 먹는 내 새로운 식생활 문제는 둘째 치고, 지금 중요한 것은 드래곤이다. 대체 어떻게, 얼마나 잘 구슬려야 저 돼지 남작에게서 드래곤의 정확한 소재지를 얻어낼 수 있을지에 대해 고민해야 할 시간이다.

하지만 이런 내 고민을 아는지 모르는지 남작은 비록 말투는 바뀌었지만 여전히 능글맞은, 징그러운 눈초리로 나를 훑어보고 있었다. 그 시선은 내 옆의 루사인도 기가 막혀 할 정도. 남작이 지금 비록 말은 경어를 사용하지만 행동으로 봐선 여전히 날 귀족으로 생각하지 않고 귀족의 정부로 여기는 것이 분명했다.

"아직도 제가 귀족으로 보이지 않나요?"

"글쎄요. 자세한 것은 수도에서 출발했다는 아버지라는 사람이 와야 알겠죠."

네가 지금 막말하는 아버지라는 사람이 이 나라 사대공작 중 하나라니까!! 아, 정말이지, 성질 같아선 비 오는 날 털 날리게 패대기질을 하고 싶다만 참자. 참는 거다. 참는 자에게 복이 있나니.

"그럼 그건 그때 처리하기로 하고, 그렇다면 아직 제 신분이 제대로 정해진 것이 아니란 소리인데, 그 눈길은 너무 노골적이군요."

"그쪽이 귀족가 아가씨라기엔 남자들의 눈을 끄는 매력이 있어서요. 오히려 이쪽을 유혹하고 있는 느낌이랄까요."

난 주먹을 꽉 쥐었다. 아, 정말이지, 누가 누굴 유혹하고 무슨 매력이 있다는 소리야!!

막말로 따져 보자. 나 열여섯 살이야. 열여섯 살이라고!! 어리다면 새파랗게 어린 파릇파릇한 열여섯 살이라고!! 이 세계엔 청소년 보호법 같은 것도 없는 거냐!!

게다가 난 당당한 전직 남자다. 아니, 물론 지금도 정신은 남자다. 그런 내가 정신이 나가지 않고서야 다른 남자를 유혹할 리가 없잖아!! 나, 그런 데 취미 없다고!! 게다가 설령 내가 몸이 여자인 만큼 남자를 골라야 한다는 최악의 사태가 온다 해도 말이다, 나도 눈이 있다. 목에 칼이 들어와도 너는 아니야!!

"나 정말 더는 못 참겠다. 그냥 성격대로 가자. 괜히 스트레스 쌓여봤자 오래 못살아."

한숨을 쉬고 루사인을 향해 작은 목소리로 중얼거리고 자리에서 일어서려 했다. 루사인도 이미 포기했는지 더 이상 말리지 않겠다는 얼굴로 고개를 끄덕였다. 이봐, 백돼지. 너 오늘 운이 정말 없구나. 내가 일 저지를 때 그나마 방패막이가 되던 루사인마저도 돌아섰다. 각오해라.

일단 잽싸게 일어서서 녀석을 실컷 밟을 계획을 착실히 짜며 그대로 일어서려 할 때, 갑자기 문이 벌컥 열리며 누군가가 안으로 들어왔다. 그리고 물론 그 절묘한 타이밍에 난 남작에게 달려들 순간을 놓치고 말았다.

갑자기 안에 들어선 것은 남작의 시종이었다. 그는 이런 실례되는 상황에도 불구하고 전혀 아랑곳하지 않고 남작을 향해 성큼성큼 다가가 고개를 숙여 무언가 귓속말로 이야기하기 시작했다. 그리고 그 순간 남작의 표정이 바뀌었다. 정말 재수없는 얼굴. 노리고 있었던 것이 손에 들어온 것 같은 분위기였다.

남작은 손을 들어 시종을 뒤로 물러서게 했다. 그리고 그 재수없는 표정 그대로 나를 바라보았다. 아주 즐거워 미치겠다는 얼굴이 심히 부담스러웠다. 하지만 호기심이 일었다. 대체 무엇이기에 남작의 반응이 저런 것일지 궁금했다.

"이거 참, 애석하군. 미안해서 어쩌나."

갑자기 남작의 입을 통해 나오는 것은 지금까지의 경어는 완전히 다 엿 바꿔먹은 반말. 이젠 아예 형식적인 존중도 무시하기로 작정을 했구나.

"뭐가?"

"조금 전, 네 집 지하실에서 그동안 사라진 도시의 소녀들 중 세 명이 발견됐다는 연락이 들어왔다. 새벽엔 납치됐던 소녀가 마당에서 죽은 채 발견되고 아침엔 다른 소녀들의 발견이라……. 발뺌할 수 있을까?"

"에? 그게 무슨 소리야?"

도무지 영문을 알 길이 없었다. 대체 어째서 내 별장 지하실에서 소녀들이 발견되느냔 말이다. 이거 꼭 내가 소녀들의 유괴범 같은 상황이… 아니, 가만. 이거 유괴범 같은 게 아니라 나 이대로 유괴범으로 낙찰이라는 건가. 그럼? 뭐지? 뭐가 어떻게 돌아가는 거지?

"소녀들이 발견된 이상 현행범으로 체포되어야겠군. 납치의 목적과 의도를 자백받기 위해선 당연하겠지만 다소 고문도 있을 거야. 물론 내가 직접 해주겠다. 크크크크크."

아주 좋아 죽을 것 같은 얼굴. 말하는 뉘앙스가 흔히들 생각하는 일반적인 고문이 아닌 것 같은 느낌이 드는 게, 솔직히 말하자면 내 착각이었으면 좋겠다만 아무래도 착각은 아닌 것 같지?

“저 백돼지 자식, 기가 살아서. 그래, 오늘 아주 돼지 잡는 날로 결정이다.”

결국 완전히 뚜껑 열리기 직전까지 몰린 내 성질에 힘입어 자리에서 일어서 남작에게로 달려가려 했다. 하지만 그런 내 팔목을 루사인이 강하게 잡으며 저지했다.

“…에? 루사인? 왜?”

“그 머리로 더 이상의 사고는 무리인가 보군요. 사고 치지 말고 그냥 앉아 계시지요.”

“아, 왜 또 내 머리 이야기인데?”

“잔말 말고 그냥 지켜보세요.”

루사인답지 않게 인상까지 써가며 협박하는 모습에 난 놀라 그대로 자리에 앉았다. 그리고 정말 조신한 양갓집 아가씨처럼 두 손을 모아 무릎 위에 올리고 한숨을 쉬었다.

“그래, 언젠 네가 날 상전으로 생각했냐. 맘대로 해라, 맘대로.”

그리고 내가 뭐라 중얼거리든 루사인은 전혀 신경 쓰지 않고 남작을 바라보았다.

“묻고 싶은 게 있습니다.”

당당한 루사인의 질문에 남작은 살짝 움찔했다. 정체 모를 위압감 같은 것이 뿜어져 나오는 루사인의 분위기에 쫀 것 같았다.

“뭐, 뭐냐? 일반인의 말 따위, 듣지 않는다. 너 같은 것이

나설 자리가 아니다. 네 아가씨는 여기 두고 다, 당장 물러나라!"

"천만에요. 짚고 넘어갈 것이 확실히 있는데 범인이라 확정 지을 수는 없지요."

"이, 이제 와서 뭘 따지겠다고."

"지하실에서 발견되었다는 세 명의 소녀들은 지금 어디에 있습니까?"

"뭐냐? 설마 상황이 날조된 거라 생각하고 증거라도 보여달라는 거냐? 그러니까 그 소녀들은… 그러니까……"

한자한자 또박또박 발음하며 차분한 음성으로 묻는 루사인의 질문에 남작은 고개를 돌려 자신의 시종을 바라보았다. 아무래도 그쪽에게 대답을 하라는 것 같았다. 그리고 아니나 다를까, 남작의 뒤에서 허리를 꼿꼿이 세우고 서 있던 시종이 입을 열었다.

"지금 특별히 영주님의 마차에 태워 이곳으로 데려오고 있는 중입니다."

"그, 그렇다! 데려오고 있다고 하잖아! 행방불명된 소녀들이 맞다! 가족들도 있다고! 다 증인이다!!"

"그건 상관없습니다."

소녀들의 존재에 신이 나서 떠들던 남작은 여전히 사무적인 목소리로 딱 잘라 말하는 루사인의 대답에 놀라 멈칫했다. 그리고 루사인의 이어지는 말을 기다리기라도 하듯 빤히 바라보았다. 물론 나 역시 루사인이 과연 무엇을 신경 쓰는지 궁금함에 귀를 기울였다.

"오늘 우린 당신의 초대로 이곳에 왔습니다. 무언가 상당히 꾸미는 느낌이 들더군요. 그리고 우리가 이곳에 있는 사이 별장을 뒤져 그곳에서 소녀들이 나왔다며 우리 아가씨에게 혐의를 주고 있는데……."

"사실이잖아! 그 소녀들이 지금 여기로 오고 있다니까! 그 별장에서 구출된 거라고 증언해 줄 거다!!"

"별장에 있었던 것은 문제없습니다. 그곳에서 구출되었다니 사실이겠죠. 하지만 그것만 묻고 끝내겠습니까?"

"뭐, 뭘?"

남작은 멍한 표정으로 루사인을 바라보았다. 여전히 루사인의 의도를 잘 모르겠다는 얼굴. 그리고 물론 나도 모른다. 자, 좀 속 시원히 말해봐라. 그 소녀들이 뭐가 문제인데?

"과연 처음부터 별장 지하실에 있었는지, 그동안 최소 생계를 위한 식사 등은 어떻게 제공받았는지, 납치된 소녀의 수는 꽤 되는데 어째서 세 명뿐인지, 그동안 다른 소녀들과의 접촉은 없었는지 등등, 자세한 사항에 대해 하나하나 꼼꼼히 증언을 들어야 우리도 사건의 조사에 협조할 수 있을 것 같습니다."

"그… 워, 원래 귀족이 직접 진행하는 재판에 평민은 끼어들지 못한다! 증언이라 해도 최소한의 사항만 말하면 되는 것이고……."

"그렇습니까? 그럼 제대로 된 증거를 보일 때까지 이쪽은 신경 쓰지 않겠습니다. 돌아가도록 하죠."

그대로 더 이상 생각할 필요도 없다는 얼굴로 뒤돌아서서 밖으로 향하는 루사인의 뒤를 나는 엄마 따라다니는 새끼 오리마냥 쪼르르 따랐다. 등 뒤로 흥분한 남작의 외침을 들을 수 있었다.

"마음대로 할 수 있을 것 같나!! 여봐라! 다들 뭐 하느냐! 당장 저 둘을 붙잡아라!! 남자는 죽여도 좋다!! 어차피 유괴 사건의 범인들이다!!"

그리고 동시에 기다렸다는 듯 여기저기 산재해 있던 남작의 사병들이 우르르 몰려오기 시작했다. 전날 우리 집 호위병들에게 실컷 당했다지만 일단 문제의 호위병은 모두 밖에 있고 이 안에는 어린 소년과 소녀—루사인과 나—뿐이니 만만하게 보고 달려드는 행색이 훤히 보였다.

루사인과 난 동시에 검을 빼 들었다. '스르릉' 하는 날이 잘 선 검이 빠져나오는 소리가 귀를 울렸다. 수적 열세에도 불구하고 전혀 아랑곳하지 않고 오히려 편안해 보이는 얼굴로 검을 꺼내는 우리를 보며 사병들은 조금은 의아하다는 표정을 지었다. 그리고 그 순간 난 남작이 자신의 시종에게 무언가 명령을 내리는 모습을 볼 수 있었다. 물론 내 곁에 있는 루사인 역시 그런 그들을 보았다.

“이런, 생각이 짧았나.”

뜻하지 않게 루사인이 곤란해하는 목소리를 들을 수 있었다. 그리고 동시에 루사인은 사병들을 향해 달려들었다.

“세라님!”

“에?”

휙!! 서걱! 푹!

“으… 큭!”

“아악!”

갑자기 달려들어 눈결에 사병들을 하나둘 검으로 쳐가며 복도를 뚫는 루사인의 몸짓이 마치 예술과도 같았다. 사병들은 어리다고 우습게보던 소년의 엄청난 실력에 혼비백산하며 어찌할 바를 몰라 우왕좌왕 휩쓸리고 있었다. 루사인은 검을 휘두르며 나를 향해 외쳤다.

“길을 뚫겠습니다! 그대로 나가서 달리세요!”

“에? 나 혼자 빠져나가라고?”

“급합니다! 어서 가세요! 지금 남작의 시종이 달려간 것, 분명 증거를 인멸하기 위한 것입니다! 소녀들이 지하실에서 나온 것을 본 사람들은 많겠죠! 그러니 그대로 소녀들이 죽거나 사라지면 어째서 그 소녀들이 지하실에 있었는지에 대해선 알 길이 없어지니까요!!”

루사인이 외치는 것을 듣고 나서야 지금의 상황을 이해할 수 있었다. 그러니까 저쪽보다 먼저 소녀들을 확보하라 이거로군. 그동안 루사인은 내 서포트를 하겠다는 거고. 내가 무사히 빠져나가면 녀석 혼자 이 정도는 가볍게 통과할 수 있겠지. 그러니까 지금 중요한 것은 최대한 빨리, 신속하게란 사실.

"좋아. 뒤를 부탁하지. 최대한 막고, 합류한다."

"아니요. 전 이곳을 조사하겠습니다. 일이 부자연스러운 게 아무래도 이곳에도 숨겨진 무언가가 있을 것 같거든요."

"허락한다. 혹시 모를 불상사 같은 것은 나와 우리 가문의 이름으로 처리해 주지. 마음껏 움직이도록."

"그거 감사한 말씀이군요."

그리고 난 그대로 루사인이 뚫어준 길을 향해 달렸다. 그런 나를 틈틈이 막겠다고, 혹은 여자니 만만해 보인다고 달려드는 사병들이 있었지만 '뭐가 지나갔냐?' 라고 묻고 싶을 정도로 순식간에 바닥을 구르는 신세가 되었다. 물론 쓰러뜨린 것은 바로 나, 그리고 나의 검.

"지금부터 이 길은 통행 금지다."

복도를 뚫고 뒤도 돌아보지 않고 달릴 때 얼핏 루사인의 목소리가 들렸다. 어이, 어이, 그거 모 만화에 나오는 모 국왕님의 유명 대사잖아. '저작권이 위험해진다고!' 라고 외치지만 이미 늦었나? 그냥 패러디로 넘어가자, 패러디로.

Chapter 10
검은 망토의 남자, 작은 의심

복도를 달려 아래층으로 향할 때, 난 갑자기 느껴지는 살기에 흠칫 놀라며 최대한 몸의 방향을 틀었다.

휘익!

그 순간 아슬아슬하게 내 앞을 스쳐 지나가는 검 한 자루를 볼 수 있었다. 이거 정말 까딱 잘못했으면 그대로 꼬치 신세가 되어버릴 뻔했다.

"거기 누구냐?!"

분명 남작의 사병은 아니다. 그들 중 이렇게 내게 위협적인 살기를, 그리고 실력을 보여줄 만한 사람은 단 한 명도 없었다. 검을 세우고 검이 날아왔던 방향을 노려보며 소리치자,

스윽, 하고 천이 쓸리는 소리와 함께 누군가 모습을 드러냈다.

난 눈을 동그랗게 떴다. 정말 생각지도 못한 사람, 아니, 생각하려 했다면 충분히 떠올렸겠지만 무의식중에 무시하고 있었던 깃이 분명한 존재가 내 눈앞에 나타났다.

얼굴 전체를 가리는 커다란 후드가 인상적인 검은색 망토를 뒤집어쓴 남자. 저 체격, 저 분위기. 더 고민하지 않아도 그자가 누구인지 충분히 알 수 있었다. 몇 달 전 수도에서 벌어진 아가씨들 납치 사건의 주범. 검은 망토의 그 자식, 레키아가 분명했다.

"이거, 생각지도 못한 우연이군. 설마 공녀를 이곳에서 만날 줄이야."

쇠를 긁는 것 같은 낮은 목소리는 여전했다. 그래, 나도 정말 놀랍다. 어떻게 몇 달 전 수도에서 본 너를 이런 최남단에서 또 봐야 하는 거냐. 그것도 좋지도 않은 인연인데 말이다.

"뭐어, 피차 마주쳐서 좋을 것 없는 인연이니… 그대로 죽어!"

이미 말하는 중간에 온몸을 날려 레키아를 향해 달려들었다.

키르라이안에서 세라가 된 후로 팔다리 길이의 변화로 검의 간격은 줄었지만 대신 그만큼 몸이 가벼워져서 그 핸디캡을 커버할 만큼의 스피드를 손에 넣었다. 회심의 미소를 지으며 절대 통할 수밖에 없는 기습이라 생각하며 녀석을 향해 달려든 난 아무것도 없이 허무하게 허공을 가르는 내 검의 감촉에 화들짝 놀랐다. 레키아는 어느새 저 멀리 떨어져 있었다.

"마, 말도 안 돼! 설마 내가 늦었단 말이야?!"

경악하며 소리치자 더욱 거리를 벌린 녀석이 웃으며 대답했다.

"그리 실망하지 않아도 좋다, 공녀. 어차피 난 처음부터 싸울 생각도 없었고, 네가 기습하기 전에 이미 이쪽으로 달리기 시작했으니까. 이곳 시종이 남작의 명령이라며 임무를 하나 가져와서 그걸 해주러 가야 하거든. 이래 봬도 시간에 쫓기는 몸이란 거지. 오래간만에 만나 여전한 모습을 보니 반가웠다. 그럼 작별의 인사나 해볼까."

녀석은 그대로 달려 남작의 저택을 나갔다. 나 역시 있는 힘껏 달려 녀석의 뒤를 쫓았지만 다리 길이의 차이는 역시 극복할 수 없었다.

"아, 잠깐. 시종이 가져온 영주의 임무라고? 저 자식, 이번에도 에페트리아 귀족과 손잡은 것인가?"

수도에서 실패했으니 지방부터 공략하겠다는 건지 뭔지. 대체 이 남부까지 와서 수도에서 했던 것과 똑같은 짓을 또 해대는 게 무슨 의미가 있단 말인가. 저 자식, 분명 크라노의 사람이 분명한데, 크라노가 이런 짓을 해서 얻을 게 무엇인지 정말 궁금했다.

그리고 그 순간 내 머릿속을 스쳐 가는 사건이 하나 있었다. 레키아는 분명 시종이 가져온 영주의 임무라 했다. 게다가 시간이 없다고? 지금 그런 거라면 단 하나밖에 없잖아! 이곳으로 이송되고 있는 소녀들의 처리를 명령받은 거다!! 녀석이라면 진짜 위험하다. 한 치의 고려도 없이 그 자리에서 전원 사살도 저지를 녀석이란 말이다!!

"이대로 그 소녀들을 놈에게 뺏기면 일 복잡해진다고. 이러고 있을 때가 아냐. 좀 더 서둘러야 해!"

옷이 여름용 평상복이라 다행이었다. 괜히 격식 차린다고 레이스 치렁치렁 휘날리는 원피스 같은 거 입고 왔더라면 진짜 눈앞이 캄캄해질 정도로 견적 안 나오는 상황과 맞대면하고 있었을 것이다. 절대 100% 장담한다.

뭐, 어쨌든 지금 급한 건 소녀들이다. 마당에서 한가로이 풀 뜯고 있는 마차 끄는 말이라도 끌어내서 달려야 한다!!

내가 저택에서 나오자 그제야 이상 사태를 눈치 챈 호위병들이 잽싸게 마차에서 분리시켜 준비해 준 말을 집어타고 난 호위병들을 향해 외쳤다.

"혹시 모르니 한 명만 따라오고 나머지는 이곳에 남아서 루사인을 도와!!"

그리고 날 따라올 누군가가 준비할 틈도 주지 않고 혼자 말의 고삐를 당겨 달리기 시작했다. 조금 늦긴 했지만 그 망토 자식이 완전히 일을 치르기까지는 시간이 좀 있다. 모두 다 구하긴 어렵겠지만 적어도 한둘은 살아남았을 거라는 실낱같은 희망을 가지고 난 전속력으로 달렸다.

도시를 가로질러 교외로 나가고, 내 별장으로 향하는 길을 달리고 있을 때, 맞은편에서 전속력으로 달려오는 갈색 말을 볼 수 있었다. 그리고 말의 위엔 검은 망토의 녀석이 타고 있었다.

"뭐, 뭐야!! 레키아?!"

이히히히히힝!!

먼저 달려나간 녀석이 되돌아오는 모습에 완전히 허를 찔려 말고삐를 당겨 급히 세웠지만 전속력으로 달리던 말이 바로 서기란 불가능했다. 그리고 녀석은 이런 나를 봤음에도 전혀 동요하지 않고 그대로 말을 몰아 순식간에 나를 지나쳐 갔다. 나는 겨우 말을 멈추고 뒤돌아서 이젠 제법 멀어진 녀석의 뒷모습을 보며 중얼거렸다.

"설마 벌써 증인들을 다 처리한 거야? 말도 안 돼!!"

완전히 허탈해진 얼굴로 녀석의 사라져 가는 등 뒤를 바라보던 난 문득 따라오라고 했던 호위병을 떠올렸다. 내가 먼저 서둘렀기에 거리 차는 있지만 그런 만큼 망토 놈과 마주치는 시간도 늦을 것이다. 난 심호흡을 하고 있는 힘껏 소리쳤다.

"오던 길 멈추고 그 망토 자식부터 잡아!! 난 신경 쓰지 말고!! 명령이다!!"

녀석이 내 소리를 들었는지 듣지 않았는지는 신경 쓰지 않았다. 설마 생각보다 더 뒤쳐져서 내 목소리를 듣지 못했더라도 적당히 눈치 봐서 녀석이 달려오고 있으면 알아서 행동하

리라 믿고, 난 역시 처음 목표로 하던 소녀들을 태우고 오던
마차를 따라 다시 말을 달렸다.

　얼마 달리지 않아 이쪽으로 길을 따라 달리고 있는 문제의
마차를 발견할 수 있었다. 그리고 내 눈은 다시 한 번 놀라움
에 가득 차 크게 떠졌다. 레키아에 의해 전멸했을 거라고 생
각한 마차는 움직이고 있었다. 그리고 그 마차를 끌고 있는
사람은 앞서 달려간 자와는 다른 또 다른 검은 망토를 둘러쓴
사람이었다.

　나보다는 크지만 그래도 보통 성인 남자보다는 조금 작은
체구의 검은 망토는 확실히 레키아는 아니었다. 이 다른 검은
망토는 내가 말을 타고 달려오는 것을 보고 당황했고, 나를
피하기 위해서인지 마차의 방향을 바꾸기 위해 말의 고삐를
마구 당기고 있었다.

　"거기 서!! 어딜 도망가려고!!"

　완전히 마차의 방향을 바꿔 전속력으로 달리는 녀석을 따
라가며 난 있는 힘껏 소리 질렀다. 물론 이렇게 소리 지른다
해서 마차를 멈출 리가 없고, 전혀 아랑곳하지 않고, 아니, 오
히려 더욱 속도를 내며 마차가 달릴 때 마차 안에서 창밖으로
누군가가 머리를 내밀었다.

　"갑자기 또 무슨 일이야?"

　마차의 작은 창문으로 고개를 밀며 중얼거리는 것은 꽤나
예쁘장하게 생긴 금발의 아가씨. 20대 초, 중반으로 보이는,

얼핏 봐도 지금까지 내가 만나본 사람 중 손에 꼽히게 예쁜
여자였다.

"당신 누군데?"

말의 속도를 높여 달리는 마차에 가깝게 다가가 여자를 향
해 물었다. 그러자 금발 여자는 나를 향해 눈길을 돌렸고, 나
를 보며 조금 놀라는 얼굴이 되었다.

"넌 누구?"

"내가 먼저 물었잖아. 이 마차, 리진 남작의 마차 아니야?
우리 집 지하실에서 발견된 소녀 셋이 타고 있을 거라고 들었
는데."

"아마 우리가 그 세 소녀가 맞을 거야. 이 안에 더 있어, 나
머지 두 명이."

난 조금 당황하며 금발의 여자를 뚫어지게 바라보았다. 도
시라 해도 작은 시골 마을 수준이었다. 그런 작은 곳에 살다
가 납치니 뭐니 큰 사건에 휘말렸다 구출이 된 것일 텐데 보
통은 놀라서 어찌할 바를 몰라 일단 겁부터 먹고 있을 게 당
연하다. 하지만 눈앞의 여자는 상당히 침착했다.

"용케도 살아 있었네. 다 죽은 줄 알았는데."

"음? 뭐야? 죽길 바란 거였어?"

"아니, 당신들을 구하러 온 건데 중간에 일이 꼬여서 늦은
줄 알았거든. 그런데 당신, 내가 듣기론 소녀들이라고 하던데
아무리 봐도 소녀치고는 나이가 있잖아? 20대를 소녀라 부르

기엔 무리라고."

눈앞에서 나를 빤히 바라보고 있는 이 금발 아가씨의 눈길이 심하게 거슬리던 난 실례란 것을 뻔히 알면서 대놓고 말했다. 하지만 저쪽은 그런 것은 전혀 신경 쓰지 않는다는 얼굴로 그냥 고개를 갸웃거릴 뿐이었다.

"그러게. 어쩌다 내가 소녀의 분류에 들어갔을까. 이 안에 있는 나머지 둘은 너랑 비슷한 나이가 확실한데."

뭐랄까, 루사인만큼이나 농담이 통하질 않는 여자였다. 그러니까 이런 사람은 그냥 상대하지 않는 것이 이득. 괜히 복수하겠다고 몇 마디 더 꺼내다 보면 본전도 못 찾는다.

"뭐, 나이는 둘째 치고."

"네가 먼저 꺼낸 말이잖아."

"아, 패스! 생략! 이제 신경 안 써! 지금 더 중요한 문제가 있잖아!! 저 앞에 저 망토, 정체가 뭐야? 왜 저 검은 망토가 이 마차를 몰고 있는 거야?"

나만큼이나 사태 파악에 대책이 안 서는 이 아가씨를 무시하고 일단 중요한 사항부터 묻자, 금발의 여자는 잠시 생각하는 척 고개도 갸웃거리고 눈동자도 굴려보며 전속력으로 달리느라 심하게 흔들리는 마차 안에서 팔도 괴어보고 하더니 드디어 기억해 낸 듯 손뼉을 치며 나를 바라보았다.

"아, 영주의 부하인 것 같은 사람이 마차를 몰고 있었는데, 중간에 갑자기 나타나선 마부를 몰아내고 마차를 차지했어."

태연한 얼굴로 별 신경 쓸 일 아니라는 듯 수줍은 미소까지 띠는 이 아가씨의 만행에 난 그야말로 기가 막혀 입을 다물질 못했다.

"야, 이 견적 안 나오는 아가씨야!! 그런 건 미리 말해야 할 거 아냐!!"

물론 당연하겠지만 대추격전을 벌이며 이 금발 아가씨와 조곤조곤 담화를 나눈 나에 대해선 전혀 고려하지 않았다.

자, 그러니까 앞에 앉아 마차를 몰고 있는 저 검은 망토는 확실히 중간에 끼어든 불청객이라 이거다. 뭐, 어차피 처음부터 알고 있던 사실이지만 새삼 직접 들으니 또 느낌이 다르다고나 할까. 아무리 생각해도 일단 마차를 멈추고 저 녀석을 붙잡는 게 지금 내가 할 수 있는 최선의 방법이었다.

"마차, 흔들릴 거야. 뒤집힐지도 모르니까 어쨌든 꽉 잡아!! 안에 소녀들한테도 전하고!!"

"헤에?"

얼굴 가득 호기심을 띠우며 나를 바라보는 금발 아가씨를 무시하고 난 마차 안의 여자들이 무언가 잡을 틈을 잠시 주기 위해 숫자를 5까지 센 후 마차의 앞쪽 모서리, 그러니까 검은 망토가 있는 쪽을 노려보고 그대로 폭파시켰다.

콰앙!

크게 폭발하는 소리와 함께 마차의 한쪽 모서리가 완전히 날아갔다. 소리에 민감한 말들이 경악하며 달리던 것을 멈추었고, 마차는 달리던 관성과 폭발력, 그리고 말들의 폭주에 힘입어 미친 듯이 흔들렸다.

"꺄아아악!!"

"꺄앗!"

마차 안에서 소녀들의 비명이 삐져 나왔지만 난 전혀 신경 쓰지 않고 검은 망토가 있는 마부석으로 향했다.

조심스레 마차의 앞으로 다가가자 당연하겠지만 검은 망토의 녀석을 쉽게 발견할 수 있었다. 하지만 조금 의외인 것이, 그쪽은 내가 마법을 쓸 것을 미리 예상했는지 그 혼란 속에 말고삐를 세게 쥐고 침착하게 버티고 있었다.

"와, 그 망토 놈의 일반적인 졸개인 줄 알았는데 생각보다 거물인가? 아니면 레키아한테 내 마법에 대해 들은 거야? 조금 놀랍네."

약간의 빈정거림이 섞인 감탄을 하며 난 그대로 검을 빼어 들고 녀석의 다리를 향해 내질렀다. 아직도 흔들리는 마차에 버티고 있는 상태론 다리를 움직이기가 제일 어려울뿐더러, 녀석이 도주하지 못하게 사로잡기 위해서도 먼저 다리를 공격해야 할 필요성이 있었다. 하지만 녀석은 생각 외로 재빨리 몸을 움직여 내 칼을 피했다.

그리곤 그대로 몸을 날려 달리는 마차에서 굴러 내렸다. 난 그런 녀석을 보며 말의 방향을 바꿔 녀석을 향했다.

"제법이네."

이번엔 진짜 진심으로 녀석의 재빠른 몸놀림에 감탄했다. 하지만 감동의 시간은 잠시, 말에서 내려서며 관성에 의해 구르던 것을 멈추고 자리를 잡으려는 녀석을 향해 검을 내려치자 녀석은 옆으로 몸을 틀며 피했다.

휙! 샤악!

검의 방향을 바꿔 내 검을 아슬아슬하게 피한 녀석의 몸뚱이를 향해 팔을 길게 뻗어 찌르기를 시도했고, 결국 검은 망토 놈도 검을 꺼내 들어 찔러 들어오는 내 검을 쳐내며 각도를 바꿨다.

"뭐야? 본격적으로 검을 꺼낸 건가? 그거 검은 자신있다는 거?"

여자가 되어 좋은 점이 있다면 상대하는 자들이 나를 우습게보고 공격해 들어온다는 것이었다. 덕분에 좀 더 손쉽게 일을 해결할 수 있다는 장점이랄까? 물론 내 실력이 웬만한 사람보단 월등히 좋다는 것도 있지만, 어쨌든 더욱 편해졌다는 건 사실이다. 녀석 역시 여자라는 내 겉모습에 조금은 얕보고 있기에 이렇게 대놓고 검을 꺼내 들었을 게 당연했다.

"그럼 계속 막아보시지!!"

비웃음을 담아 소리치고 녀석을 향해 계속해서 검을 휘두르며 공격해 들어갔다. 안에서, 밖에서 내 모든 실력을 담아 재빠르게 검의 방향과 각도를 바꿔가며 현란하게 찌르며, 휘두르며, 검을 움직였고, 솔직히 말해 승부는 순식간에 날 거라 예상했다.

하지만 검을 휘두르면 휘두를수록 난 점차 알 수 없는 당혹감에 감싸이기 시작했다. 쉽게 끝낼 상대라 생각했는데 의외로 실력이 좋은 녀석이었다. 웬만한 기사라 해도 내 검을 열 번 이상 받아치는 사람은 같은 실버 나이트 외엔 그리 많지 않다. 그런데 지금 이 검은 망토의 녀석은 내 검에 결코 주눅 드는 일 없이 전혀 망설이지 않고 당당하게 검으로 맞섰다. 혹시나 이 녀석이 레키아가 아닐까 고민도 했지만, 레키아와는 완벽하게 체격이 달랐다. 혹시라도 망토로 체격을 바꿀 수 있을지 모른다 하지만 움직이는 느낌부터 달랐다. 확실히 다른 인물이었다.

검을 부딪치면 부딪칠수록 계속해서 나를 불안하게 하는 느낌이 있었다.

이 검, 이 검의 느낌, 내 검을 받아치는 힘, 그리고 그 타이밍, 또한 순간순간 몸의 움직임까지. 무척이나 낯익은 느낌이었다. 그리고 난 그 느낌의 정체까지 알고 있었다. 결코 잊을 수 없는 검이다. 기억하지 않을 수 없는 검이었다.

지금까지 수천, 수만 번을 마주쳐 온 검. 이 검은 프리츠와 너무나 비슷했다. 아니, 똑같았다. 함께 검을 시작하고 같이 배워온 친구. 프리츠와 연습하며 지낸 시간이 햇수로 10년이 넘었다. 내가 녀석의 검을 알아보지 못할 리가 없었다. 이것은 분명 프리츠의 검이었다.

그러고 보니 한 가지 생각나는 게 있었다. 이 망토 녀석, 지금까지 내 앞에서 단 한마디도 꺼낸 적이 없었다. 의도적으로 목소리를 감추려 하는 것이 아닌 이상 이렇게까지 한마디도 내뱉지 않을 이유가 없었다.

"너, 정체가 뭐야? 대체 누구야!!"

검을 크게 휘둘러서 녀석을 향해 내려치자 예상했다는 듯 노리고 있는 곳에 당연하게 녀석의 검이 들어오며 내 검을 막았다. 그리고 그 순간 녀석을 노려보며 내 마법의 힘을 폭발시켰다. 하지만 녀석은 역시나 예상하고 있었는지 내 검을 강하게 밀며 순식간에 몸을 움직여 폭발의 범위에서 벗어났다.

물론 나 역시 녀석이 그렇게 움직일 것을 어느 정도는 예상했고, 검을 쥐고 있는 팔에 힘을 주어 녀석을 향해 다시 한 번 검을 날렸다. 하지만 망토 녀석이 바로 몸을 날려 내게 달려들었고, 갑작스러운 기습에 난 조금 당황했다. 그리고 녀석은 검을 쥐고 있는 내 팔목을 잡았고, 힘을 주어 강하게 쥐었다.

"아, 윽!!"

도무지 녀석의 힘을 당해낼 길이 없었다. 당연하다면 당연한 결과였다. 생각해 보면 내가 남자였을 때, 프리츠와 내 실력은 막상막하였다. 그런 것을 이젠 몸집이 작은, 즉 공격할 수 있는 팔다리의 길이가 작아진데다 근력 역시 전보다는 약해졌다. 물리적인 공격력이 현저하게 줄어든 것이었다.

녀석이 프리츠라 가정할 때, 내 약점과 버릇을 빤히 다 아는 녀석과 오랜 시간 겨루는 것은 심하게 내 쪽이 손해였다.

"이, 이거 놔!!"

붙잡힌 팔목이 저려오며 통증을 호소하자 난 녀석을 향해 소리쳤다. 그리고 다시 녀석을 노려보며 마법의 힘을 발동시켰다. 졸지에 눈떠보니 여자가 되어 몸싸움은 좀 불리하게 됐다지만 대신에 내겐 마법이란 게 생겼다. 그렇게까지 불리한 상황은 아니란 것이다.

날 쥐고 있는 손을 노리자니 내 팔에까지 불똥이 튈 것 같고, 일단은 내게서 좀 거리가 있는 녀석의 몸통을 향해 폭발을 일으키려는 순간, 정말 내 타이밍을 완전히 파악하고 있는지 바로 내 손을 놓으며 힘차게 날 밀어버리는 녀석이었다.

펴엉!

허공에 작렬하는 폭발. 아무것도 없는 데서 터진 폭발이라지만 녀석에게 밀리며 그 반동으로 생각보다 위력이 셌던 덕에 나와 녀석의 사이엔 미세한 폭발 연기와 먼지가 자리 잡게 되었다. 물론 앞이 보이지 않을 정도는 아니었지만 녀석에게 밀려 완전히 주저 앉아버린 나로선 심하게 난감한 상황이 아닐 수 없었다.

"제길, 당했다."

그 상태로 최대한 몸을 데구루루 굴리며 현장에서 벗어나기 위해 안간힘을 썼다. 완전히 녀석의 페이스다. 녀석의 타이밍에 넘어가 버렸다. 이 상태라면 언제 다시 공격받을지 모르고, 그땐 정말 목숨을 걸어야 했다. 이럴 줄 알았으면 호위를 몇 명 더 데려오는 건데.

나답지 않게 후회를 하며 잽싸게 자리에서 일어나 어디서 날아올지 모르는 녀석의 공격에 대비하던 난 무언가 이상한 느낌에 정신을 제대로 차리고 주위를 둘러보았다.

"어라?"

이상했다. 주변에, 내 간격 안에 녀석의 낌새가 전혀 없었다. 바로 그때, 조금 떨어진 곳에서 말 달리는 소리가 들렸다. 나도 모르게 자연히 시선이 그곳을 향한 것은 말할 필요도 없었고, 말을 달리는 존재를 보고 나서야 난 그야말로 허탈감에 빠져 버렸다.

"완전히 당해 버렸네."

나와 검을 마주하던 그 녀석은 내가 괜히 쫄아서 데굴데굴 땅바닥을 구르고 있을 때, 녀석은 내가 타고 달려온 말을 끌어내 달리기 시작한 것이다. 완전히 뻘짓 했다. 녀석은 이미 달리고 있는데 난 혼자서 신나서 바닥과 데이트했으니. 녀석이 진짜 프리츠라면 이건 두고두고 놀림 받을 일이다.

"녀석이 진짜 프리츠라면 말이지."

이젠 점으로밖에 보이지 않는 검은 망토 녀석의 뒷모습을 보며 난 낮은 목소리로 중얼거렸다. 그렇다. 마음 한구석에선 아직도 여전히 프리츠와 녀석의 상관관계를 부정하고 있었다.

멍하니 서서 힘없이 들고 있던 검을 검집에 넣고 있을 때 말

들의 폭주로 여기저기 꽤나 너덜너덜해진 마차 안에서 문제의
세 소녀가 나왔다. 아니, 정정. 두 소녀와 한 아가씨가 나왔다.

소녀 둘은 상당히 초췌한 모습이었다. 입고 있는 옷도 며칠
을 못 갈아입었는지 지저분했고, 상당히 겁에 질린 얼굴이었
다. 건드리면 금방이라도 울음을 터뜨릴 것 같은 위태로운 상
황이랄까.

그에 반해 마차에서 나와 대화를 나누었던 이 금발 아가씨
는 너무나도 당당했다. 아니, 정확히 말하자면 무신경했다.
다른 소녀들이 저 상태인데 같이 구출된 이 아가씨는 뭐가 이
리도 다른 거냐.

게다가 두 소녀의 옷차림이 일반 시민의 그것이라면 이 아
가씨는 어딘가 달랐다. 고급스러운 드레스 같은 게 요즘 귀족
들이 즐겨 입는 옷은 아니었지만 왠지 모르게 고풍스러운 멋
이 흘렀다. 실크로 된 옷이 자연스레 몸을 감싸고 있는 모습
이 어딘지 기품있어 보이기까지 했다.

"이봐, 당신. 진짜 누구야?"

"네 집 지하실에서 구출된 삼 인 중 한 명이라니까. 나도
묻고 싶은데 너야말로 누구니?"

"내가 먼저 물었다니까."

"대답했잖아. 구출된 삼 인 중 한 명."

도무지 끝이 보이질 않는 대화였다. 어딘지 모르게 핀트가
살짝 빗겨 나간 느낌. 작정하고 뺀질뺀질 대답을 회피하고 있

는 게 분명하게 보였다. 그러고 보니 생각났다. 어딘지 익숙한 저 뺀질거림이라니, 이거 완전 여자판 루사인 아닌가!!

그렇다면 포기다. 난 루사인한텐 무지하게 약하다고.

"뭐, 좋아. 넘어가지. 지금은 더 중요한 게 있으니까. 하나만 묻겠어. 당신들, 내 별장에서 구출된 거라는데 처음부터 내 별장 지하실에 있었던 거야? 정말로?"

이 정도라면 더 이상 뺀질거리지 않고 대답할 것이라는 확신을 가지고 눈을 똑바로 뜨고 금발 여자판 루사인을 올려다보자 이 여자는 이번에도 고개를 저었다.

"글쎄, 난 잘 생각이 안 나서. 저기 떨고 있는 둘한테 물어봐."

정말이지, 끝까지 성질 돋우는 여자다. 성격 같아선 확 폭력부터 나간 다음에 제대로 불라고 윽박지르겠다만, 뭐랄까, 여자에게서 느껴지는 왠지 모를 박력이 날 조심스럽게 만들고 있었다. 그리하여 내 선택은 그녀가 말하는 대로 다른 소녀들에게 묻는 것이었다.

"저, 잘 모르겠는데요. 처음에 밤에 집에 돌아가다가 정신을 잃었어요. 그리고 사방이 어두운 어딘가에 들어갔는데 또 정신을 잃고, 눈을 떠보니 여전히 어두운 곳이었는데… 조금 달랐어요."

"네, 맞아요. 옮겨졌어요. 처음의 그곳이 아니었어요."

두 소녀가 기억을 더듬으며 대답했다. 그러니까 처음부터 우리 집 지하실은 아니었다는 거다.

"그게 정확히 언제인 것 같아?"

내 질문에 소녀들은 열심히 눈동자를 굴리며 고민했다.

"아마 반나절도 채 안 됐을 거예요."

"아, 메이리, 그러니까 야채 집 아이를 먼저 데려가고 그 아이가 나가고 바로 정신을 잃었어요. 저녁밥을 먹고 나서도 한참 지난 시간이었으니까 새벽이었어요."

야채 집 소녀라면 생각나는 게 하나 있다. 새벽녘에 우리 집 마당에 피 뿌리고 쓰러진 시체의 이름이 메이리였던가? 그러고 보니 그 시체, 잘 치웠나? 돼지 남작 놈이 아침부터 서두르느라고 부모한테 찾아줄 시간이 없었던 것 같은데. 세린이 해놨으려나.

이미 머릿속엔 사건 해결에 대한 것은 떠난 지 오래. 단지 걱정되는 건 우리 집 앞마당이었다. 역시 난 상당히 개인주의적 성향이 강한 모양이다. 자, 그럼 그 개인주의 사상을 위해 남작이 내게 뒤집어씌우려는 죄명을 벗도록 노력해 볼까.

"흐음, 그러니까 우리 집 마당에 쓰러진 그 소녀가 먼저 나갔고, 쟤들은 그 다음에 뭐 먹고 쓰러졌다 이건데……."

"네? 저, 아가씨? 그게 무슨 소린가요?"

"응?"

사건에 대해 나름대로 열심히 추리를 하려 할 때 소녀들이 겁에 질린 얼굴로 나를 바라보며 물었다. 그리고 나야 당연히 그녀들이 무엇 때문에 그러는지 알 길이 없었다.

"메이리가 쓰러졌나요? 괜찮은 건가요?"

"설마 무슨 일이라도 있는 건 아니죠?"

뭐랄까, 밥 달라는 강아지처럼 애처로운 눈빛으로 나를 바라보며 묻는다지만, 그 소녀, 솔직히 죽었는걸. 하지만 이 자리에서 사실대로 말한다면 저 눈빛 공격이 더욱 강렬해질 것 같고. 나 키르라이안 세라 일렉트리아, 내 인생에 이런저런 난관이 많았지만 지금 이 순간도 순탄하다고는 볼 수 없는 상황이 되어버렸다.

"아, 저, 뭐… 난 잘 모르고, 우리 집 시종이 알 거야."

고개를 돌리고 눈길을 피하며 성의없이 대답했다. 누가 봐도 내가 대답을 피하고 있다는 것을 빤히 알 수 있는 반응이었지만 이 순진한 소녀들은 그런 내 말에도 감사해하며 안심했다. 그러니까 더욱 뭔가 곤란하다. 나, 의외로 순진한 시골 소녀들의 눈빛 공격에 약했구나. 새삼 깨달았네.

"뭐, 그러니까, 처음부터 우리 집에 있었던 것은 아니었지? 처음에 납치됐을 때 어디 있었는지는 전혀 모르고? 예를 들어, 남작네라거나 영주네라거나, 리진 남작네 저택이라거나."

아주 구체적인 예시를 들어 보이며 물었지만 소녀들은 여전히 모르겠다는 얼굴로 고개를 갸웃거렸다. 글렀군. 혹시 쉽게 갈 수 있나 기대 좀 했건만.

"하아, 뭐, 할 수 없지. 어쨌든 그대로 증언해 줘. 이런 시골까지 와서 이상한 범죄에 휘말리고 싶지 않으니까.”

솔직히 내가 범인으로 지목당한다 하더라도 실버 나이트의 면죄부를 가진 이상 그리 큰 문제가 될 건 없다. 단지 우리 가문이 상당히 구설수에 오를 뿐. 키르라이안 때도 거의 집안을 말아먹었는데 그 쌍둥이라고 알려진 나까지 문제 생기면 그야말로 크로스 카운터. 완전 낙찰. 변명의 여지가 없어지는 거다.

그러니까 사건 말고 집안의 교육 문제에. 뭐, 솔직히 가정 교육 자체도 폐하가 감탄할 정도의 막 키우자였으니 따지고 보면 큰 문제는 아닌 건가.

그저 몇 번씩 당부하며 강조하고 또 강조해서 확신을 얻어낸 후, 여러모로 몰골이 많이 아닌 마차를 정비해 다시 리진 남작의 저택으로 행할 뿐이었다.

물론 마부는 그제야 달려온 우리 집 호위병 녀석. 행색으로 보아 내가 뒤쫓으라던 레키아 녀석은 놓친 모양이었다. 하지만 녀석이 갈 곳이라면 짐작 간다. 어차피 리진 남작의 저택이겠지. 한번에 잡아주겠다고.

그리고 무엇보다 중요한 것. 또 다른 검은 망토를 두른 자의 정체가 아직 남아 있었다. 나는 주로 내 감각을 믿는 편이다. 솔직히 머리는 여러모로 믿을 만한 구석이 없다. 그래서 몸으로 때우는 체질. 그런 내 온몸이 그 망토 녀석의 정체를 말하고 있었다.

녀석은… 프리츠라고.

고민해야 할 것들이 늘었다. 몸의 피가 모두 빠져나가 죽은 소녀들, 수도의 그 사건 때 만난 검은 망토와 리진 남작과의 관계, 그리고 그들이 노리는 것, 마지막으로 그들과 프리츠의 관계, 프리츠가 연결되어 있다면 떠오르는 것은 그 남자, 거스틴 남작가의 둘째 아들.

다시 머리가 복잡해졌다. 뭔가 단서들은 모아놓은 것 같은데 뭐 이리 알 수 없는 것 투성이인지 모르겠다. 어떻게 하나같이 다들 연결이 될 듯하면서 또 전혀 다른 것 같은, 완전 작정하고 내 머리를 폭파시키려고 하는 기분이었다.

그리고 난 결론을 내렸다. 역시 생각하는 것은 내 몫이 아니다. 난 그냥 단서만 제공할 뿐 생각은 머리 좋은 루사인이나 시켜야지. 암, 암, 내가 왜 사서 고생을 할까. 그러니까 우선은 이 소녀들을 데리고 가는 것 이상으로 루사인을 만나야 할 목적이 생겼다.

"어서 출발해. 시간 없어. 레키아 놈이 되돌아갔으니 루사인 쪽이 어찌 될지 모른다고."

"예, 세라님."

늦게 온 주제에 참으로 우렁차게 대답하며 호위병은 마차를 달리기 시작했다.

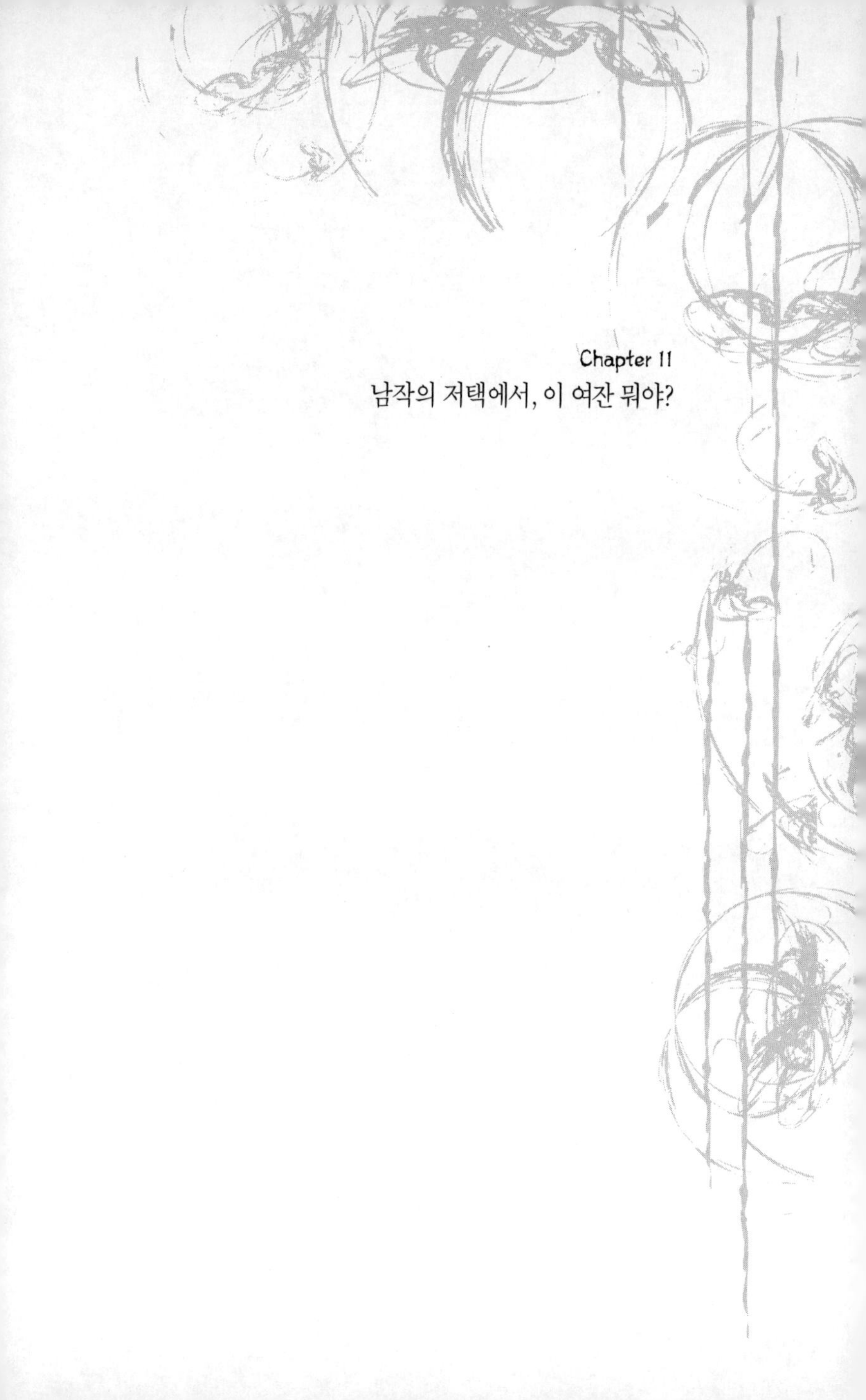

Chapter 11
남작의 저택에서, 이 여잔 뭐야?

달리는 마차 안에서 난 마음이 급해져 계속해서 창밖을 바라보았다. 이 호위병이란 놈이 호위보다는 마부가 체질인지 정말 안정적이면서도 전속력으로 달리는 덕분에 마차는 꽤나 속도감있게 달리고 있었다.

하지만 머릿속이 복잡한 데다 이제야 혼자 두고 온 루사인이 걱정되기 시작하여 마차가 최대한 빨리 달리고 있다는 것을 알고 있음에도 심하게 조바심이 나고 있었다. 그리고 내 불안은 앞에 앉아 있는 두 명의 소녀에게 전해져 안 그래도 겁에 질려 떨고 있던 소녀들의 얼굴이 더욱 사색이 되어 있었다.

"그만 진정하지 그래? 앞에 소녀들이 겁먹었잖아."

내 옆에 앉아 말없이 나를 바라보던 금발의 여자가 표정은 전혀 걱정되지 않는 게 분명함에도 괜히 참견을 해왔다. 그러고 보니 나 이 여자의 이름을 아직까지 모르는군. 아, 그건 앞에 저 두 소녀도 마찬가지인가. 하지만 지금까지의 패턴을 보건대 저 소녀들은 몰라도 이 금발의 여자가 이름을 묻는다고 순순히 대답해 줄 것 같지도 않다. 그냥 포기.

"신경 쓰지 마, 내 성격이 급한 거니까."

삐딱하게 대답하고 다시 창밖으로 시선을 돌리자 여자는 한숨을 쉬었다. 어찌나 깊게 쉬는지 아주 그냥 마차가 울릴 정도였다.

"뭐, 그렇게 나온다면 할 수 없지. 그런데 이 머리 말이야."

"으, 으, 으앗!!"

한숨을 쉬더니 대뜸 하는 짓은 고개를 돌린 내 뒤통수의 머리칼을 조금 들어 살살 꼬며 건드리기. 어찌나 살살 건드리는지 머리카락 한올한올이 쓸려 움직이는 느낌에 완전히 소름이 돋아 나도 모르게 소리쳤다.

"어머? 반응 굉장하네. 민감한가 봐?"

"누, 누, 누, 누, 누가 놀랐다고!! 여기 소름 돋은 거 봐!"

"겨우 머리 그 정도 만진 거에 소름은."

"남이야 소름이 돋든 말든! 왜 남의 머리를 막 만지는데!!"

내 반응에도 아랑곳하지 않고 태연한 얼굴로 저런 엄청난 소리를 해대는 이 여자의 태도에 성질을 버럭 내며 소리쳤다.

하지만 여전히 여자는 별 신경 쓰지 않는다는 얼굴로 쥐고 있는 내 머리칼을 계속 보고 있었다.

"보기 드문 연한 색의 금발이네. 정말 오래간만에 본다."

"뭐가 오래간만인데? 당신 머리카락 색이랑 똑같네."

신기하단 얼굴로 중얼거리는 여자를 향해 난 퉁명스레 쏘아댔다. 솔직히 말하면 나도 조금 놀라긴 했다. 금발도 여러 가지라고, 샛노랑색부터 갈색에 가까운 더티블론드까지 별의별 금발들을 다 보았지만 나처럼 아주 연한 노란색의 금발은 나 역시도 거의 본 기억이 없었다. 그저 조금 드문 색인가 생각해 왔는데 이런 시골에 와서 처음 이 여자에게서 그 색을 보았다. 우연치곤 신기한 우연. 그런데 그건 저 여자도 마찬가지였나 보다.

"음, 내 머리 색도 같은 색이긴 하지. 그런데 설마 이런 데서 볼 줄은 몰랐거든. 음, 뭐랄까, 신비감?"

"그거 심히 동감이군."

"엄마 쪽을 닮은 건가?"

조심스레 묻는 모습에 난 새삼 놀랐다. 완전히 딱 맞혔기 때문이다.

"헤에? 어떻게 알아? 우리 영감탱이는 완전히 검은색인데 어머니가 나랑 똑같은 색이었어. 보통 금발과 흑발 사이에 태어나면 금발은 잘 안 태어난다는데 내가 이런 금발이라 아버지가 엄청 좋아했는데."

왠지 엄청 신기한 느낌에 눈을 반짝이며 대답했다. 왠지 이 금발 여자는 이것 말고도 꽤 많은 것을 알고 있을 것 같은 느낌이었다. 게다가 물어보는 것은 다 대답해야 할 것 같은 느낌이 있기도 했다.

"뭐, 그냥. 왠지 그럴 것 같았어."

별거 아니라는 듯 가볍게 대답하지만, 무언가 나름대로 이유가 있을 것이라 생각됐다. 하지만 이 상태에선 더 물어봤자 소용없을 거라는 확신도 있었다. 이럴 땐 역시나 그냥 포기하는 게 편하지.

그리고 난 문득 내가 더 이상 긴장하지 않고 있다는 사실을 깨닫고 새삼 놀랐다. 이 여자 혹시 날 진정시키기 위해 저런 말을 한 것인지도 모른다. 사람의 심리까지도 파고드는, 무언가 있어 보이는 금발의 여자라……. 역시 여러모로 신기했다.

마차는 계속 달려 도시의 안으로 들어갔고, 드디어 리진 남작의 저택이 보이는 거리에까지 도착했다. 난 혹시 모를 전투에 준비하기 위해 슬슬 허리춤에 매어진 검을 쥐어보며 몸 상태를 점검하기 시작했다.

"남작과 싸우는 거야?"

"에? 아니, 뭐… 지금 상황으로선 그렇다고 해야 하나."

느닷없는 질문에 난 흠칫 놀라 대답했다. 왠지 이 도시 사람들 앞에서 이곳의 영주와 싸우겠다고 말하는 게 조금 눈치 보이긴 했다. 하지만 정작 이 금발의 여자는 내 대답에 전혀 아랑곳하지 않고 혼자 중얼거리고 있었다.

"그렇다면 역시 영주가 벌인 일인가?"

"응?"

이건 아무래도 이번 사건의 주역이 리진 남작이라는 것을 애초에 의심하고 있었다는 어조였다. 이런 시골의 주민이라면 귀족, 혹은 영주의 존재는 거의 왕과 같다. 그럼에도 그런 존재를 이렇게 쉽게 의심하고 있었다니. 정말이지, 이 여자의 정체가 다시금 궁금해지고 있었다. 그러자 여자는 그런 내 속마음을 뻔히 다 알겠다는 듯 싱긋 웃으며 설명했다.

"그런 눈으로 보지 마. 납치며 그 후에 벌이는 짓이며, 일반인이 하기엔 무리인 게 많아서 귀족 정도의 자금력과 권력이 있어야 한다고 생각하고 있었을 뿐이야."

"그 후에 벌이는 짓이라니?"

"피 말이야. 납치된 소녀들… 발견했을 때 피가 없었지? 그 피를 어디에 썼을 것 같아? 아주 피 냄새가 진동을 하던데."

"그런 걸 물어봤자 내가 알 턱이 있나. 어디에 썼는데?"

왠지 공포감이 들고 괴기스러운 분위기였다. 참고로 소녀들이 피를 빨려 발견됐다는 소리에 앞에 앉아 있는 소녀들은 거의 기절 직전까지 갔다.

"뭐어, 그건 숙제. 천천히 생각하고 맞혀봐."

내 호기심 어린 질문에 여자는 그야말로 악마 같은 미소를 띠며 날 바라보았다. 물론 난 그 시점에서 포기했다. 아, 글쎄, 생각하는 건 내 관할이 아니라니까.

마차는 곧 남작 저택의 마당에 도착했다. 난 마차가 채 멈추기도 전에 마차에서 내려서서 주변의 상황을 둘러보았다. 그러자 한눈에 지금의 형세를 알 수 있었다.

작정한 듯 달려드는 영주의 사병들은 내가 데려온 호위병들에 비해 그 수가 월등히 많았다. 아무리 우리 집 호위병들이 고르고 고른 최정예라지만 거의 10대 1을 넘어설 정도의 싸움을 가볍게 버티긴 힘들었다. 그나마도 지금까지 버틴 것도 대단한 것이었다.

대충 보기에도 적어도 두 명 이상이 몸에 부상을 입고 피를 흘리고 있었다. 물론 그 이상의 타인의 피를 뒤집어쓰고 있기도 했다. 모두 힘겹게 버티고 있었던 것이다.

"수고했다. 후퇴하며 내 쪽으로 와라. 부상당한 자는 일단 치료부터 하고."

검을 빼어 들며 나답지 않게 분위기 깔고 낮은 목소리로 말하자, 그제야 나를 인식한 호위병들의 표정이 순식간에 밝아졌다. 그야말로 어둠 속에 태양이 뜬 격? 완전히 사기가 충전되어선 조금 전과는 완전히 다른 날렵한 움직임으로 남작의 사병들을 상대하기 시작했다.

"에? 뭐야? 지친 거 아니었어? 왜 저리 팔팔해? 조금 전까진 땡땡이였던 거야?"

그야말로 어이가 없어 투덜거리자 졸지에 마부가 되어 마차를 몰던 녀석이 검을 빼어 들고 내려와 내 옆에 서며 대답했다.

"그럴 리가 있나요. 정말 갑자기 힘이 솟은 거지요. 도련…
아니, 세라 아가씨를 그만큼 믿고 있는 거고요."

아버지의 훈련 덕분인지 내가 키르라이안이란 것을 뻔히
다 알면서 곧이곧대로 꼬박꼬박 세라 아가씨라 하는 것도 정
말 능력은 능력이다. 뭐, 그건 그렇다 치고, 내가 믿을 만하다
고? 왕국에서 내놓은 양아치인 키르라이안임을 알고 있으면
서도? 이거 참, 믿음이라는 사전적 의미는 제대로 알고 있는
지 걱정되네.

"내가 뭐? 믿음이란 뜻이 뭔지는 알아? 사기꾼, 내놓은 자
식, 양아치, 바보 등과는 전혀 다른 뜻이라고."

내가 스스로 말하기엔 참으로 민망스럽지만 일단 물을 건
물어야 했다. 하지만 이 호위병은 그런 내 반응을 완전히 거
부하며 어지러울 정도로 고개를 좌우로 흔들고 대답했다.

"다른 건 몰라도 실력 하나만큼은 최고시잖아요. 누가 뭐래
도 최강의 집단인 그곳의 단원이고. 뛰어난 실력을 가진 상관
이란 부하들이 힘을 낼 수 있게 하는 최적의 조건이지요. 그
러니까 세라 아가씨가 오신 것만으로 뒤가 든든해진 겁니다."

최강의 집단인 그곳이라면 더 설명할 필요도 없는 실버 나
이트. 그랬나. 그랬던 건가. 우리 집은 완전히 아버지―그리
고 루사인―체제로 돌아가는 줄 알았는데, 그래도 나도 조금
은 인정받고 있었나 보다. 물론 실력만.

"뭐, 상관없지. 너도 가서 합류해. 그리고 저기 둘, 다쳤다. 눈치 봐서 이쪽으로 빼내."

"예!"

어느새 우리 집 호위병과 남작가 사병들의 싸움이 나를 보호라도 하듯 내 전방 5미터 앞에서 둥글게 둘러싸며 치러지고 있었고, 나는 옆에 있던 녀석을 그 한가운데로 보내며 명령했다. 물론 녀석은 군말없이 달려갔다.

일단 부상병들이 마차로 오고, 슬슬 어디로 합류를 해야 잘했다고 소문이 날지 고민하던 난 문득 내가 가장 마음 놓고 안심할 수 있는 그 녀석이 보이지 않는다는 것을 깨달았다.

"가만, 루사인. 루사인 어디 갔어?"

뒤로 돌아 부상을 치료하고 있는 호위병을 향해 다급히 묻자 그는 손을 멈추고 대답했다.

"루사인님은 이곳을 우리에게 맡기고, 밖에서 뛰어들어 와 순식간에 집 안으로 도망친 검은 망토를 추격해 갔습니다. 아마 저택 어딘가에서 마주쳤을 것 같습니다."

"그 망토 자식, 여기로 돌아온 건 맞았군. 그런데 루사인 혼자 간 거야?"

"예."

조금 걱정이 되기 시작했다. 물론 루사인의 실력이야 발군이다. 못 믿을 실력이었다면 애초에 이곳을 맡기지도 않았다. 하지만 레키아도 심하게 위험 인물이었다. 지금까지 두 번이나 녀석과 마주한 내가 장담하는 거다. 게다가 장소는 적의 소굴인 남작의 저택. 루사인에게 여러모로 불리했다.

"일단 가봐야… 아차!"

검을 들고 루사인이 있다는 저택 안으로 들어갈 생각을 하던 난 그제야 마차 안에 있는 두 명의 소녀와 한 명의 금발 여자를 떠올렸다. 따로 처리하라고 남작이 명령까지 내린 사람들이다. 그냥 여기에 뒀을 때 어떻게 될지는 불 보듯 뻔했다.

아무리 우리 집 호위병들이 실력이 좋다 해도 저 많은 수의 사병들 사이에서 이 소녀들을 지켜내는 것은 심각하게 무리였다. 내가 이곳을 뜬다면 이 소녀들의 안전을 보장해 줄 사람이 없어지는 거고, 그렇다는 것은, 즉 나의 결백을 증언해 줄 사람이 사라지는 것이다.

"너희 둘, 상처 어때? 마차 몰 수 있나?"

"예, 예? 아, 그럭저럭 가능할 것 같습니다."

부상을 당한 팔목을 옮겨 쥐며 어렵게 대답하는 것으로 보아선 그리 믿음직스럽진 않다. 하지만 여기 그냥 두는 것보단 훨씬 나을 거라 생각됐다.

"이대로 마차를 몰아서 집으로 가. 이곳에 있는 사병 수를 보면 있는 대로 다 몰아넣은 게 확실하니 다른 덴 크게 위험하지 않을 거야. 집에 가서 세린에게 말해 여비를 받고 그대로 수도로 가. 그게 제일 안전할 거야."

"아닙니다, 세라 아가씨! 어째서 우릴 수도로……. 아직 더

싸울 수 있습니다. 조금 쉬면 됩니다.”

“아니, 싸우는 게 문제가 아냐. 우습게보지 마. 꽤 큰 임무라고. 저 안에 있는 소녀들은 나를 위해 매우 중요한 증언을 해줄 사람들이야. 나를 모시고 있는 거라 생각하고 그 안전에 최선을 다해.”

“예!!”

우렁차게 대답하고 마부석에 앉는 용병은 그나마 부상이 덜한 녀석. 팔을 다친 다른 녀석은 마차 안으로 들어갔다. 하지만 굳은 얼굴로 검을 꽉 쥐고 있는 게 아무래도 각오가 대단한 모양이었다. 하여튼 우리 아버지, 호위병 하나하나까지 엄청난 충성심으로 중무장시켜 놨군 그래. 그건 좀 부럽다. 나도 배워서 루사인한테 써먹고 싶을 정도로.

“실례하겠습니다.”

호위병 녀석이 마차 안으로 들어가며 소녀들을 향해 양해를 구하자 갑자기 소녀들이 창밖으로 고개를 내밀고 나를 바라보며 울 것 같은 얼굴로 물었다.

“저… 저희들, 수도로 가는 건가요?”

“부모님도 이곳에 다 계시는데.”

왠지 한 번 가면 평생 못 올 길 가는 사람마냥 겁에 질린 표정이었다. 조금 귀찮지만, 그래도 날 위해 증언을 해줄 소녀들이다. 난 나름대로 최대한 활짝 웃으며 소녀들을 향해 말했다.

“괜찮아. 다시 돌아올 수 있어. 그냥 마음 편하게 공짜로 수도 구경 한다고 생각해. 그것도 꽤 화려하게 시켜줄 테니까 마음 놓고."

내 대답에 소녀들의 표정이 조금은 편해진 것이 보였다. 훗, 이 내가 활짝 웃으며 대출혈 서비스까지 했다고. 안 통할 리가 없지. 전에 말했을 것이다. 난 내 장점은 모두 이용한다고. 보통 사람 이상의 외모를 가진 내가 웃을 때 그 모습을 본 사람들이 넋이 나간다는 것 정도는 이미 숙지하고 있는 사실이다. 성별을 불문하고 예쁜 거 마다할 사람은 없지. 그러니 아주 가끔 이런 상황에서 써먹어주면 성공률 100%는 두말할 것도 없는 일.

자, 이제 이쪽은 처리 완료니까 슬슬 저 난장판을 뚫고 저택에 들어가는 일만 남은 건가?

"잠깐."

칼을 들고 진격 경로를 잡고 있을 때, 갑자기 금발 여자의 목소리가 들렸다.

"뭐야? 마차 아직 출발 안 한 거야?"

"출발이고 뭐고 난 내리겠어. 수도 같은 덴 안 가."

"제발 좀 가지?"

"네가 필요한 건 증언을 해줄 사람이라며. 저 둘로 충분하잖아? 그리고 난 별로 증언해 주고 싶은 마음도 없고 말이야."

아무렇지도 않다는 태연한 얼굴로 앞으로 흘러내려 온 나와 똑같은 색의 금발을 한쪽 손으로 쓸어 뒤로 넘기며 여자는 마차에서 내려섰다. 내가 더 이상 무슨 말을 하더라도 듣지 않겠다는 태세. 잘못 생각했다. 이건 루사인이 아니다. 카린 급이다. 분명하다!!

"아, 그래. 마음대로 해라. 그런데 여기서 당신 안전은 못 지켜줘."

"괜찮아. 그 정도는 문제없어."

여자의 이상한 자신감. 뭔가 묘한 이질감이 느껴지는 기분이었다. 그러니까 어딘가 어떤 중요한 것을 놓친 기분. 역시 내 머리는 여러모로 한계인가 보다. 앞으로 루사인, 꼭 달고 다녀야지.

한숨을 쉬고 다시 진격 경로를 잡고 있을 때, 갑자기 소녀의 가느다란 팔이 마차의 창문을 통해 빠져나와 내 머리를 잡았다.

"어?"

"저기, 아까 말 안 했는데요. 저 언니… 처음 보는 언니예요. 우리랑 같이 갇혀 있던 사람이 아닌데, 영주님 댁 분들이 저흴 발견하기 직전에 우리 옆에 와서 납치당한 척했어요."

"뭐?"

내 머리를 당겨 조심스레 작은 목소리로 귀에 대고 속삭이는 소녀의 충고에 난 눈을 동그랗게 뜨고 되물었다. 하지만 소녀는 더 이상 말하지 않고 금발 여자의 눈치를 살피고는 바로 마차 안으로 몸을 숨겼다.

“조심하세요.”

라는 말을 남기고. 그리고 기다렸다는 듯이 마차는 요란한 말발굽 소리를 울리며 영주의 저택을 빠져나갔다.

마차가 시야에서 완전히 사라질 때까지 하염없이 바라보던 난 고개를 돌려 옆에서 여전히 의미없는 미소를 지으며 여유만만하게 서 있는 여자를 올려다보았다.

“그러니까 여러모로 의심스러운 점이 많은 존재다 이건가?”

“글쎄, 그것도 숙제. 고민해 봐.”

“아, 진짜! 세상에서 제일 싫은 게 학교랑 공부랑 숙제라고!!”

드디어 폭발. 물론 폭발한 것은 나, 폭발시킨 것은 저 여자. 완전히 자기 페이스인 게 이번엔 우리 집 영감탱이 버전인가? 대체 당신 정체가 뭐냐!! 뭔데 그렇게 이 사람 저 사람 다 생각나게 만드는 거냐고!!

물론 아무리 외쳐 봤자 대답해 줄 리 만무하니 그저 속만 끓일 뿐이다.

하지만 폭주는 잠시, 지금 내게 중요한 것은 내 복잡한 머리보다는 루사인의 안전 쪽에 우선순위가 있다. 이렇게 한가하게 정체를 알 수 없는 금발 여자 따위나 상대하고 있을 때가 아니다. 루사인부터 찾아내고, 호위병들이 상대하는 사병들도 처리해야 한다. 그래도 내가 다녀올 동안 호위병들이 버티기 위해선 조금 수를 줄여줘야겠지.

이번에야말로 진짜 진격 경로를 정하며 난 옆의 여자를 향해 충고했다.

"당신 안전은 이제 내 관할 밖이야. 살고 싶으면 알아서 몸 사려."

"따라가도 돼?"

"…능력 된다면."

슬쩍 여자를 보고 가볍게 대답하고 난 검의 상태를 확인했다. 오른손에 쥐고 이리저리 팔목도 흔들어보고. 상태는 정상. 문제없음. 올 그린. 괜히 시간 끄는 것도 좋지 않으니 이쯤에서 시작하는 게 좋다.

결론을 내리는 것과 동시에 가볍게 도움닫기를 하고 크게 도약했다. 그리고 착지하는 것과 동시에 검을 내리그었고, 갑자기 눈앞에 나타난 내 존재에 놀란 사병 둘이 그대로 쓰러졌다. 물론 난 이미 그 시점에서 옆으로 자리를 옮겨 다른 자를 베고 있었다.

내가 정한 경로는 바로 이것. 나를 보호하듯 둘러싸고 있는 호위병들 중 오른쪽 가장자리부터 시작해서 왼쪽 2/3 지점에 직선 거리로 있는 저택으로 들어가는 입구까지 그대로 가로질러 가며 검이 움직이는 각도, 그 타이밍에 맞춰 가장 효율적으로 많이 베어 들어가는 것이었다.

휙! 푹! 서걱서걱!

촤악! 푹! 촤악!

애초에 나라는 존재를 전혀 염두해 두지 않았던 남작가의 사병들은 갑자기 나타난 내가 앞으로 뚫고 나가며 하나둘 베어내는 모습에 경악했다. 한 치의 망설임도 없이 다른 곳에 시선도 주지 않고 목표로 한 저택의 입구까지 쉬지 않고 칼을 휘두르고, 휘두른 칼을 되돌릴 때마다 하나둘 쓰러지는 자신의 동료들을 보며 지금 헛것이라도 보는 것은 아닌가 눈을 비비는 녀석까지 있었다.

물론 대환영이다. 그런 반응도 계산해 둔 것이다. 원래가 사람이란 전혀 뜻하지 않은 곳에 허를 찔리면 더욱 충격이 큰 법이다. 아주 그냥 온 동네에 중년 귀족의 정부로 소문난 내가 이렇게 검을 휘두를 거라곤 전혀 상상도 못했던 일이겠지.

하지만 그건 그쪽 사정. 내 알 바 아님. 난 내 길만 가면 된다고. 놀라 굳어버린 모습을 보니 오히려 쉽게 길을 뚫어주는 것 같아서 고마울 정도. 내가 따로 감사의 표시는 하고 싶다만 조금 바빠서 인사는 생략이다.

"많이 줄여놨으니 다시 올 때까지 버텨!!"

물론 우리 집 호위병을 향해 명령하는 것은 의무 사항이니 꼭 챙겼다.

저택 안으로 들어서자 창가나 문에 기대 몰래 밖을 살피던 시녀들이 비명을 지르며 여기저기로 흩어졌다. 놀랄 만도 하다. 일단 내 꼴이 비록 속전속결, 신속하게 검을 휘둘러 그리 피를 많이 뒤집어쓴 것은 아니지만 그래도 미처 피하지 못하고 옷이나 얼굴 등에 몇 방울이 튀었고, 무엇보다 들고 있는 검에서 선혈이 뚝뚝 흐르고 있었다. 기겁을 하며 달아날 만하지.

라고 생각하던 난 갑자기 기분이 나빠졌다. 생각해 보니 창가니 어디니 밖이 보이는 곳에 다닥다닥 붙어서 구경하고 있지 않았던가? 남들은 밖에서 목숨이 오가는 전투를 벌이고 있는데 느긋하게 구경하고 있다가 자기들이 위험해질 것 같으니 도망친다는 건가?

"에혀, 뭐 어때. 우리 집 시녀들도 아닌데 내가 신경 써봤자 무슨 상관. 그나저나 루사인을 어디 가서 찾지?"

"저 위. 거기서 안쪽으로. 검끼리 부딪치는 소리가 들려."

"음? 3층 안쪽 말하는 거야? 엣?! 핫?! 당신 언제 왔어?!"

최대한 집중하며 어딘가에 있을 루사인과 검은 망토 놈의 기척을 찾고 있을 때 친절하게 그 둘이 있는 곳을 가르쳐 주는 사람이 있었고, 그 친절을 감사히 받던 난 익숙한 목소리에 깜짝 놀라 뒤돌아서서 외쳤다. 그리고 내 뒤엔 금발의 여자가 생글거리며 나를 바라보고 있었다.

이 여자, 정말 보통이 아니라고 생각은 했지만 내가 뚫고 온 그 사이를 뚫고 따라왔다는 말인가? 설마? 그건 진짜 설마다. 아무리 내가 미리 뚫어놓은 길을 따라온 것이라지만 그래도 칼이 오가던 곳이다. 웬만한 실력, 그러니까 나와 비슷한 실력이 아니면 힘들단 말이다.

"뭘 그리 놀래? 능력 되면 따라와도 된다며."

"당신한테 그런 능력이 있었다는 거야?"

"음, 뭐… 있을 것 같았어."

역시나 이상한 대답이었다. 있으면 있는 거고 없으면 없는 거지 있을 것 같아서는 갑자기 무슨 가정법이란 말인가. 그리고 물론 내 표정으로 내가 무엇을 생각하는지 눈치 챈 이 여자는 살짝 미소 지으며 변명했다.

"내가 좀 기억이 부분부분 끊겨 있거든."

"기억이 끊겨 있다고?"

"어떤 데는 생각이 나는데 어떤 데는 아예 기억이 없어. 뭐, 그래도 지금 남아 있는 기억으로도 사는 덴 지장 없을 거 같아서 별로 신경 안 써."

"그거 매우 신경 쓰일 것 같은데?"

게다가 자기한테 어떤 능력이 있는지도 정확히 기억하지 못한다면 그거 정말 심각한 상황이라고 할 수 있는 것 아닌가? 저렇게 태연자약하게 웃으며 말할 수 있는 성질의 것이 아니라고 생각한다. 확고하게.

"괜찮아. 내가 별생각 없으니까."

"나도 막 나가지만 당신도 그거 자랑이 아니야."

"괜찮아, 괜찮아. 그런데 이런 데서 시간 보내도 돼? 누군가가 걱정돼서 뛰어들어 온 거 아니었어?"

"아차!!"

그제야 루사인을 떠올린 난 그녀가 말한 3층을 향해 뛰어 올라 갔다. 귀족의 저택답게 층당 높이가 높아서 보통 건물의

1.5배 이상이 되는지라 3층은 3층이지만 체감 높이는 4~5층은 되어 보이는 계단을 올라가자 희미하게 칼이 부딪치는 소리가 들려왔다. 이런 소릴 저 여자는 현관 입구부터 들었다는 건가? 혹시 전직 엘프라도 되나?

어쨌든 소리가 들리는 곳으로 달리자 복도의 끝에 양쪽으로 열리는 커다란 문을 발견할 수 있었다.

하얀색의 고급스러운 문양으로 조각된 문 사이로 익숙한 루사인의 기척이 느껴졌다. 난 그대로 망설임없이 방문을 열었다. 생각보다 넓은 방이었다. 그리고 그곳에서 칼을 맞대고 있는 루사인과 레키아 녀석을 발견할 수 있었다.

"빙고. 루사인! 백업한다!"

녀석을 향해 소리침과 동시에 그대로 검을 들고 루사인과 레키아 사이로 끼어들었다.

"늦었습니다."

"미안. 조금 일이 있었어. 그런데 저택을 뒤져 보겠다더니 뭐 하다 이런 녀석하고 놀고 있는 거야?"

"대충 끝내가는데 들어오더라고요. 물어보고 싶은 것도 있어서 따라 들어왔다가 이렇게 된 거죠."

서로 여유있게 묻고 답하기를 반복하지만 느긋한 대화를 나눈다곤 생각할 수 없을 정도로 빠른 속도로 검을 움직이며 레키아를 압박해 갔다. 루사인과 내가 검을 맞댄 횟수라면 프리츠나 카린과 함께한 것보다 훨씬 더 많다. 그런 우리 둘이기에 척척 호흡을 맞춰가며 내가 치면 루사인이 방어하고, 루사인이 치면 내가 백업을 해주며 레키아를 몰아세워가자 녀석이 드디어 무너지기 시작했다. 그리고 그 순간 내 검이 녀석의 방어를 피해 공격에 성공했다.

챙! 챙! 채앵! 푹!

"큭! 둘이 공격이라니. 조금 심한 것 아닌가."

내 칼에 허벅지를 꿰뚫리고 벽에 기대선 채 괴로운 목소리로 우리에게 야유를 퍼붓지만 애초에 목소리가 쇠 긁는 소리여서야 괴로운지 안 괴로운지 알 게 뭐냐.

"무슨 상관. 어차피 그쪽은 어른, 우린 애라고. 핸디캡이라 생각해."

물론 핸디를 생각한다면 실버 나이트인 내 쪽의 실력도 만만치 않다만 어차피 뻔뻔함은 어린애의 특권이다. 써먹을 수 있을 때 누려주는 것도 좋겠지.

"내가… 어른이라?"

"그럼, 그 덩치로 설마 나랑 동갑이라고 할 거야?"

"글쎄, 이런 상황에서 그런 게 궁금한 건가? 전혀 몰랐는데 농담도 잘하는 성격이군, 공작가 아가씨는."

나이에 관해선 전부터 의심스러웠던 플루토를 염두해 두고 묻는 말이었다. 하지만 녀석은 거기까지 바보는 아닌지 내 유도심문에 넘어가진 않았다.

그러니까 솔직히 대놓고 말하자면 '너 혹시 거스틴 남작가 둘째 아들 아니냐고!! 라고 멱살이라도 쥐고 흔들고 싶었지만, 괜히 아닐 경우 엄한 사람 의심했다고 저쪽에게 비난 사는 것도 싫고, 그저 필요한 건 정확한 증거다.

가만, 그러고 보니 딱히 물어볼 것도 없잖아. 여기까지 몰아세웠고 녀석은 부상자다. 내가 검을 겨누고 있고 루사인이 뒤를 받치고 있었다. 그리고 미덥지 않지만 금발의 여자가 입구에서 버티고 있었다. 그렇다면 지금 여기서 할 거라면 이거밖에 없지!

"전부터 궁금했어."

"뭐가 말이냐?"

"그 후드 속에 어떤 얼굴이 있나 말이야. 그 잘난 얼굴이나 한번 볼까!!"

휘익!

손을 뻗어 녀석의 후두를 잡았다. 그리고 강하게 낚아채 벗기려 할 때 갑자기 녀석이 나를 향해 뛰어들었다.

"어, 어라!"

전혀 생각지도 않은 반격에 난 조금 당황했고, 녀석에겐 그 정도의 틈이면 충분했다. 그대로 날 밀치고 루사인을 향해 검을 날리고는—물론 루사인은 일단 가볍게 피하며 녀석에게 밀쳐져 넘어지는 내 몸을 받아냈다—몸을 날려 창밖으로 뛰어내렸다.

챙그랑!!

요란한 유리 깨지는 소리와 함께 녀석의 몸이 아래로 추락

했다.

"말도 안 돼!! 여기 5층 높이란 말이야!!"

기겁을 하며 소리치고 창가를 향해 달린 난 깨진 유리 사이로 아래를 바라보았다. 중간중간 높게 올라와 있는 나무들. 녀석이 떨어지며 부러진 가지들이 따로 신경 쓰지 않아도 눈에 들어왔다. 그리고 저 멀리로 이미 준비해 둔 것 같은 검은색 말을 타고 도주하는 녀석의 뒷모습이 보였다.

"처음부터 이곳을 선택한 게 이미 이곳을 탈출로로 생각하고 있었던 거로군요. 나무들이 쿠션이 되어 안전하게 내려갈 수 있었고요."

"괘씸해!!"

루사인의 설명에 난 더욱 성질이 나서 소리쳤다. 그리고 그런 나를 루사인은 가만히 바라다 보았다.

"두 번째야! 이미 다 잡은 걸 두 번이나 놓쳤어!! 차라리 정체라도 알았으면 이렇지 않아!"

"…무슨 일 있었습니까?"

평소답지 않게 흥분한 나를 향해 루사인은 조심스레 물어왔다. 그리고 난 녀석을 만나기 전까지 내 머릿속을 차지하던 여러 가지 의문점들을 꺼내놓기 시작했다.

"프리츠가 정체를 감추고 나랑 검을 맞댔을 때 내가 프리츠를 못 알아볼 확률이 얼마나 된다고 생각해? 전력을 다해 싸웠을 때."

우선은 가장 궁금하던 문제부터. 그래, 내가 지금 이렇게 흥분한 것도, 머리가 복잡한 것도 다른 누구도 아닌 프리츠가 연관이 되어 있기 때문이었다. 나 스스로는 이미 확신을 하고 있으면서도, 그러면서도 혹시나 하는 마음에 물어볼 수밖에 없었다.

"그 상대가 저라 하더라도 프리츠님의 검이라면 몇 번 검이 오가는 사이에 알아챌 겁니다. 하물며 그게 도련님이 되어선 못 알아보는 게 더 이상한 일이겠죠. 다른 무엇도 아닌 검에 대해선 말입니다."

진지하게 내 질문에 대답해 주는 녀석이었다. 하긴, 이 상황에서 내가 이런 걸 묻는다면 분명 무언가 있기 때문이라고 짐작했겠지. 그리고 저 머리 좋은 녀석은 내가 이미 프리츠일지도 모르는 사람과 만났다는 것까지 눈치 챘을 것이다.

"그래, 내가 못 알아볼 리 없지. 그럼 그건 그렇게 넘어가자. 다음 질문. 이건 저쪽이 낸 숙제인데 말이야."

"저쪽?"

루사인은 그제야 고개를 돌려 문 앞에 당당히 서 있는 여자를 바라보았다. 여자는 무언가 신기한 거라도 발견한 얼굴로 열심히 루사인과 나를 비교라도 하듯 번갈아 보고 있었다.

"누굽니까?"

"본인 말로는 우리 집에서 구출됐다는데 정확히 누군진 모르겠어. 어쨌든 이런 소릴 하더라고. 납치된 소녀들 중 죽은 소녀들은 몸에서 피가 거의 다 빠져나간 채로 발견됐는데 그 피를 어디에 썼을 것 같아? 피 냄새가 진동을 하고 돼지 남작과 연관됐을 거라고 생각한다던데."

내가 말하고도 두서없는 질문이었다. 부디 머리 좋은 루사인이 새겨듣기를 바라고 또 바랄 뿐이었다. 그리고 조금 고민하던 루사인은 갑자기 인상을 쓰며 나를 잡아끌었다.

"뭐야? 왜 갑자기 그래?"

"서두르세요. 당장 남작을 찾아야 합니다."

"에에?"

난 갑자기 서두르는 루사인을 이해할 수 없어 고개를 갸웃거리며 그저 잡아끄는 대로 함께 달릴 뿐이었다.

솔직히 말하겠다. 내게 있어 남작은 그저 레키아 녀석의 꼭두각시 정도로만 생각했다. 애초에 여자만 밝히는 듯한 우물 안 개구리 같은 바보였고, 게다가 벌어지는 일련의 사건으로 녀석은 이용당한 거라고 알고 있었는데 왜 갑자기 남작을 찾는지 도무지 알 수가 없었다.

어차피 남작이 레키아와 손을 잡았다는 것은 빼도 박도 못할 사실이고, 녀석은 그것만으로 파멸이다. 몇 달 전 바아레른 일당이 당했던 것만 생각해 봐도 안다. 물론 그땐 귀족 소녀들이 대상이었고, 지금은 평민 소녀들이라는 게 꽤 큰 차이점이라지만 레키아 녀석이 개입한 이상 그에게 이를 갈고 있을 이미 자신의 딸들이 피해를 입은 수도의 귀족들이 가만있지 않을 것이다.

"무슨 일이야? 중요한 거야?"

"대충 말하자면 바아레른 성의 일은 가벼운 애들 장난이었고, 이쪽은 본격적으로 해먹는 거랄까요. 까딱 잘못하면 나라가 망할 정도입니다."

그리고 내 머리는 완전 혼란의 도가니탕에 고이 모셔졌다.

대충 말하는 건 좋지만 너무 대충 말하는 것이 아닌가? 애들 장난과 본격적으로 해먹는 것의 뉘앙스, 그 차이의 갭은 그럭저럭 알겠다. 그런데 나라가 망할 정도라니? 그게 뭐야? 그게 뭐야? 그게 뭐야?

"한 번만 말하겠습니다. 잘 들으세요."

남작을 찾아 이 방 저 방을 뒤지며 전혀 걸음의 속도를 늦추지 않으며 말하는 루사인을 향해 난 있는 힘껏 고개를 끄덕였다. 그래, 제발 말 좀 해라. 궁금해 죽겠다.

"이곳이 어딥니까? 우리가 왜 왔지요?"

"남부. 드래곤 전설 때문에 온 거지."

너무도 당연한 것을 묻는 루사인이었다. 이 정도라면 나도 대답할 만하지. 시험 문제가 이런 것 같았으면 얼마나 좋을까.

"예. 이곳엔 드래곤이 있죠. 그게 정답입니다."

"…에?"

또다시 내 정신이 급격히 혼돈 속에 빠져 들어가기 시작했다. 뭐야? 저게 결론이야? 끝이야? 저게 뭐야? 저거로 이해하라고? 날 너무 과대평가하는데?

"돌아오세요. 아직 안 끝났습니다."

"다행이군. 계속 말해."

저 멀리 아스트랄계 2차원 평면 우주로 향하는 내 정신을 붙잡고 다시 녀석을 재촉했다.

"크라노 인이 분명한 검은 망토, 그러니까 레키아라 했죠? 그자는 무언가를 꾸미러 이곳에 왔습니다. 그리고 리진 남작과 손을 잡았지요. 아무것도 내세울 것 없는 이곳 남부에서 리진 남작의 가치는 무엇일까요."

"글쎄?"

"드래곤입니다. 드래곤의 정확한 위치를 알고 있는 거죠."

"그게 뭐? 그거 알아서 뭐 하게?"

"원래 크라노에 늘 지배당하던 에페트리아가 당당한 독립국이 되어 지금과 같은 발전을 하게 된 것은 드래곤의 도움이 있었기 때문입니다. 지금도 그 드래곤은 이곳 남부에 자리 잡고 있고, 크라노에겐 계속 눈엣가시 같은 존재겠지요."

난 고개를 끄덕였다. 얼마 전 남부의 드래곤 전설에 대한 책을 읽었기 때문에 녀석의 설명을 충분히 이해할 수 있었다. 루사인은 내가 이해하고 있는 것을 확인하고는 계속해서 말을 이었다.

"전설을 알고 있다면 기억하시겠죠. 드래곤은 피 냄새를 싫어합니다. 그리고 영주는 드래곤의 위치를 알고 있습니다.

사라진 소녀들의 시체에선 피가 발견되지 않았죠."

"에? 잠깐, 잠깐. 뭔가… 연결되는 거야, 그거?"

여기까지 들으면 아무리 머리 나쁜 나라도 루사인이 조목조목 나열하는 항목들에 이어지는 것을 발견할 수 있었다. 그리고 정말이지 기분 나쁜 예감이 들었다.

"검은 망토는 남작을 통해 드래곤의 정확한 위치를 알아내고, 납치한 소녀들의 피를 그 영역에 뿌려뒀겠죠. 피 냄새를 싫어해 전쟁을 멈추겠다며 에페트리아의 편을 든 드래곤은 당연히 분노할 것이고, 그 분노는 어디로 향할까요."

"우리나라? 아님 크라노?"

"어떨까요. 어디로 향하든 그건 크라노에겐 상관없는 일입니다. 이 상태라면 드래곤이 분노하고 더는 인간의 편을 들어주지 않을 테니까."

그리고 난 온몸을 엄습해 오는 두려움에 눈을 크게 떴다. 충분히 있을 수 있는 일이다. 아니, 분명히 그럴 것이다. 드래곤은 에페트리아가 완전히 독립해서 힘을 손에 넣었을 때 더 이상 피 냄새를 풍기지 말라며 당부하고 다시 남부로 돌아갔다. 그리고 왕가는 드래곤과의 약속을 지키기 위해 여전히 그 알 수 없는 비밀의 후계자 키우기를 계속해 왔다.

그렇게 당부했는데, 한참이나 왕좌의 주인이 바뀐 뒤 자신의 영역에서 피 냄새가 난다면 심하게 화가 나겠지. 그렇게까지 도와줬는데, 그것이 설령 크라노의 짓이라 하더라도 결국 인간은 분쟁 없이는 살 수 없는 종족이라 생각하겠지.

그렇게 드래곤이 떠나면 크라노는 마음 놓고 에페트리아를 칠 수 있고, 아무리 우리나라가 전과는 비교할 수 없을 정도로 강해졌다지만, 그동안 평화 속에 살아가던 국토가 전쟁에 휩쓸리게 되면 그 손해가 이만저만이 아닐 거다. 그야말로 눈앞이 캄캄해지는 상황 설명이었다.

"말도 안 돼! 뭘 하든 그 자식들만 좋은 거잖아! 억울해!"

생각할수록 짜증나는 국가였다. 이미 에페트리아가 완전하게 독립한 지 천 년이 지났다. 그럼에도 아직도 그 옛날을 못 잊어 손에 넣고 싶어하다니. 이건 도둑놈 심보 그 이상도 이하도 아니지 않은가!!

"그러니까 크라노가 괜히 교활한 게 아니죠. 어차피 그쪽은 잃을 게 없거든요. 일이 잘돼서 드래곤이 손을 놓으면 야금야금 에레트리아의 이득을 갉아먹을 생각이겠죠."

"정답."

루사인의 결론에 뒤에서 말없이 우리를 따라오던 여자가 화사하게 웃으며 대답했다. 그리고 물론 나와 루사인은 흠칫 놀라 뒤돌아서서 그녀를 바라보았다. 여자는 계속해서 웃으며 루사인을 향해 선생님이 제자를 가르치듯 검지를 들어 이야기했다.

"저쪽 금발은 하나도 못 알아듣더니 이쪽은 꽤 이해력이 빠르네. 맞아. 정답."

"이야기 나온 김에 좀 더 말할까요?"

여자의 칭찬에 루사인은 얼굴에 표정을 지우고 물었다. 그리고 난 슬쩍 눈치를 봤다. 이럴 때의 루사인은 무섭다. 전혀 속마음을 알 수 없고, 심하게 말하면 언제 칼이 날아와도 놀랍지 않을 상태였다. 하지만 그런 루사인을 전혀 모르는 이 여자는 여전히 웃으며 대답했다.

"무엇이든. 머리가 좋은 학생은 늘 환영이야."

"그럼 말하죠. 전 아직 직접적으로 실감이 나지 않는 크라노의 의도보다 이미 모든 것을 파악하고 도련, 아니, 아가씨에게 지금의 사태를 눈치 챌 수 있는 단서까지 준 당신의 정체가 더 궁금합니다."

제대로 밝히지 않으면 검이라도 날리겠다는 태세로 쥐고 있는 검에 더욱 힘을 주며 위협적으로 살짝 들어올리는 루사인을 보며 여자는 미소 지었다. 그리고 정말 빈정거리는 말투로, 그리고 태도로 우리를 향해 물었다.

"글쎄, 내가 누굴까?"

루사인의 검 따위 전혀 무섭지 않다는 표정. 가소롭다는 듯 비웃는 얼굴로 여자는 나와 루사인을 바라보고 있었다.

『키르라이안 이야기』 2권 끝

다세포 소녀 원작 만화 출간!!

초등학생이 반드시 읽어야 할 좋은 책 49권

각 학년별로 초등학생이 반드시 읽어야할 좋은 책을 선정하여 통합논술의 기본이 되는 '올바른 독서법'을 일깨워 줍니다.

교과서와 함께하는 초등학교 통합논술

초등1학년 | 값 12,000원 | 초등2학년 | 값 9,500원 | 초등3학년 | 값 11,000원 | 초등4학년 | 값 9,500원 | 초등5학년 | 값 9,500원 | 초등6학년 | 값 11,000원

♣ 혼자 할 수 있어요.

엄마가 책 읽는 방법을 가르쳐 주어도 좋아요.
독서지도하는 선생님이 가르쳐 주어도 좋답니다.
"초등 교과서와 함께하는 **통합논술 시리즈**"는
아이 스스로 독서할 수 있도록 꾸며진 책이에요.
엄마와 선생님은 요령만 가르쳐 주시면 된답니다.

♣ 교과서의 중요한 내용이 총정리되어 있어요.

각 학년별로 중요한 교과 내용이 함께 수록되어 있어요.
초등학생은 교과서 내용을 충실하게 공부해야 합니다.
아울러 그와 병행한 독서가 대단히 중요하지요.
"초등 교과서와 함께하는 **통합논술 시리즈**"는
두 가지 방법 모두 알려준답니다.

♣ 이 책은 훌륭하신 선생님들이 함께 쓰신 책이랍니다.

동화작가 선생님들이 쓰셨어요. 소설가 선생님도 쓰셨답니다.
국어 논술독서지도 선생님들도 함께 쓰셨지요.
"초등 교과서와 함께하는 **통합논술 시리즈**"는
엄마의 마음으로 모든 선생님들이 함께 꾸민 책이랍니다.

입소문을 통해 아는 분은 다 알고 계십니다!
올 한해 공인중개사 최고의 화제작!

1~2권 합본 | 이용훈 지음
3~4권 합본 | 이용훈 지음
5~6권 합본 | 이용훈 지음
용 어 해 설 | 이용훈 지음
1~2차 문제풀이집 | 이용훈 지음

수험생 기본 필독서
만화 공인중개사

제목 : 만화공인중개사 쓰신 분에게 감사드립니다.

학원을 두달 다녔어요. 근데 과연 그 숫자 와우기 그렇게 몇 문제나 나올까 생각을 했어요. 아니라는 생각이 드네요. 학원강의를 뒤로 하고 서점을 갔어요. 내 머리에 가장 이해될수 있는 책이 없나 하구요. 거기서 만화를 발견했어요. 무조건 세번 봤어요. 3개월 걸렸어요. 문제 잡을 보라고 했는데 그건 시행을 못했어요. 근데 합격을 했네요.

어떻게 감사의 말을 해야 될지…

도서관에서 만화책 들고 다니까 사람들이 바웃더라구요. 만화책으로 공인중개사를 공부한다고 미친사람처럼 보더라구요. 근데 그거 다 감수하고 했던 내가 자랑스럽습니다.

어떻게 감사의 말을 해야 할지 정말 감사합니다.

부디 행복하세요. 제 나이 41살에 좋은 스승을 만난 거 같습니다.

엎드려 감사드립니다.

—본사 홈페이지에 독자분이 올린 메일 中 에서 발췌—